Elogios a Heather Gudenkauf

"[Um] *thriller* psicológico brilhante... O enredo esplêndido constrói um final realista de provocar arrepios. Gudenkauf é a dona do jogo."

— ***Publishers Weekly**, avaliação em destaque*

"Uma experiência verdadeiramente original e imersiva."

— *O, The Oprah Magazine*

"Heather Gudenkauf escreveu um *thriller* cativante que nos faz lembrar a força do espírito humano e, ao mesmo tempo, a fragilidade da vida."

— *Suspense Magazine*

"[Gudenkauf vem se] tornando uma das personagens femininas mais amáveis e empolgantes das atuais publicações... Recomendada a todos os fãs de suspense psicológico, especialmente àqueles que gostam de Jennifer McMahon [1968-] e Jodi Picoult [1966-]."

— *Booklist*

TAMBÉM DE HEATHER GUDENKAUF

O Peso do Silêncio

Essas Coisas Ocultas

One Breath Away

Little Mercies

Missing Pieces

Not a Sound

Before She Was Found

This Is How I Lied

O HÓSPEDE NOTURNO

HEATHER GUDENKAUF

TRADUÇÃO DE ROBSON FALCHETI

ALTA BOOKS
GRUPO EDITORIAL
Rio de Janeiro, 2023

O Hóspede Noturno

Copyright © 2023 da Starlin Alta Editora e Consultoria Eireli.
ISBN: 978-85-508-1932-7

THE OVERNIGHT GUEST by Heather Gudenkauf. Copyright © 2022 by Heather Gudenkauf. By arrangement with the author. All rights reserved. ISBN 978-0-7783-1193-5. This translation is published and sold by permission of Park Row Books, an imprint of HarperCollins Publishers, the owner of all rights to publish and sell the same. PORTUGUESE language edition published by Starlin Alta Editora e Consultoria Eireli, Copyright © 2023 by Starlin Alta Editora e Consultoria Eireli.

Impresso no Brasil — 1ª Edição, 2023 — Edição revisada conforme o Acordo Ortográfico da Língua Portuguesa de 2009.

Todos os direitos estão reservados e protegidos por Lei. Nenhuma parte deste livro, sem autorização prévia por escrito da editora, poderá ser reproduzida ou transmitida. A violação dos Direitos Autorais é crime estabelecido na Lei nº 9.610/98 e com punição de acordo com o artigo 184 do Código Penal.

A editora não se responsabiliza pelo conteúdo da obra, formulada exclusivamente pelo(s) autor(es).

Marcas Registradas: Todos os termos mencionados e reconhecidos como Marca Registrada e/ou Comercial são de responsabilidade de seus proprietários. A editora informa não estar associada a nenhum produto e/ou fornecedor apresentado no livro.

Erratas e arquivos de apoio: No site da editora relatamos, com a devida correção, qualquer erro encontrado em nossos livros, bem como disponibilizamos arquivos de apoio se aplicáveis à obra em questão.

Acesse o site www.altabooks.com.br e procure pelo título do livro desejado para ter acesso às erratas, aos arquivos de apoio e/ou a outros conteúdos aplicáveis à obra.

Suporte Técnico: A obra é comercializada na forma em que está, sem direito a suporte técnico ou orientação pessoal/exclusiva ao leitor.

A editora não se responsabiliza pela manutenção, atualização e idioma dos sites referidos pelos autores nesta obra.

Dados Internacionais de Catalogação na Publicação (CIP) de acordo com ISBD

G922h   Gudenkauf, Heather
O Hóspede Noturno / Heather Gudenkauf ; traduzido por Robson Falcheti. - Rio de Janeiro : Alta Books, 2023.
336 p. ; 16cm x 23cm.

Tradução de: The Overnight Guest
ISBN: 978-85-508-1932-7

1. Literatura americana. 2. Ficção. I. Falcheti, Robson. I. Título.

2023-110
CDD 813
CDU 821.111(73)-3

Elaborado por Vagner Rodolfo da Silva - CRB-8/9410

Índice para catálogo sistemático:
1. Literatura americana : Ficção 813
2. Literatura americana : Ficção 821.111(73)-3

Produção Editorial
Grupo Editorial Alta Books

Diretor Editorial
Anderson Vieira
anderson.vieira@altabooks.com.br

Editor
José Ruggeri
j.ruggeri@altabooks.com.br

Gerência Comercial
Claudio Lima
claudio@altabooks.com.br

Gerência Marketing
Andréa Guatiello
andrea@altabooks.com.br

Coordenação Comercial
Thiago Biaggi

Coordenação de Eventos
Viviane Paiva
comercial@altabooks.com.br

Coordenação ADM/Finc.
Solange Souza

Coordenação Logística
Waldir Rodrigues

Gestão de Pessoas
Jairo Araújo

Direitos Autorais
Raquel Porto
rights@altabooks.com.br

Produtoras da Obra
Illysabelle Trajano
Maria de Lourdes Borges

Assistente Editorial
Henrique Waldez

Produtores Editoriais
Paulo Gomes
Thales Silva
Thiê Alves

Equipe Comercial
Adenir Gomes
Ana Claudia Lima
Andrea Riccelli
Daiana Costa
Everson Sete
Kaique Luiz
Luana Santos
Maira Conceição
Nathasha Sales
Pablo Frazão

Equipe Editorial
Ana Clara Tambasco
Andreza Moraes
Beatriz de Assis
Beatriz Frohe
Betânia Santos
Brenda Rodrigues

Caroline David
Erick Brandão
Elton Manhães
Gabriela Paiva
Gabriela Nataly
Isabella Gibara
Karolayne Alves
Kelry Oliveira
Lorrahn Candido
Luana Maura
Marcelli Ferreira
Mariana Portugal
Marlon Souza
Matheus Mello
Milena Soares
Patricia Silvestre
Viviane Corrêa
Yasmin Sayonara

Marketing Editorial
Amanda Mucci
Ana Paula Ferreira
Beatriz Martins
Ellen Nascimento
Livia Carvalho
Guilherme Nunes
Thiago Brito

Atuaram na edição desta obra:

Tradução
Robson Falcheti

Copidesque
Giovanna Chinellato

Revisão Gramatical
Natália Pacheco
Fernanda Lutfi

Diagramação
Rita Motta

Editora afiliada à:

ASSOCIADO

Rua Viúva Cláudio, 291 — Bairro Industrial do Jacaré
CEP: 20.970-031 — Rio de Janeiro (RJ)
Tels.: (21) 3278-8069 / 3278-8419
www.altabooks.com.br — altabooks@altabooks.com.br
Ouvidoria: ouvidoria@altabooks.com.br

Para Greg, Milt e Patrick Schmida
— os melhores irmãos do mundo.

UM

 Agosto de 2000

Em 12 de agosto de 2000, Abby Morris, ofegante e com o suor escorrendo pela têmpora, se apressava em sua caminhada noturna pela faixa cinza da estrada de cascalho. Apesar das calças, da camisa de mangas longas e da espessa camada de repelente, os mosquitos sedentos pela carne exposta formavam uma auréola em torno da sua cabeça. Deu graças por haver o luar e a companhia de Pepper, sua labradora preta. Jay, o marido, não achava lá muito inteligente correr a esta hora da noite. Mas não havia nada melhor: entre trabalhar o dia inteiro, pegar o bebê na creche e ainda cuidar de todas as tarefas domésticas, o horário das 21h30 às 22h30 era só e verdadeiramente dela.

Não que Abby tivesse medo. Ela cresceu andando por estradas como essas. Estradas do condado cobertas de cascalho ou poeira e ladeadas por milharais. Nos três meses em que estavam vivendo aqui, nunca encontrou ninguém em suas caminhadas noturnas, o que lhe convinha muito bem.

— Roscoe, Roscoe! — Veio ao longe a voz de uma mulher. Alguém chamando o cachorro para passar a noite em casa, pensou Abby. — Ro-sss-coe! — A palavra se prolongou na cadência de uma canção irritante.

Pepper ofegava muito, a linguona rosa quase se arrastando no chão.

Abby acelerou o passo. Ela estava a quase meio caminho de sua volta de quase cinco quilômetros, no ponto onde o cascalho encontrava uma estrada de terra quase engolida pelos milharais. Virou à direita e parou de repente. À beira da estrada, a uns quarenta metros, via-se uma caminhonete. Subiu-lhe um frio pela espinha, e a cachorra olhou apreensiva para Abby. Decerto alguém com um pneu furado ou um problema no motor; deixou por ali a caminhonete para buscar depois, ponderou.

Retomou a caminhada, e uma tênue névoa encobriu a face da lua, mergulhando o céu na escuridão; era impossível saber se havia alguém sentado no interior do veículo. Abby inclinou a cabeça para ouvir o ronronar de um motor engasgando, mas tudo o que escutou foi a serenata de milhares de cigarras, que lembrava uma serra elétrica, e a respiração úmida da cachorra.

— Venha, Pepper — chamou Abby baixinho enquanto recuava alguns passos. Pepper continuou, o nariz próximo ao chão, seguindo um caminho em zigue-zague até os pneus da caminhonete. — Pepper! — chamou Abby rispidamente. — Aqui!

Ante a intensidade do chamado, a cabeça de Pepper se empertigou subitamente, e ela, relutante, parou de farejar e voltou para o lado de Abby.

Será que havia movimento atrás do para-brisa escurecido? Abby não sabia ao certo, mas não se livrava da sensação de que alguém a observava. As nuvens se dissiparam, e enfim ela avistou uma figura curvada atrás do volante. Um homem. Ele usava um boné, e, ao luar, Abby vislumbrou a pele pálida, um nariz ligeiramente torto e um queixo afilado. Só estava ali sentado.

Uma brisa quente murmurou pelos campos, esvoaçando os cabelos na nuca de Abby. Ouviu-se um farfalhar vindo da direita. Os pelos da nuca de Pepper se eriçaram, e ela rosnou baixinho.

— Vamos — ordenou Abby, recuando antes de se virar e correr para casa.

00h05

O xerife John Butler estava no deque apodrecido dos fundos, olhando o quintal, a madeira se deslocando e rangendo sob os pés descalços. As casas adjacentes estavam no escuro; os vizinhos e suas famílias adormeceram rápido. Por que estariam acordados? Um xerife morava logo ali, ao lado. Não havia por que se preocuparem.

Foi difícil recuperar o fôlego. O ar noturno estava quente, estagnado e pesadíssimo em seu peito. Cor de pólen, a lua de esturjão era gorda e pendia baixo, no céu. Ou seria a chamada superlua de morango? O xerife não se lembrava.

Os últimos sete dias foram tranquilos. Tranquilos até demais. Não houve roubos, acidentes graves com veículos a motor, explosões de laboratórios de metanfetamina nem denúncias de violência doméstica. Não que o Condado de Blake fosse um foco de ilegalidade, mas tinha lá sua parcela de crimes violentos. Não esta semana, porém. Nos primeiros quatro dias, deu graças pelo adiamento, mas então tudo lhe pareceu sinistro. Era estranho, inquietante. Pela primeira vez em vinte anos como xerife, Butler se viu realmente em dia com toda a papelada.

— Não vá pedir problemas emprestados — veio uma voz doce. Janice, 32 anos, a esposa de Butler, cingiu um braço na cintura do marido e pousou a cabeça em seu ombro.

— Não corro esse risco — respondeu com uma risadinha. — Eles mesmos vêm até mim.

— Então volte *pra* cama — falou Janice, puxando-lhe pela mão.

— Já, já entro — avisou Butler. A mulher cruzou os braços e lançou um olhar severo para ele, que ergueu a mão direita. — Mais cinco minutos. Prometo.

Relutante, ela voltou para dentro.

Butler correu a mão calejada pelo corrimão de cedro lascado. Era preciso substituir o deque inteiro. Demolir até a fundação para então reconstruir. Talvez amanhã ele fosse até a Lowe's em Sioux City. Se as coisas continuassem nesse ritmo, teria muito tempo para reconstruir o deque. Quase bocejando, ele voltou para dentro, passou o ferrolho na porta e caminhou vagaroso, pelo corredor, ao encontro da cama e de Janice. *Mais uma noite tranquila*, pensou o xerife, *por que não curtir enquanto ainda é serena?*

00h30

O som de balões estourando arrancou Deb Cutter de um sono profundo. Mais um estouro, depois outro. Talvez crianças brincando com a sobra dos fogos de artifício de 4 de Julho.

— Randy — murmurou ela. Não ouviu resposta.

Deb procurou o marido, mas o outro lado da cama estava vazio, as cobertas ainda intactas e frias ao toque. Ela deslizou de debaixo dos lençóis, foi até a janela e puxou a cortina de lado. A caminhonete de Randy não estava estacionada no local de sempre, junto ao galpão de ordenha. A de Brock também tinha desaparecido. Ela olhou para o relógio. Passava da meia-noite.

Seu filho de 17 anos tornou-se um estranho para ela. Seu doce menino sempre teve um lado selvagem, que se revelou maldoso. Ele ainda faria algo de muito errado, ela tinha certeza disso. Brock nasceu quando tinham 18 anos e mal sabiam como cuidar de si mesmos, quiçá de uma criança.

Deb sabia que Randy era duro com Brock. Às vezes, duro até demais. Quando ele era pequeno, bastavam um olhar severo e uma boa surra para devolver Brock aos trilhos, mas aqueles dias já tinham ficado para trás há muito. Agora, a única coisa que parecia chamar a atenção dele era um tapa na cabeça. Deb precisava admitir que, ao longo dos anos, Randy cruzou uma linha ou duas — distribuindo hematomas, lábios inchados e narizes ensanguentados. Mas depois sempre justificava o punho firme — a vida não era fácil, e, quanto mais cedo Brock descobrisse isso, melhor seria para ele.

E Randy ultimamente andava tão distante, tão ocupado. Não apenas ajudava os pais na fazenda, como também dava uma mão na reforma de outro antigo pátio com meia dúzia de construções decrépitas e uma granja de criação de suínos, além de tentar cuidar das próprias plantações. Ela mal o via durante o dia.

Deb tentava disfarçar, mas o ressentimento ficava preso na garganta. Obcecado. Eis o que Randy era. Obcecado por consertar aquela propriedade velha, obcecado pela terra. Sempre tinha a ver com a terra. As economias se iriam todas, e eles acabariam endividados para manter duas propriedades que não podiam bancar. Ela não ia aguentar muito mais tempo.

Ao longe, mais um estrondo reverberou. *Malditas crianças*, pensou ela. Desperta, olhou para o ventilador de teto que girava preguiçoso e esperou que o marido e o filho voltassem para casa.

1h10

A princípio, Josie Doyle, 12 anos, e sua melhor amiga, Becky Allen, correram na direção dos disparos. Só fazia sentido ir para casa — era onde estavam a mãe e o pai dela, além de Ethan. Lá estariam seguras. Contudo, quando Josie e Becky se deram conta do erro, já era tarde demais.

Afastaram-se do som e, de mãos dadas, correram pelo pátio escuro rumo ao milharal — seus caules, uma floresta alta e espinhosa, o único portal de proteção.

Josie estava certa de que tinha ouvido passos atrás delas e se virou para ver o que vinha à caça das duas. Não havia nada nem ninguém — apenas a casa mergulhada nas sombras da noite.

— Corre — instou uma Josie arfante, puxando Becky pela mão e empurrando-a para frente. Ofegantes, correram. Estavam quase lá. Becky tropeçou. Gritando, a mão soltou da de Josie. As pernas dobraram, e ela caiu de joelhos.

— Levanta, levanta daí — implorou Josie, puxando a amiga pelo braço. — Por favor. — Mais uma vez, ela se atreveu a olhar para trás. Uma réstia de luar revelou brevemente uma forma saindo de detrás do celeiro. Horrorizada, viu a figura erguer as mãos e mirar. Largou o braço de Becky, virou-se e correu. Só mais um pouco; ela estava quase lá.

Josie entrou no milharal assim que ouviu mais um tiro. Uma dor lancinante atravessou seu braço, arrancando-lhe o ar dos pulmões. Josie não parou, não desacelerou e, com sangue quente pingando na terra batida, continuou a correr.

Dois

Dias atuais

A tempestade se aproximava depressa, por isso Wylie Lark decidiu entrar na última vaga livre, na rua onde a mercearia de Shaffer se apinhava entre a farmácia e a pousada de Elk. Teria preferido dirigir até o mercado maior e mais bem abastecido, situado em Algona, mas nuvens já pesadas e cinzentas desciam sobre Burden.

Wylie saiu do Bronco, as botas rangendo sobre o sal de gelo densamente espalhado pela calçada, como se antecipasse a tempestade e os sessenta centímetros de neve esperados naquela noite.

Apreensiva, ela se aproximou das vitrines decoradas para o Dia dos Namorados. Rotos corações vermelhos e cor-de-rosa e cupidos armados de arco e flecha. Parou antes de abrir a porta. O estabelecimento de Shaffer era de propriedade familiar, guarnecido de produtos inferiores e uma seleção limitada. Era conveniente, mas entupido de intrometidos da cidade.

Até agora, sempre que Wylie entrou em Burden, se esquivou muito bem das interações com os habitantes locais; contudo, quanto mais tempo permanecia, maior a dificuldade.

Ao entrar, foi recebida por uma rajada de ar quente. Resistiu à tentação de tirar o gorro e as luvas e, em vez disso, colocou os fones de ouvido e aumentou o volume do podcast sobre crimes reais que andava ouvindo.

Como todos os carrinhos estavam em uso, Wylie pegou uma cestinha e começou a andar pelos corredores, os olhos fixos no chão. Começou a jogar itens dentro da cesta. Uma pizza congelada, latas de sopa, tubos de massa de cookie com gotas de chocolate. Parou diante da prateleira dos vinhos e correu os olhos pelas opções escassas. Um homem de macacão marrom e boné de marca de sementes verde e amarelo esbarrou em Wylie, fazendo-lhe escapar um fone da orelha.

— Opa, desculpa aí — disse ele, sorrindo para ela.

— Não foi nada — respondeu Wylie sem olhar nos olhos dele. Pegou rápido a garrafa de vinho mais próxima, e abriu caminho para se juntar à longa fila de pessoas no caixa.

A única atendente tinha cabelos castanhos, com vários fios grisalhos, que usava puxados para trás do rosto cansado e arrematados por uma presilha prateada. Parecia alheia aos clientes impacientes e ansiosos para chegar em casa. Passava cada item pelo scanner com uma lentidão de dar nos nervos.

A fila avançou. Wylie sentiu a forma sólida de alguém logo atrás de si. Virou-se. Era o homem do corredor dos vinhos. Suando sob o casaco, Wylie olhou para a atendente do caixa. Os olhos se cruzaram.

— Com licença — pediu Wylie, forçando passagem pelo homem e pelos demais clientes. Abandonou a cesta no chão e saiu correndo pelas portas. Foi agradável sentir o ar frio no rosto.

O celular vibrou no bolso; ela o pegou.

Era o ex-marido, e Wylie não queria falar com ele. Ficaria só amolando sobre a necessidade de ela voltar para Oregon e ajudar a cuidar do filho, buzinando que ela podia muito bem terminar o livro em casa. Deixou a chamada cair na caixa postal.

Ele estava redondamente enganado. Wylie não conseguiria terminar o livro em casa. A bateção de portas e a gritaria com Seth, de 14 anos, por ter chegado tarde em casa ou nem mesmo ter chegado eram uma frustração sem fim. Ela não conseguia pensar lá. Não se concentrava. E quando Seth, olhando para ela por debaixo dos cabelos desgrenhados, afirmou que a odiava e queria morar com o pai, ela comprou o blefe e o desafiou a ir.

— Ótimo. Que vá — retrucou, afastando-se dele. E ele foi. Como Seth não voltou para casa na manhã seguinte nem respondeu a nenhuma de suas ligações e mensagens, Wylie simplesmente fez as malas e zarpou. Era a saída fácil, ela sabia, mas já não conseguia aturar por nem mais um segundo a fúria e os segredinhos do filho. O ex podia muito bem passar uns dias cuidando disso. Exceto pelo fato de que os dias se transformaram em semanas e, depois, em meses.

Foi devolver o celular ao bolso, mas ele lhe escapuliu dos dedos e bateu no concreto, pulando até um sulco lamacento.

— Cacete — praguejou, curvando-se para pegar o aparelho da poça gelada. A tela estava estilhaçada, e o telefone, encharcado.

Ao entrar no carro, Wylie arrancou o gorro e tirou o casaco. Os cabelos e a camiseta estavam úmidos de suor. Tentou tirar a umidade do celular, mas sabia que, a menos que voasse para casa e o secasse, ele já era. Tocou inutilmente a tela rachada, esperando que acendesse. Nada.

A viagem de 25 minutos de volta para a fazenda pareceu levar uma eternidade, e ela estava de mãos abanando. Sem mantimentos, sem vinho. Seria preciso se contentar com o que tivesse na despensa.

Embora Wylie levasse apenas dois minutos para avistar toda a Burden pelo retrovisor, o que se estendia adiante era uma faixa negra e interminável de rodovia. Por duas vezes, ficou presa atrás de caminhões de sal, mas, quanto mais ao norte viajava, menos carros via. Todos estavam encafurnados, à espera da tempestade. Finalmente, ela saiu da rodovia principal e foi trepidando pelas negligenciadas estradas de cascalho que a levariam para a casa onde estava se hospedando.

Fazia seis semanas que Wylie habitava a zona rural do Condado de Blake, e o tempo tinha sido brutal. O frio gelava até os ossos, e ela não se lembrava de jamais ter visto tanta neve. Enquanto dirigia, passava por cada vez menos casas e fazendas até que tudo o que via era um mar de branco onde outrora havia milho, soja e alfafa. Nem de longe sugeriam a vindoura explosão de dourado e verde dali alguns meses.

Wylie dirigiu mais vários quilômetros e desacelerou para contornar devagarzinho a nogueira que cresceu inexplicavelmente bem ali, no meio do cruzamento de duas estradas de cascalho, e, depois, para passar pela pequena ponte treliçada que atravessava o riacho congelado abaixo.

Quase duzentos metros adiante, a pista longa e estreita, ladeada por montes de neve da altura dos ombros, a levaria para casa. Passou pela fila de pinheiros altos que serviam de quebra-vento, dirigindo-se para o celeiro vermelho desbotado, agora coberto de branco. Saiu do Bronco em ponto-morto enquanto escancarava as largas portas do celeiro, que ela usava como garagem, entrou com o carro, desligou a ignição e enfiou as chaves no bolso. Fechou as amplas portas de madeira atrás de si e olhou para a vasta pradaria em volta.

Ouvia-se unicamente o vento que soprava cada vez mais forte. Wylie estava sozinha. Não havia nenhum outro ser humano em um raio de qui-lômetros. Era exatamente o que ela queria.

Do céu caía gelo. Eis a tempestade.

Wylie enfiou o celular danificado no bolso e dirigiu-se para a casa da fazenda.

Entrando, trancou a porta dos fundos, tirou as botas e calçou os mo-cassins forrados de lã. Ela correu até os armários, em busca de uma caixa de arroz para secar o celular. Não havia nenhuma. Precisaria consertá-lo ou comprar um novo. Wylie pendurou sua parca de inverno em um gan-cho do vestíbulo, mas ficou com o gorro na cabeça.

A fazenda era centenária e tão teimosa e resmungona quanto um ve-lho rabugento. O aquecedor central estava roncando, mas não dava conta do ar frio que se infiltrava por entre as vidraças e sob as portas. Wylie pre-tendia ficar por apenas uma semana, duas no máximo. Contudo, quanto mais tempo ficava, mais difícil era ir embora.

A princípio, pôs a culpa no ex-marido e na briga que teve com Seth. Estava farta de discutir com os dois. Precisava se concentrar no livro atual, para finalmente terminá-lo.

Ela fez uma ligação, descobriu que a remota fazenda onde há vinte anos acontecera o crime estava desocupada, e decidiu fazer a viagem. A casa supria o básico: água e eletricidade. Sem Wi-Fi, sem televisão, sem filho adolescente a lembrá-la da péssima mãe que era. Ela estaria a quase 2.500 quilômetros de qualquer tipo de distração. Agora que derrubou e destruiu o celular, a única conexão com o mundo era o telefone fixo. Acabaram-se o seu acesso à internet, as mensagens, o FaceTime.

Trabalhava em seu quarto livro baseado em um crime real e não raro viajava para pesquisas, mas nunca tinha ficado tanto tempo longe de casa. Quanto mais Wylie permanecia em Burden, mais se dava conta de que havia algo mais ali, ou a esta altura já teria terminado o livro e voltado para casa.

Tas, um mestiço *coonhound*, já bastante idoso, levantou os olhos amarelos preguiçosamente, sem sair da sua caminha situada ao lado do radiador. Wylie ignorou o cão. Tas bocejou e, enfiando o longo focinho entre as patas, fechou os olhos.

O pôr do sol era só dali a três horas, mas a tempestade lançou uma cortina cinza sobre as janelas. Wylie percorreu a casa, acendendo as luzes. Arrastou do vestíbulo o que restava de lenha, colocou-a na lareira e acendeu o fogo. Torcia para que durasse a noite toda; não lhe agradava pensar em ir buscar mais lenha no celeiro.

Lá fora, a tempestade ganhava força, açoitando as janelas e cobrindo com uma camada envidraçada de gelo os ramos despelados das árvores. Seria lindo se Wylie já não estivesse tão cansada do inverno. Havia mais um mês e meio de frio, mais neve chegando, e a primavera era uma flor longínqua.

Wylie iniciou a rotina como em todas as tardes das últimas seis semanas. Circulou pela casa, verificando mais de uma vez se as janelas e as portas estavam trancadas, e fechou as persianas. Podia até preferir ficar sozinha, passando a vida a escrever sobre crimes hediondos, mas não gostava da escuridão e do que espreitava lá fora tão logo se punha o sol. Abriu a gaveta da mesinha de cabeceira para ver se o seu revólver calibre nove milímetros ainda estava lá.

Tomou um banho rápido, na esperança de vencer o momento em que a água quente se amornava, e secou os cabelos na toalha. Vestiu uma meia-calça grossa, meias de lã, calças jeans e um suéter, e voltou para a cozinha.

Lá, Wylie serviu-se uma taça de vinho e sentou-se no sofá. Tas tentou subir para ficar ao lado dela.

— Deita aí — ordenou Wylie com ar distraído, e o cachorro voltou ao seu lugarzinho junto ao radiador.

Ela pensou em usar o telefone fixo a fim de ligar para Seth, mas o ex podia estar por perto e insistir em falar com ela. Já tinha ouvido essa ladainha antes.

Inevitavelmente, a conversa descambaria em palavras duras e acusações.

— Volte *pra* casa. Onde está com a cabeça? — urgiu o ex-marido em um dos últimos telefonemas. — Você precisa se tratar, Wylie.

Sentira algo se partir no peito. Uma pequena fissura, apenas o suficiente para saber que precisava desligar a chamada. Fazia mais de uma semana que não falava com Seth.

Wylie subiu os degraus com a taça na mão e sentou-se à escrivaninha do quarto que usava como escritório. Tas seguiu seus passos e deitou-se debaixo da janela. O quarto era o menor de todos, pintado de amarelo com adesivos da Major League Baseball perfilados nos rodapés. A escrivaninha se situava no canto, voltada para fora, de modo que ela via tanto a janela quanto a porta.

O manuscrito impresso na semana passada na biblioteca de Algona era uma pilha ao lado do computador, pronta para a última leitura. Ainda assim, porém, Wylie hesitava em encerrar o projeto.

Passou mais de um ano estudando fotos da cena do crime, lendo artigos de jornal e relatórios oficiais. Entrou em contato com testemunhas e pessoas imprescindíveis à investigação, incluindo delegados e o antigo xerife. Até o principal agente do Departamento de Investigação Criminal de Iowa concordou em falar com ela. Foram surpreendentemente sinceros e lhe forneceram informações exclusivas sobre o caso.

Apenas os membros da família não falavam com ela. Ou já tinham morrido ou se recusaram. Não cabia culpá-los. Wylie passou horas intermináveis escrevendo, os dedos voando pelo teclado. Agora, o livro estava pronto. Tinha sua resolução; tão escassa quanto fosse. Identificaram o assassino, mas ele não foi levado a julgamento.

Wylie ainda tinha tantas perguntas sem resposta, mas este era o ponto-final. Precisava ler as páginas, fazer as revisões finais e enviar o manuscrito ao editor.

Frustrada, jogou a caneta vermelha sobre a escrivaninha. Levantou-se, espreguiçou-se e desceu as escadas até a cozinha, depositando no balcão a taça vazia. As mãos doíam de frio, mas ela estava determinada a não aumentar o termostato. Em vez disso, encheu a chaleira de água e colocou-a sobre o fogão. Enquanto aquecia, aproveitou as chamas para esquentar as mãos.

Lá fora, o vento açoitava e lamuriava-se pesaroso; minutos depois, a chaleira, uivante, uniu-se às lamúrias. Wylie levou a xícara de chá até a escrivaninha e sentou-se novamente. Afastou o manuscrito, e os pensamentos se voltaram ao próximo projeto que poderia assumir.

O que não faltava eram assassinatos medonhos. Tinha um mundaréu de opções. Muitos escritores de livros baseados em crimes reais escolhiam o assunto mediante as manchetes e o interesse público pelo crime. Wylie, não. Ela sempre começava pela cena do crime. Eis onde a história lhe infiltrava nas veias, e ela não soltava por nada.

Examinava as fotos tiradas nos locais do crime — imagens dos lugares onde as vítimas deram o último suspiro, a posição dos corpos, o rosto congelado na morte, o furor dos respingos de sangue.

Agora, as fotos que revia eram de um crime no Arizona. A primeira foi tirada de longe. Via-se uma mulher apoiada contra uma rocha cor de ferrugem, moitas áridas a rodeavam como uma coroa de flores, o rosto inclinado, como a fugir da câmera. Uma mancha escurecia a frente da camisa.

Wylie reservou a foto e olhou para a próxima da pilha. A mesma mulher, mas agora de perto e sob um ângulo diferente. A boca contorcida numa expressão de muita dor. A língua para fora, preta e inchada. Cravado no peito tinha um buraco por onde dava para enfiar a mão, franjado nas bordas por pele grosseira a revelar ossos e cartilagem.

As fotos eram sanguinolentas, perturbadoras e uma fonte infinita de pesadelos, mas Wylie acreditava que, antes de mais nada, precisava conhecer as vítimas na morte.

Às 22h, Tas a cutucou com a pata. Juntos desceram as escadas; o cachorro se movia mais lentamente, as articulações emitindo um estalido áspero. Não tardaria para já não ser mais capaz de subir e descer as escadas.

O que será que o ex-marido diria quando Wylie lhe contasse que tinha adotado um idoso que estava sentado diante da porta da fazenda? Não importava quanto o enxotasse, o cachorro ficava plantado.

Wylie imaginou que ele fora abandonado pelos locatários que a precederam. Deu-lhe o nome Tas, abreviação de Itasca, o parque estadual onde encontraram o corpo das três jovens foco do seu primeiro livro baseado em crimes reais.

Ela não gostava muito de Tas, e o sentimento era recíproco. Pareciam ter chegado ao entendimento de que, por ora, precisariam se aturar.

Destrancou a porta da frente, abrindo-a apenas o suficiente para o cachorro sair, e fechou-a atrás dele. Ainda assim, o ar frio, a neve e o gelo se esgueiraram para dentro da casa, e Wylie estremeceu.

Passou-se um minuto, depois dois. Tas, nada chegado ao frio, costumava ser ligeiro em fazer as necessidades e logo arranhava a porta, para sinalizar que estava pronto para entrar.

Wylie foi até a janela, mas as vidraças estavam embaçadas e tinham lascas de gelo. Esfregou os olhos, ásperos de tanto olhar as fotos granuladas, e apoiou as costas na porta para esperar. Não conseguiria pegar no sono até o nascer do sol.

As luzes piscaram, e o coração de Wylie entrou em pânico. Assustada, ela olhou para a lâmpada e prendeu a respiração, mas o brilho quente permaneceu firme. Acrescentou mais lenha ao fogo. Se acabasse a energia, os canos poderiam congelar, e ela teria nas mãos um problema daqueles. Wylie abriu um pouquinho a porta e espiou o mar de brancura; sem sinal de Tas, porém.

— Tas! — gritou na escuridão. — Aqui! — A chuva se transformou em chumbinhos que atingiram a casa, fazendo um incessante arranhar, como ratos. Wylie não conseguia ver além da luz fraca que se derramava de cima da porta. — Ótimo — murmurou enquanto enfiava a mão no armário para pegar um par de botas limpas, um casaco reforçado e uma das muitas lanternas que guardava pela casa.

Empacotada, ela saiu, cuidando para não escorregar nos degraus da varanda até o quintal da frente.

— Tas! — gritou novamente, irritada. Curvou os ombros ante o vento cortante e baixou a cabeça para se desviar das gotículas de gelo que lhe acertavam no rosto.

Caídos já vários centímetros de neve, agora havia sobretudo a chuva congelada, transformando o quintal em uma pista de patinação.

Outro laivo de inquietação percorreu Wylie. Camadas grossas de gelo ou de neve nas linhas de energia certamente acarretariam o colapso do sistema e a mais completa escuridão. Ela queria encontrar Tas e entrar o mais depressa possível.

Usando o corrimão da varanda para se firmar e o feixe da lanterna para guiá-la, Wylie foi andando devagar, gritando pelo cão. Espremeu os olhos na escuridão e apontou a lanterna em direção à trilha que levava à estrada. Duas órbitas sinistras e vermelhas reluziram de volta para ela.

— Tas, venha já aqui — ordenou. Ele baixou a cabeça, ignorando o comando.

Resignada, Wylie começou a caminhar rumo ao cão teimoso. Inclinou-se só um pouco para frente e se moveu, os passos uniformes, tentando manter o centro de gravidade diretamente acima dos pés. Ainda assim, escorregou, caindo de bunda.

— Do caralho, viu — praguejou ao se levantar. O gelo penetrou pelo vão formado entre o casaco e o pescoço. Sem luvas nas mãos, não via a hora de enfiá-las nos bolsos, mas não se atrevia agora. Precisava das mãos livres e estendidas caso caísse novamente.

Tas permaneceu parado. À medida que se aproximava, Wylie viu que a atenção dele se dirigia ao chão logo adiante. Wylie não sabia dizer o que era. Tas rodeou o objeto, farejando-o como a intuí-lo.

— Sai com o focinho daí — mandou Wylie.

Conforme avançava com dificuldade, ela viu que não era um objeto, mas uma criatura viva, ou que um dia fora viva. Uma bola acanhada e envolvida por uma camada de gelo que resplandecia à luz da lanterna.

— Tas, senta! — gritou. Desta vez, o cachorro levantou a cabeça e olhou para ela; então, obediente, ele se sentou. Wylie aproximou-se com custo; os olhos seguiram o caracol que fazia o corpo. Um sapato arranhado, o azul desbotado de um jeans, o cinza felpudo de um moletom, uma cabeça raspada de capilares escuros, a mão fazendo um pequeno punho pressionado contra a palidez dos lábios. Um regato fino de sangue congelado se ramificava pela cabeça.

O que jazia ali diante deles não era um animal. Era um menininho congelado no chão.

TRÊS

— E se a gente sair pra brincar? — indagou a menina, espiando pelas frestas da pesada cortina que cobria a janela. O céu estava cinza, e suaves gotas de chuva tamborilavam no vidro.

— Hoje, não — respondeu a mãe. — Está chovendo, e a gente ia derreter.

A menina deu uma risada e depois pulou da cadeira que tinha arrastado até o pé da janela. Sabia que a mãe só atiçava. Não derreteriam se saíssem na chuva, mas, ainda assim, tremeu só de pensar — pôr os pés para fora e sentir a chuva bater na pele, fazendo-a derreter como um cubo de gelo.

Em vez disso, a menina e a mãe passaram a manhã na mesinha de bar, cortando cartolinas em forma de ovo nas cores rosa, roxo e verde, e embelezando-as com bolinhas e listras.

Em um dos recortes, a mãe desenhou olhos e um biquinho laranja e pontudo. A mãe colocou as mãos da menina em um pedaço de papel amarelo e traçou o contorno com lápis.

— Olha só — disse ela ao recortar as mãozinhas e colá-las na parte de trás de uma das formas ovais.

— É um pássaro — falou a garota, maravilhada.

— Um pintinho da Páscoa — respondeu a mãe. — Eu fazia desses quando tinha a sua idade.

Juntas fixaram nas paredes de concreto, cuidadosamente, os ovos, os coelhos e os pintinhos criados, conferindo à sala escura uma aparência leve e festiva.

— Acabou. Agora estamos prontas para o Coelhinho da Páscoa — anunciou a mãe com ar triunfante.

Naquela noite, quando a menina subiu na cama, o friozinho na barriga ainda não a deixava pegar no sono.

— Fique quieta — ficou lembrando a mãe. — Assim dorme mais rápido.

A menina não achava que fosse verdade, mas, quando abriu os olhos, uma réstia ensolarada espreitava da sombra. Ela sabia que a manhã finalmente chegara.

Saltou da cama para encontrar a mãe já na mesinha redonda onde faziam as refeições.

— Ele veio? — perguntou a garota, metendo atrás das orelhas os longos cabelos castanhos.

— É claro que veio — respondeu a mãe, segurando uma cesta feita de tiras de papel colorido. Era pequena, cabia na palma da mão da menina, mas era uma graça. Dentro havia pedacinhos de papel verde cortados à semelhança da grama. Em cima via-se um pacote de chiclete de canela e duas balinhas de melancia.

A garota sorriu apesar da decepção. Ela esperava um coelhinho de chocolate ou um daqueles ovos adocicados que escorriam amarelo quando se partiam.

— Obrigada — agradeceu.

— Agradeça ao Coelhinho da Páscoa — emendou a mãe.

— Obrigada, Coelhinho da Páscoa — chalreou a garota como a criança nos comerciais de doce que ela via na televisão. As duas riram.

Desembrulharam cada uma um chiclete e passaram a manhã inventando histórias sobre os coelhos e os pintinhos que fizeram com papel.

Quando o *chiclete da menina perdeu o sabor, e ela lambeu lentamente uma das balinhas até virar um disco fino, a porta no topo das escadas se abriu e o pai desceu até as duas. Trazia um saco plástico e um fardo com seis cervejas. A mãe olhou para a garota. Aquele olhar que dizia "agora vá, mamãe e papai precisam de um tempo a sós".*

Obediente, a menina, pegando a cesta de Páscoa, foi até o posto dela sob a janela e sentou-se no estreito feixe de luz quente que se derramava no chão. De cara para a parede, ela desembrulhou outro chiclete e enfiou a goma na boca, tentando ignorar o rangido da cama e os grunhidos do pai.

— Já pode virar — avisou a mãe finalmente. A garota saltou de seu lugar no chão.

Ouviu a água correndo no banheiro, e o pai saiu com a cabeça pela porta.

— Feliz Páscoa — disse ele com um sorriso, mostrando os dentes. — O Coelhinho da Páscoa pediu para eu te dar uma coisinha.

A menina olhou para a mesa da cozinha sobre a qual se via o saco plástico. Voltou os olhos para a mãe, que estava sentada na beirada da cama, esfregando o pulso, os olhos úmidos e vermelhos. A mãe anuiu com a cabeça.

— Obrigada — murmurou ela.

Mais tarde, depois que o pai subiu as escadas e trancou a porta atrás dele, a menina foi até a mesa e olhou dentro do saco. Viu um coelho de chocolate com olhos azuis arregalados. Segurava uma cenoura e vestia uma gravata-borboleta amarela.

— Pode pegar — falou a mãe enquanto segurava uma bolsa de gelo sobre o pulso. — Quando eu era pequena, sempre começava pelas orelhas.

— Acho que eu não estou com muita fome — falou a garota, devolvendo a caixa à mesa.

— Está tudo bem — disse a mãe gentilmente. — Pode comer. É do Coelhinho da Páscoa, não do seu pai.

A garota ponderou. Deu uma mordidinha na orelha do coelho, e o chocolate doce inundou-lhe a boca. Deu outra mordida e depois mais outra. Estendeu o coelho para a mãe, e ela mordeu de uma só vez o que sobrava da orelha. Riram e se revezaram comendo até que tudo o que restava era o rabo.

— Feche os olhos e abra a boca — pediu a mãe. A menina obedeceu e sentiu-a colocar na sua língua o pedacinho restante e depois beijá-la no nariz. — Feliz Páscoa — sussurrou.

Quatro

 Agosto de 2000

Agosto de 2000 foi um mês livre de crimes no Condado de Blake, Iowa, localizado na parte centro-norte do estado. Com uma população de 7.310 habitantes à época, o condado rural e agrícola não era conhecido por sua onda de crimes. Em verdade, até os eventos de 13 de agosto de 2000, não havia registros de nem um assassinato no condado todo.

Apesar do nome sombrio, Burden ("fardo" em português), população de 844 habitantes, era conhecida como uma comunidade idílica para se viver e formar uma família. Localizada no canto sudoeste do Condado de Blake, Burden ostentava taxa de criminalidade inferior a um quarto da média estadual.

Embora fosse o alvorecer de um novo milênio, Burden se mantinha centrada na agricultura. Milho e soja eram as principais culturas cultivadas por famílias que lá viviam há gerações. As crianças corriam descalças por anêmonas, esporas e capins-estrela, assim como outrora seus pais e seus avós.

Os verões consistiam em trabalhar muito e brincar muito. As crianças da fazenda montavam em cima de tratores guiados pelos pais durante a temporada de plantio, brincavam nos palheiros e iam pescar depois de cumpridos os afazeres. Garotinhas passavam nove meses do ano letivo aprendendo que poderiam ser médicas e advogadas quando crescessem, mas ainda assim voltavam para casa e ajudavam as mães e as avós a enlatar conservas de picles e geleia de ruibarbo. Alimentavam à mão cabras órfãs, liam livros por trás do depósito de milho, patinavam no gelo em Burden Creek e brincavam de pega-pega, pulando de fardo de feno em fardo de feno.

Essa era a existência de Josie Doyle, 12 anos, quando acordou na manhã de 12 de agosto de 2000, quase tonta de ansiedade. Vestiu-se rapidamente e puxou os cabelos castanhos rebeldes em um rabo de cavalo.

Precisava arrumar as malas e fazer uma lista de todas as atrações mais importantes para mostrar à melhor amiga, Becky, que estaria indo a um festival pela primeira vez. Porém, antes de mais nada, o café da manhã e os afazeres domésticos. Josie comeu rápido e cumpriu suas tarefas num piscar de olhos.

Eis então que Josie percebeu que seu labrador chocolate, Roscoe, estava desaparecido. O que por si só não era incomum.

Roscoe era um cachorro errante. Sumia por horas a vagar pelos campos, mas sempre voltava para casa e nunca perdia o café da manhã. Josie levantava a tampa da lixeira de plástico que continha o saco de vinte quilos com comida de cachorro, e ele vinha correndo, com teias de saliva pingando das bochechas.

Naquela manhã, porém, não havia sinal de Roscoe. Josie jogou uma concha de ração na tigela dele, encheu o prato com água da mangueira e depois foi até as galinhas.

Para passar o tempo até a chegada de Becky, Josie acompanhou o pai enquanto ele plantava uma linha de pinheiros que um dia protegeria a casa dos ventos cruéis do inverno. Depois, ajudou-o a consertar cercas ao longo da seção norte da propriedade. As mãos enluvadas se moviam hábeis enquanto ele esticava, enrolava e prendia o arame farpado. Tagarelando sobre o festival que se aproximava, Josie aparecia e desaparecia, dançando diante da visão do pai, quase caindo na cerca enferrujada. Pequena para a idade dela, dava aos outros a impressão de ter energia infinita.

Josie ouviu o caminhão antes de vê-lo. O estouro de pipoca que fazia no cascalho. Virou-se e viu o bico da caminhonete fazendo a curva na estrada. Esperou o veículo passar, mas ele apenas ficou lá, então ela seguiu adiante em seu caminho.

Ouviu-se de novo o ranger das pedras sob os pneus. Josie virou-se, e a caminhonete parou. Ela se moveu, e ele a seguiu, mantendo lenta a velocidade, para acompanhá-la. A menina espremeu os olhos para ver quem estava no banco do passageiro, mas o sol era um disco de ouro reluzente no Leste, tornando impossível saber. Ela não estava assustada. Provocação dos amigos do irmão, imaginou.

— Rá-rá! — gritou Josie. — Muito engraçado! — Estendeu a mão e pegou uma pedrinha, jogando-a na direção da caminhonete. A pedra pousou no chão, com um som metálico. Lentamente, ela caminhou em direção ao veículo, que começou a dar marcha à ré.

Estranho, pensou ela, e deu mais alguns passos em direção à caminhonete, que recuou mais seis metros. Um pega-pega. Corajosa, Josie trotou em direção ao veículo, certa de que dentro estavam os detestáveis amigos do irmão.

Ao se aproximar, Josie viu a silhueta de uma pessoa na cabine. Uma figura curvada, boné ecológico puxado sobre a testa. A caminhonete rolou para trás.

Só então um grito veio do outro lado do campo. O pai de Josie acenou para que voltasse para perto. Ela deu uma última olhada na caminhonete em marcha lenta. Quando Josie chegou até o pai, entretanto, já tinha esquecido tudo.

Em casa, ela se atreveu a abrir a porta do quarto do irmão, na esperança de angariar a ajuda dele na procura por Roscoe.

— Me deixa em paz — falou Ethan, sentado no chão, com as costas apoiadas na cama.

— Mas Roscoe não voltou para casa ontem à noite. Você não está preocupado? — perguntou ela.

— Na real, não — respondeu um Ethan categórico enquanto folheava uma revista.

— E se ele foi atropelado por um carro? — perguntou Josie, o tom de voz subindo. Ethan deu de ombros, sem se preocupar em olhar para a irmã. — Você vai se sentir mal se ele não voltar *pra* casa — praguejou, pegando um livro do topo da cômoda de Ethan e jogando nele, o que lhe arrancou a revista das mãos. Josie não conseguiu conter o riso.

— Sai da porra do meu quarto — rosnou Ethan, pegando uma de suas botas de bico de aço e atirando em Josie. O sapato acertou um ponto pouco acima da cabeça dela, arrancando uma lasquinha da moldura da porta.

Josie recuou depressa e correu para o banheiro, onde trancou a porta atrás de si. Ethan vinha agindo tão estranho ultimamente. Entrando em brigas, bebendo, ligações da escola, ligações do xerife. Ela nunca sabia o que esperar quando eles se cruzassem, o que não acontecia com muita frequência, pois ele ficava metido no quarto o máximo que podia. Josie esperou até ouvir a porta do quarto do irmão se abrir e seus passos ressoarem nas escadas antes de colocar a cabeça para fora do banheiro.

Às quatro e meia, Becky e a mãe, Margo Allen, desceram a estradinha da frente, e Josie correu para cumprimentá-las, a porta de tela batendo atrás. Becky tinha longos cabelos pretos e encaracolados dos quais vivia a reclamar e grandes olhos castanhos e expressivos.

— Eu te dou o meu cabelo, se eu puder ficar com o seu nome — sempre dizia Becky.

Josie teria feito a troca de bom grado. Ela achava Becky linda; todo mundo achava. Logo depois de completar 13 anos, Becky passou a receber ligações de meninos e implorava cada vez mais para ser liberada de passar tempo com Josie a fim de poder sair com as crianças da cidade. Mas este final de semana ia ser diferente; Josie teria Becky só para si. Conversariam e dariam risadas e fariam todas as coisas que faziam antes de a vida se complicar tanto.

Elas se cumprimentaram com um grito agudo e um abraço, e Josie aliviou Becky do saco de dormir e do travesseiro que carregava.

O HÓSPEDE NOTURNO 25

— Sábado à noite deixamos Becky em sua casa assim que voltarmos — avisou a tímida Lynne Doyle, mãe de Josie, enfiando um fio de cabelo rebelde atrás da orelha. — Acho que perto das oito.

Margo pediu que Lynne deixasse Becky na casa do pai.

— Ó, eu não sabia — disse Lynne como se estivesse surpresa, então hesitou. Josie não tinha comentado nada sobre a separação dos pais de Becky. — Mas é claro! — Lynne abaixou os olhos.

Por um momento, as duas adultas permaneceram em um silêncio constrangedor até que, enfim, Lynne falou novamente:

— Outro dia quente hoje, mas pelo menos tem uma brisa — comentou, olhando para o céu desanuviado por um vento quente. Quando não havia nada para dizer, sempre restava o tempo.

— Divirta-se, Becky — falou Margo, virando-se para a filha e puxando-a para um abraço. — Você seja boazinha e obedeça ao Sr. e à Sra. Doyle, combinado? Mamãe te ama.

— Combinado. Te amo também — murmurou Becky, envergonhada pela demonstração de afeto da mãe. As duas meninas entraram correndo na casa, subiram os degraus até o quarto de Josie, pintado de um alegre amarelo, e despejaram no chão o saco de dormir, o travesseiro e a bolsa de viagem de Becky.

— O que você quer fazer primeiro? — perguntou Josie.

— As cabras — respondeu Becky, no mesmo instante em que veio de fora um grito furioso.

As meninas foram até a janela aberta, para ver o que era o barulho. Abaixo delas, Margo estacou ao abrir a porta do carro, e Lynne pressionou a mão na testa, como em saudação, protegendo os olhos do sol vespertino. As duas olhavam para o celeiro.

Como um tornado, Ethan saiu primeiro, o rosto com a carranca que agora ele sempre parecia ostentar. Logo atrás veio o pai, William. Bateu com uma mãozona no ombro de Ethan, fazendo-o se virar para encará-lo. Outras palavras furiosas foram varridas pela brisa quente, mas ouviu-se claramente *filho da puta*. Margo olhou inquieta para Lynne, que sorriu como se a pedir desculpas e murmurou algo sobre os adolescentes de hoje em dia. Ela andava fazendo muito isso ultimamente. Com um tapa, Ethan tentou se livrar da mão do pai, em vão.

— Querido! — gritou Lynne, e, vendo que havia visita, o pai soltou a mão do ombro de Ethan. O gesto repentino fez o garoto perder o equilíbrio e cair com um joelho no chão. William estendeu a mão para ajudá-lo, mas o filho ignorou a ajuda e se levantou sozinho. Apreensivo, o homem olhou para as mulheres e ergueu a mão em saudação a Margo. Ethan se encolheu como se estivesse prestes a levar uma bofetada.

— Vamos — interpelou Josie, puxando Becky da janela. — Vamos lá para trás. — Piscando os olhos, ela segurou lágrimas de vergonha. Era apenas uma amostra de como se davam ultimamente o pai e o irmão.

Ethan se afastara abruptamente, e a transformação fora repentina. Parou de falar e, quando o fazia, era com grunhidos de raiva e ressentimento. Ele era abertamente desafiador e se recusava a ajudar na fazenda.

— O seu irmão chamou o seu pai de filho da puta — falou Becky, e assim as duas desataram a rir, sem conseguir parar. Uma se recompunha, e logo a outra sussurrava *filho da puta*, e as duas tinham outro ataque de riso.

Depois do jantar, Lynne pediu a Ethan que levasse uma torta que ela preparara até a fazenda dos pais dela a um quilômetro e meio dali.

— Você vai direto para lá e depois vem direto para casa — ordenou ela.

Ethan revirou os olhos.

— Ethan — advertiu Lynne —, não me teste.

Antes que Josie ouvisse a resposta espertinha de Ethan, Becky e ela já tinham saído pela porta.

O local favorito de Josie na fazenda era o imenso celeiro vermelho. Construído há oitenta anos, recebia Josie todas as manhãs com sua ampla face rubra. O nariz, a porta do depósito de feno, os olhos, as janelas superiores bem espaçadas, e a boca, a entrada pela qual dava para atravessar uma caminhonete.

O celeiro cheirava a feno doce aquecido pelo sol e a óleo de trator. Cheirava à poeira e cabras. Josie encheu de comida os cochos de madeira que se estendiam pelo centro do celeiro e encheu um baldinho com ração enquanto Becky corria de canto a canto à procura da mamãe gata e de seus gatinhos. Estavam encafurnados em algum lugar desconhecido.

Josie e Becky saíram para onde o celeiro se abria para uma área cercada onde as pouco mais de trinta cabras passavam o dia. Quando ouviram o balde batendo na perna da garota, as cabras vieram correndo com suas perninhas magricelas. Josie e Becky enfiaram a mão no balde para pegar a ração, e deslizaram as mãos pela cerca, a palma da mão achatada. Becky riu dos olhos pretos em forma de lagarta e dos berros que pareciam de gente.

— Ei, o que o seu irmão está fazendo? — perguntou.

Josie olhou para cima e viu Ethan caminhando em direção à caminhonete velha, a espingarda em uma mão e a outra equilibrando a torta que ele entregaria aos avós.

— Não sei, mas ele definitivamente não deveria estar fazendo isso — falou Josie, com as mãos nos quadris.

— Você tem muita sorte de ter um irmão mais velho. Ele é tão bonitinho. Vamos ver para onde está indo — disse Becky, esfregando as mãos para limpar o resto de ração. Antes que Josie pudesse detê-la, a amiga já corria atrás de Ethan.

— Você vai atirar no quê? — perguntou Becky, esbaforida, quando o alcançaram.

— Crianças que me seguem e não calam a boca — respondeu Ethan, mal olhando para elas.

— Rá-rá — falou Josie, com ares de sem graça. — Ainda nem é temporada de caça. O pai sabe que você *tá* levando uma arma *pra* casa do vô?

— Posso caçar pombos ou marmotas quando me der na telha, e não, o pai não precisa saber de toda coisinha que eu faço. Além disso, vou atirar em objetos.

— Sim, ele nunca vai ouvir os tiros. Ótimo plano, o seu, Ethan. — Josie sorriu com ar galhofeiro, olhando para Becky, que por sua vez não tirava os olhos do menino.

— A gente pode ir junto? — perguntou Becky.

— Vocês que sabem — murmurou Ethan enquanto depositava cuidadosamente a espingarda no gancho disposto na janela traseira da caminhonete. As meninas subiram no veículo, e Becky fez um comentário sobre o quanto estava limpo. Fuçou no porta-luvas, remexendo as coisas dele, puxando um pacote de chiclete e uma latinha de balas.

— Hálito fresco deve ser a sua obsessão — comentou, caindo na risada. Ethan ruborizou. Becky retirou um bonequinho do Lanterna Verde que Ethan mantinha no porta-luvas como um amuleto da sorte e, falando baixinho, andarilhou com o herói pelo braço dele.

— Pare com isso — ordenou Ethan de um jeito que fez Josie saber que ele estava gostando da atenção que recebia da menina.

Becky tagarelava alegremente enquanto Ethan acelerava pela pista e parava bem no pátio e diante da porta vermelha da casa dos avós.

— Leva correndo *pra* vó — ordenou Ethan. — E não fica de conversinha. *Tô* com pressa.

Para sair da caminhonete, Josie passou desajeitada por cima de Becky, a torta tombando de quase cair. Não querendo contrariar o irmão, fez o que ele mandara. Josie abriu a porta da frente sem nem bater e correu para a cozinha onde os avós, Matthew e Caroline Ellis, terminavam de jantar.

Falou um tchau apressado e, quando voltou para a caminhonete, viu que Becky tinha se aproximado tanto de Ethan que as pernas dos dois se tocavam. Josie subiu na cabine, e os pneus da caminhonete já giravam antes mesmo de ela fechar a porta. Em vez de dirigir direto para casa, Ethan fez uma curva acentuada à direita e entrou em uma estrada de terra que acompanhava a correnteza do riacho.

— O que você *tá* fazendo? — perguntou Josie. — A mãe disse para voltar direto *pra* casa.

— Só vou dar uns tiros por uns minutinhos — avisou Ethan quando eles se aproximaram de um trecho de pinheiros-do-Canadá no lado oeste da propriedade do avô e pararam ao lado de uma caminhonete prata e enferrujada que estava estacionada à beira da estrada.

— Cutter — falou Ethan pela janela aberta.

— Ei — respondeu o menino, empinando o queixo cheio de espinhas. Cutter era um dos meninos com quem Ethan estava proibido de sair.

— Fiquem aqui — ordenou Ethan.

Josie e Becky o ignoraram e desceram da caminhonete.

— Josie — falou Ethan, a voz com o ar pesado de uma advertência.

— O que foi? — perguntou uma Josie inocente, com os olhos arregalados. Ao lado dela, Becky segurou uma risada.

— Por que você trouxe essas duas aí? — perguntou Cutter, apontando para Josie e Becky. Ele tinha um primeiro nome, mas ninguém o usava. Era alto, de peitoral largo e cabelos cor de palha, com a pele muitíssimo bronzeada de tantas horas trabalhando ao sol, na fazenda da família. Tinha as bochechas cheias e redondas e um sorriso fácil que, à primeira vista, lhe conferia uma aparência calma e jovial, mas, após uma inspeção mais detalhada, viam-se os olhos duros que carregavam mais a índole maldosa do que o espírito travesso.

— Não somos crianças — retrucou Becky.

Cutter deu uma risada que condizia com os olhos e olhou para as garotas de cima a baixo, parando quando pousou nos peitos de Becky.

— É, talvez uma de vocês não seja mesmo uma criança — comentou.

— Vamos lá, só tenho alguns minutos — disse Ethan, retirando a espingarda do porta-armas.

— É a arma que seu avô te deu? — perguntou Cutter.

— É — respondeu Ethan, pegando um balde velho da caçamba da caminhonete e caminhando cerca de cinquenta metros. Todos o observaram virar o balde sobre um tronco velho e voltar. — Agora, se afastem.

Cutter ficou parado, mas Becky e Josie deram três passos para trás enquanto Ethan pescava um cartucho do bolso, carregava a munição e engatilhava a arma com um tranco. Acomodou a arma no ombro, cambaleou os pés e pressionou a bochecha contra a coronha.

— Tampem os ouvidos — aconselhou Josie, e Becky bateu com as mãos na cabeça. Ouviu-se um estrondo, e o barulho de metal contra metal quando o balde caiu no chão.

As meninas abaixaram as mãos, e Ethan sorriu triunfantemente enquanto descia a arma do ombro.

— Legal! — exclamou Becky.

— Muito bom! — admitiu Cutter, estendendo a mão para a espingarda. — Minha vez. — E tirou a arma das mãos de Ethan.

— Vamos lá — disse Josie, puxando Becky para a caminhonete —, isso é muito chato.

— Não, eu quero tentar — insistiu a outra.

Uma onda de ciúme atravessou Josie. Becky era sua melhor amiga. A ideia de que preferisse passar o tempo com o irmão e Cutter lançou-lhe uma enxurrada de inveja.

— Você não pode. É perigoso.

— Anda, cara — falou Ethan. — Manda ver. Um minuto e zarpamos.

— Beleza — interveio Cutter. — Meninas não devem brincar com armas grandes assim. — Segurou a espingarda no nível da virilha e tremeu a língua em tom sugestivo.

— Ai, que nojo — falou Becky com uma risada.

— Sim, é nojento — comentou Josie.

— Tudo bem, você está com medo — desafiou Cutter. — Temos que te levar *pra* casa. É hora da menina nanar.

— Não estou com medo — murmurou Josie.

— *Tá*, então atira. — Segurou a arma, cano para baixo, em direção a ela.

Josie sentiu a tentação. Não era de recusar um desafio, mas com armas era diferente. O pai azucrinava a cachola deles, dizendo que não eram brinquedo; que acidentes aconteciam por exibicionismo descuidado ou pelas mãos de novatos que não respeitavam o poder inerente de uma arma de fogo.

— Eu não quero — disse Josie em tom casual.

— Você está com medo — provocou Cutter.

— Eu não estou — retrucou Becky, estridente. — Posso tentar?

— Claro, chega aqui. Vou te mostrar. — Cutter acenou para que Becky se aproximasse. Ela pegou a arma e, surpresa com o peso, quase a deixou cair.

— Cuidado! — gritou Cutter. — Quer dar um tiro na gente?

— Foi mal — disse a menina, agitada.

— Espera, vou te mostrar. — Cutter foi para trás de Becky, estendendo a mão para a arma. Pressionou os quadris contra as costas dela e cingiu-lhe os braços na cintura, os dedos devagarinho deslizando sob o tecido da camisa da garota. Becky tentou se desvencilhar, mas ele a encurralou.

— Quero que o Ethan me mostre como se faz. — Becky se libertou com uma leve cotovelada. Cutter franziu os lábios, fazendo um beicinho magoado.

Ethan deu de ombros e mostrou como segurar o rifle e espiar pela mira.

— É mais pesada do que eu imaginei — comentou Becky, espremendo os olhos para mirar no balde agora caído no chão.

— É melhor você não fazer isso — alertou Josie. Ela olhou em volta, com medo de que alguém pudesse ver. Estariam em apuros.

— Só quero segurar um pouco — falou Becky em uma voz que deixava claro que pensava que Josie agia como um bebê.

— Vá em frente — incitou Josie —, manda um tiro no próprio pé. Não *tô* nem aí. — Virou as costas para eles e andou até a caminhonete à espera de mais tiros. Ouviu-se um *bum*, seguido por um grito animado de Becky.

Cutter arrancou a espingarda da mão dela.

— Minha vez. — Carregou a arma e a ergueu até o ombro, mas, em vez de mirar no balde, apontou para as árvores, movendo o cano da esquerda para a direita, lentamente. Sua mandíbula travou, e os olhos se estreitaram pouco antes de puxar o gatilho. Houve um estrondo, um farfalhar de folhas e então o baque surdo de algo caindo no chão.

— Ei — disse Becky. — Você atirou num passarinho! Por que fez isso?

Estavam muito longe para ver exatamente que tipo de ave a bala atingira, mas era preta e de tamanho considerável. Talvez um corvo ou um urubu-de-cabeça-vermelha.

— Um pássaro lazarento, isso sim — disse Cutter. — Ei, vai sair mais tarde?

Ethan olhou de relance para a irmã.

— Nem vou, estou de castigo.

— Quando é que isso te impediu? — Cutter riu e virou-se para Josie e Becky. — E vocês duas aí? Querem sair e cair na farra esta noite?

— Não, obrigada — respondeu Josie, revirando os olhos. Becky ruborizou. Cutter riu, mas o rosto se avermelhou sob o bronzeado castanho.

Becky esfregou o ombro onde a coronha da espingarda tinha dado o coice.

— Vai ficar roxo — avisou Cutter. — Quem sabe não sara com um beijinho do Ethan?!

— Cala a boca, Cutter — falou o outro, arrancando-lhe a espingarda.

— Posso tentar de novo? — pediu Becky.

Mais uma vez, Ethan se posicionou atrás dela, que lhe lançou um sorriso tímido. Ele descansou o queixo no ombro da menina e a ajudou a mirar. Foi então que William Doyle passou lentamente por eles com sua caminhonete.

— Vixe, fodeu, é o meu pai — falou Ethan, arrancando a espingarda de Becky.

— Preciso ir — falou Cutter, correndo para a caminhonete dele. — Até mais.

Quando William deu uma meia-volta acentuada, Cutter se afastou e acelerou estrada adentro. O homem parou ao lado da caminhonete do filho, saiu do veículo e bateu a porta com tudo.

— Que diabos você está fazendo? — perguntou ele.

— A gente já estava voltando *pra* casa — disse Ethan, como se não houvesse nada de errado.

— Minha nossa! — vociferou William por entre dentes cerrados enquanto se dirigia até ele. — Que merda te deu na cabeça?

— Não é nada de mais — falou Ethan. — Tomamos todos os cuidados.

— Cuidados? — repetiu William, um rubor vermelho subindo pelo pescoço. — Já te falei sobre deixar atirarem com a sua arma. Não é seguro. Josie, Becky — falou, voltando-se para as meninas —, entrem na minha caminhonete.

— Sinto muito — disse Becky, as lágrimas enchendo-lhe os olhos. Josie apertou a mão dela.

— Credo, pai — falou Ethan. — *Tá* assustando ela.

— Me dá a arma — ordenou William, abaixando o tom de voz.

— Não — retrucou Ethan, agarrando-se à espingarda com mais força. — É minha.

Dava para perceber que William queria arrancar a arma das mãos de Ethan, mas o homem sabia que era assim que aconteciam os disparos acidentais. Em vez disso, foi até a caminhonete do menino, abriu a porta, tirou as chaves da ignição e as enfiou no bolso.

— Josie, Becky, entrem já no carro — ordenou William, ao que as meninas atenderam correndo. Ethan balançou a cabeça e começou a seguir, mas William ergueu a mão para detê-lo.

Ethan riu e então percebeu que o pai não estava brincando.

— Você quer que eu ande todo esse caminho a pé, até em casa? — perguntou.

— É só assim que você vai para qualquer lugar agora, por um bom tempo — falou William.

— Temos que deixar minha caminhonete aqui? — Ethan estava incrédulo.

— Bingo. Sua mãe e eu buscamos depois. Apertem os cintos — falou às meninas.

Desafiante, Ethan empinou o queixo e olhou bem nos olhos do pai. Os dedos de William se contraíram, e, por um momento, a impressão foi que iria bater nele. Em vez disso, passou pelo filho, esbarrando-o no ombro, e entrou na cabine da caminhonete.

William deu partida e dirigiu cerca de quinze metros na estrada quando se ouviu uma explosão no ar. Pisou no freio e saiu com a cabeça pela janela. Ethan olhava fixo para eles. Na mão, segurava a espingarda, com um sorriso sombrio no rosto.

William praguejou sussurrante e voltou a dirigir. Ethan embalou a espingarda nos braços e começou a andar. Josie e Becky se viraram para olhar pelo vidro traseiro e ficaram olhando para o menino enquanto se afastavam, diminuindo até que fosse apenas um cisco na estrada de cascalho, desaparecendo enfim.

Menos de oito horas depois, William e Lynne Doyle estavam mortos. E Ethan e Becky, desaparecidos.

Cinco

Dias atuais

Wylie levou a mão fria e rachada ao rosto e conteve um grito. Uma criança. Uma criança deitada no seu quintal. Avançou pela neve na direção do menino e logo perdeu o equilíbrio, precipitando-se à frente, e amorteceu a queda com o braço direito. Sentiu o osso ceder e esperou pelo estalo. Não veio.

A lanterna deslizou pelo gelo, girando como uma roleta até que finalmente parou, o feixe de luz iluminando a criança imóvel. Reluzia como uma escultura de gelo.

Wylie ficou lá, a poucos metros do rosto do menino, momentaneamente atordoada. Os olhos fechados, o polegar na boca. Um regato de sangue escorria da cabeça. Não sabia se ele estava respirando.

Com um gemido, Wylie se ajoelhou, usando apenas a mão esquerda. Flexionou os dedos e dobrou o cotovelo, examinando rapidamente o braço direito, em busca de um ferimento mais grave. Doía, mas não achava que tinha quebrado. Rastejou adiante até estar bem ao lado da criança.

Ela não tinha certeza do que fazer. Deveria tentar movê-lo? Havia certamente um ferimento na cabeça, mas e se ele tivesse uma lesão na coluna também? Era preciso pedir ajuda, mas uma ambulância chegaria nesta tempestade? Não achava possível.

— Ei — disse ela, limpando uma fina camada de gelo da bochecha pálida do menino. Ele não reagiu. Pressionou o dedo debaixo do nariz dele. Será que estava respirando? Ela não sabia. Inalou profundamente e tentou se recompor. Não tinha treinamento médico, mas sabia que precisava levar o menino para dentro e aquecê-lo, ou ele congelaria até a morte.

Deslizou os braços por baixo da criança e ficou aliviada com a facilidade com que o corpo se moveu. Ele não estava completamente congelado. Ela começou a se levantar lentamente. Ele pesava uns treze quilos talvez, muito mais leve do que ela achou que fosse. Ela o posicionou de modo que ficaram peito a peito, a cabeça dele no ombro dela, o polegar ainda firme entre os lábios.

O braço dolorido apoiou a parte de trás da cabeça dele enquanto o outro sustentava a maior parte do peso. O desafio seria levá-lo de volta para casa sem cair.

Ela estava a uns cinquenta metros da varanda da frente, mas parecia um milhão de quilômetros. Centímetro a centímetro, moveu os pés adiante, apertando o corpo frio do menino contra o seu, parando toda vez que sentia o solo mudar. Tas acompanhava ao seu lado, parando quando Wylie parava.

Ela olhou por cima do ombro. Não dava mais para ver a estrada. Os quilômetros de campos para além dela haviam sido engolidos pela tempestade. De onde será que veio o garoto? Nada sobreviveria ali por muito tempo.

Wylie tentou afastar o pensamento e se concentrou no chão em que pisava. Apesar de leve, o menino era um peso morto, e o braço não lesionado dela começou a doer. Resistiu ao desejo de correr em direção à casa. Jamais o conseguiria sem cair. Em vez disso, concentrou-se em dar um passo a cada vez que respirava.

O brilho acolhedor da casa foi uma sinalização. A neve caía agora em espirais vertiginosas, cobrindo-os de branco.

— Aguenta aí — sussurrou ela no ouvido dele. — Estamos quase lá.
— Será que ele se mexeu? Ou foi apenas Wylie mudando o apoio de peso enquanto avançavam aos trancos?

Pensamentos terríveis continuavam rodeando a cabeça dela. A bochecha fria do menino estava pressionada contra seu pescoço, e ela temia que estivesse segurando uma criança morta nos braços. E se não viesse nenhuma ajuda? Poderia ficar dias isolada por causa da neve. Como em nome de Deus ela se sentaria em uma casa com o corpo de uma criança até a ajuda chegar?

Apenas mais uns dez metros e estariam na porta da frente. No instante em que o pé de Wylie fez a transição do cascalho para a passarela de concreto, ela soube que estavam caindo. Com um grito, pressionou o menino contra si, agarrando firme a cabeça dele, na esperança de protegê-la do impacto.

De alguma forma, conseguiu pousar de joelhos e impediu que o menino batesse no chão. A concussão do osso no cimento enviou espasmos por suas pernas. Lágrimas de dor e de frustração surgiram-lhe nos olhos. Não sabia como daria conta de se levantar.

Tas a encarou, os olhos repletos de julgamento. *Vamos logo*, parecia dizer. *Não vai desistir assim tão perto, né?*

A cabeça do menino tombou no ombro dela, e um pequeno suspiro escapou-lhe dos lábios. Wylie quase chorou de alívio. Ele estava vivo. Ela reposicionou o peso dele e levantou-se, os músculos gritando de exaustão. A lombar protestou sob o peso do menino, mas ela continuou avançando centímetro a centímetro até finalmente estar diante da porta vermelha.

Baixando cuidadosamente a mão da cabeça do menino, ela torceu a maçaneta. A porta se abriu, e Tas entrou com tudo na frente. Ofegante, Wylie colocou a criança sobre a soleira e o tapete entrançado de cores alegres. O menino emitiu um suave gemido. Usando o batente de apoio, Wylie se levantou, entrou cambaleante e bateu a porta atrás de si.

Correu até a cozinha. O celular quebrado estava sobre o balcão, inútil. Wylie virou-se para o telefone fixo, pegou o aparelho, e o silêncio atendeu.

Eis uma das desvantagens de viver no meio do nada: uma tempestade de gelo, e perdiam-se o telefone e a internet.

— Cacete, viu — rosnou. Esta noite ninguém viria ajudar.

Wylie precisava aquecer a criança e ver a gravidade dos ferimentos. Subiu correndo as escadas, entrou no quarto e vasculhou a mala em busca de meias e de um moletom. Pensando que permaneceria na fazenda por pouquíssimo tempo, nem se dera ao trabalho de desfazer as malas. Mas os dias se transformaram em semanas, e eis ela ainda aqui. Arrancou o edredom da cama e desceu as escadas.

O menino ainda estava deitado na entrada. Os olhos continuavam fechados, mas o polegar voltara à boca, e o peito subia e descia em ritmo constante. Wylie suspirou aliviada e foi até ele, as botas molhadas rangendo na madeira dura. A criança tentou abrir os olhos, mas eles tremiam e voltavam a se fechar. Ele levou a mão até o corte na cabeça e começou a chorar ao ver os dedos ensanguentados.

Cautelosa, Wylie se aproximou e começou a falar em tom suave e baixinho:

— Meu nome é Wylie, e eu te encontrei no meu quintal. Você bateu a cabeça. Viu, vamos colocar isto aqui. — Ela pressionou cuidadosamente uma das meias na têmpora dele. — Sabe me dizer o seu nome? Sabe quanto tempo ficou lá fora? Me deixa ver as suas mãos.

O menino enfiou as mãos atrás das costas. Provavelmente tinham queimado de frio, e Wylie não sabia bem o que fazer a respeito. Será que devia passar as mãos e os pés dele debaixo de água quente? Não parecia certo. Pensou que era o oposto: esfregar com gelo a área afetada. Mas e se estivesse errada e piorasse as coisas?

— A gente precisa tirar essas roupas molhadas de você e aquecê-lo — explicou Wylie.

A criança continuou a chorar. Wylie colocou o moletom no chão ao lado dele.

— Tire as roupas molhadas para eu colocar na secadora, tudo bem?

O menino sentou-se abrupto e se virou, correndo os olhos em busca de uma rota de fuga. O olhar pousou sobre a porta da frente.

— Você não vai querer ir lá fora — falou Wylie com pressa. — Ainda está nevando e muito escorregadio. Foi isso o que aconteceu com a sua cabeça? — Wylie apontou para o corte na têmpora do menino. — Bateu no gelo?

O menino não respondeu, mas ficou de pé, vacilante. Parecia ter cerca de 5 anos, com feições finas e chupadas, reforçadas pelo corte de cabelo irregular.

— Sabe me dizer o seu nome? — perguntou Wylie. — De onde você é? — Ele permaneceu em silêncio. — Assim que restabelecerem as linhas telefônicas, tento ligar *pra* sua mãe e *pro* seu pai.

O menino continuou a olhar em volta como um animal preso. Ela nem tinha certeza se ele a entendia. Ele tremia dentro do moletom folgado e dos jeans muito curtos.

— Você deve estar congelando — falou Wylie, afirmando o óbvio. — Precisa tirar essas roupas. — Ela deu mais um passo na direção dele, que recuou como se tivesse sido queimado. — Está tudo bem — apressou-se a dizer. — Não vou tocar em você se não quiser.

Wylie não sabia o que fazer. Ela não podia obrigar a criança e não queria deixá-lo ainda mais assustado do que já estava.

— Sei que você está com medo, mas prometo que estou aqui para te ajudar. As roupas secas estão bem ali, e vou colocar o cobertor aqui, no sofá. — Wylie pegou o edredom do chão e o colocou sobre o braço do sofá. — Quando estiver pronto, você se troca e senta aqui, *pra* ficar quentinho.

Wylie andou de um lado para o outro. Uma criança estranha, senta-da bem ali, diante dela. Ferida e angustiada. O que diabos uma criança fazia fora de casa num tempo desses, e onde raios estavam os pais dela?

— Preciso mesmo que você me diga o seu nome — pediu Wylie, a voz subindo de tom com o pânico.

O menino estremeceu, mas não respondeu. A pele em seu rosto era de um amarelo acinzentado nada natural. Ela imaginou os dedos escurecendo e o coração parando devido à hipotermia.

Wylie precisava tirá-lo das roupas molhadas. Avançou de mansinho na direção dele e estendeu a mão para levantar o moletom úmido. O menino emitiu um grito arrepiante que ricocheteou nas paredes. Wylie conseguiu segurar o cotovelo da camisa e começou a puxá-lo na direção dela.

— Você tem que tirar essas roupas molhadas — insistiu por entre dentes. — Está tremendo todo. Vai ficar doente. Me deixa te ajudar a trocar de camisa.

O menino reagiu desesperado. Seu cotovelo acertou a bochecha de Wylie, e ela caiu para trás, soltando o garoto.

— Caramba, estou tentando te ajudar — falou Wylie, pressionando os dedos no rosto machucado. O menino subiu atrás de uma poltrona e a espiou do canto.

Por que ela era tão ruim nisto? Nunca encontrava as palavras certas para usar com Seth e nunca parecia melhorar as coisas para ele. E, agora, aqui estava essa criança que nem conhecia, e, mais uma vez, só fazia piorar tudo. Sentiu a vergonha arder no peito.

— Tudo bem — disse, levantando-se. — Fique aí vestido com as roupas molhadas, mas você vai ficar passando frio.

Virou as costas para o menino e entrou na cozinha. Tentou novamente o telefone. Sem linha. Era preciso aquecer o garoto. Vasculhou o armário até encontrar uma caixa de chocolate quente em pó.

Enquanto enchia a chaleira com água e a colocava no fogão, percebeu que tinha feito tudo errado. O garoto ainda estava com as roupas molhadas e agora confiava ainda menos nela. Mas Wylie entendia. Ela era uma completa estranha; é claro que ele estava aterrorizado.

Neste clima, era impossível fazer a viagem de quarenta quilômetros até o pronto-socorro de Algona. Wylie precisaria descobrir uma maneira de cuidar do menino em casa. Limparia os cortes, se certificaria de que ele ficasse coberto e perto do fogo, e o manteria hidratado e alimentado. Não era muito bem um plano, mas já era um começo.

Rasgou um pacote de achocolatado e o derramou em uma caneca, adicionando a água fervente. Chocolate quente era bom, certo? Que criança não era louca por chocolate quente? Seria como uma oferta de paz.

Líquido quente escorreu pela mão dela.

— Caçarola, viu — murmurou. Não podia dar chocolate escaldante ao menino. Abriu o *freezer*, pegou uns cubos de gelo e os jogou no copo.

Wylie levou a caneca fumegante até a sala e olhou para o local onde ela tinha visto o menino pela última vez, à porta da frente. Ele não estava mais lá. Seus olhos correram para o sofá. Tas estava lá, dormindo, mas sem sinal do menino. Wylie examinou a sala. O garoto não estava ali. Foi ver a sala de jantar e abriu as portas do armário. Deu uma olhada no banheiro e chegou a voltar à cozinha.

Ele dera no pé.

SEIS

Florzinhas cresciam na base da janela, lançando um brilho arroxeado sobre a sala. Eram tão bonitas, e ela imaginou que tinham cheiro de geleia de uva. A menina desejava colhê-las para a mãe. Ela não se sentia bem, e a garota achou que as flores poderiam animá-la.

Em vez disso, coloriu um desenho das flores. O único problema era que tinha perdido o giz de cera laranja, de modo que não conseguiu desenhar as partes pontiagudas que despontavam no meio.

— Como isto se chama? — perguntou a menina.

— Não me lembro — respondeu a mãe, do sofá. Fazia muito tempo que ela estava deitada lá e ficou pegando no sono o dia todo. A menina teve o cuidado de ficar mais quieta e passou o tempo colorindo e olhando os livros da pequena estante situada ao lado da cama.

Na hora do jantar, a garota vasculhou os armários em busca de algo que pudessem comer. Encontrou um pão de forma, tirou duas fatias do saco e as colocou na torradeira.

— Ai, céus! — exclamou a mãe, cambaleando da cama para o banheiro.

O pai entrou e deu com a garota esperando o pão saltar da torradeira e a mãe vomitando no banheiro.

— O que deu nela? — perguntou ele, arrancando o pão da torradeira e dando uma mordida. A garota teve vontade de tomar da mão dele. Era para a mãe. Ajudava a melhorar o estômago dela.

A mulher saiu do banheiro tropeçando, o rosto fraco e pálido.

— Grávida? — perguntou o pai quando a mãe contou a notícia para ele. — Mas como pode? — Ele ficou chocado, mas também um pouco irritado.

A menina se aproximou da mãe, que revirou os olhos.

— Do mesmo jeito que engravidei nas três primeiras vezes — retrucou ela, cruzando os braços diante da barriga.

O pai saiu da casa soltando fogo pelas ventas. A menina colocou outra fatia de pão na torradeira.

— Eu tive dois meninos antes de você, sabia? — perguntou a mãe, com aquele olhar distante ultimamente tão presente nos olhos dela.

O primeiro, um menino, nasceu prematuro. A mãe estava sozinha em casa e, de repente, sentiu como se alguém estivesse esfaqueando seu estômago.

— Eu não sabia o que fazer — falou a mãe. — Deitei na cama por horas, sem saber o que estava acontecendo, e do nada estava dando à luz. Era como se o meu corpo estivesse sendo virado do avesso. E então ele estava aqui. Tão pequenininho. — A mãe abriu as mãos uns 25 centímetros uma da outra. — E azul. A pele dele era de um azul muito estranho... parecia a cor de uma contusão velha. Eu estava tão fraca e sentia tanta dor que não consegui sair da cama. Adormeci e, quando acordei, o seu pai estava de volta. Ele tinha levado o bebê.

A menina perguntou à mãe o que tinha acontecido com o irmão, e ela franziu os lábios e balançou a cabeça.

— Ele morreu. Era muito pequeno. O seu pai o chamou de Robert. E, então, um ano depois, veio outro menino, este ainda menor. O nome dele era Stephen.

— E depois eu cheguei? — perguntou a menina.

— Sim, então você chegou — respondeu a mãe. — E eu disse a ele que dessa vez o bebê iria viver, e eu é quem ia escolher o nome. E eu te dei o nome mais bonito do mundo.

A menina sorriu. Era um lindo nome.

SETE

 Agosto de 2000

Josie ficou envergonhada com a cena entre o irmão e o pai e, voltando para casa, a fim de distrair Becky de seu drama familiar, sugeriu que saíssem à procura do cão desaparecido.

As duas caminharam a passos vagarosos pela trilha empoeirada. A fazenda se incrustava na depressão de um vale, e, quando chegaram ao topo da trilha, avistavam-se quilômetros. Campos de alfafa, soja e milho eram manchas amarelas e verdes em uma colcha interminável que emantava a terra. Estradinhas de cascalho eram costuras cinzentas, e Burden Creek surgia, rasgando o tecido.

Revezaram-se gritando por Roscoe. Suas vozes eram duras, pondo em momentâneo silêncio o chilrear dos grilos e o zumbido agudo do tico-tico-gafanhoto escondido nos arbustos de asclépia e de falsa-dormideira. Josie estava ficando nervosa. Roscoe nunca tinha sumido por tanto tempo. Imaginou o cão deitado à beira da estrada depois de ser atropelado por um fazendeiro desatento que dirigia uma caminhonete ou um trator.

— E onde será que o Ethan se meteu? — perguntou Becky, olhando a estrada de cascalho de um lado a outro. Josie se fazia a mesma pergunta. Ele já devia estar em casa a esta altura.

— Quem se importa? — falou Josie, ainda chateada por ele quase acabar com a noite. Becky deu de ombros.

Sem pressa, elas foram e voltaram pelas estradas de terra e de cascalho que passavam pela nova obra de Cutter no cercado para porcos, passando pela antiga terra dos Rasmussen até a fazenda Henley. O sol, indo ao ritmo das duas, só se poria em algumas horas.

Descrever a propriedade Henley como uma fazenda era muita generosidade. Há muito foram vendidas as terras cultivadas, e tudo o que restava no nome da família era uma casa de dois andares. Devastada pelo vento, ela se situava em um pátio de terra batida à companhia de dezenas de veículos enferrujados. Um celeiro metade desmoronado e várias dependências repletas de lavadoras de roupas, equipamentos agrícolas e cortadores de grama, todos quebrados.

As meninas se aproximaram de uma mulher que segurava um cigarro apagado em uma mão e um balde na outra enquanto cruzava o quintal tomado de ervas daninhas.

June Henley, 61 anos, toda força e tendões, trajando um vestido caseiro, chinelos e um chapéu clochê de aba rosa e enrolada para cobrir a cabeça calva, foi uma visão que despertou a curiosidade das meninas. Embora a maioria dos vizinhos se conhecesse, Josie até então nunca tinha visto June nem o filho adulto dela, Jackson, que também morava ali. Tímida, apresentou a si mesma e a amiga Becky, explicando que estavam à procura de um cachorro perdido.

June contou que havia cães vadios andando a todo momento pelo quintal e que elas podiam dar uma olhada pela propriedade.

— Meu filho está fazendo uns consertos, então só evitem as áreas mais afastadas.

As meninas agradeceram e começaram a explorar os cinco hectares de terra. Preenchidos com o que parecia lixo em sua maioria, era um lugar surpreendentemente organizado. As sucatas organizadas em longas fileiras cobertas de ervas daninhas.

Uma fileira era dedicada a antigos equipamentos agrícolas: tratores, colheitadeiras, espalhadores de estrume e semeadeiras; uma fileira para caminhonetes antigas; e outra para pilhas de pneus velhos.

— Olha só todo esse lixo — comentou Becky, maravilhada. — O que será que fazem com tudo isso?

— Devem vender. — Josie encolheu os ombros. — Meu avô gosta de coisas velhas assim.

Gritaram por Roscoe, mas conseguiram apenas atrair um gato malhado e despertar um gambá adormecido. O gambá mostrou às meninas os dentes afiados, fazendo com que gritassem e se agarrassem uma na outra.

Rindo de nervoso, as duas observaram o animal correr para o mato, a longa cauda arrastando na terra.

As duas meninas se separaram brevemente. Becky andou pela fileira que continha todo o equipamento agrícola antigo, enquanto Josie foi para trás da montanha de pneus empilhados.

Minutos depois, elas se reuniram no fim da fileira. Josie olhou para trás e viu um homem alto e magro olhando para elas. Sentiu uma inquietação revirar o estômago.

— Quem é aquele? — perguntou Josie.

Becky deu de ombros.

— Acho que é o filho daquela senhora. Ele só queria saber o que a gente está fazendo.

— Ele é sinistro — observou Josie.

— O cheiro dele é meio ruim mesmo. — Becky enrugou o nariz, e as meninas caíram na risada.

Josie e Becky retornaram para a casa Henley. Despediram-se de June, que estava sentada nos degraus da varanda da frente. Josie olhou por cima do ombro e viu que o homem ainda olhava fixo para elas. Aceleraram o passo.

Quando elas deixaram a propriedade, Josie notou um pano amassado na mão de Becky.

— O que é isto aí? — perguntou.

— Não é nada, não — respondeu Becky, deixando o pano cair no chão. As meninas fizeram a caminhada de uns três quilômetros de volta à casa Doyle, parando ao longo do caminho, em Burden Creek. Desceram com cuidado a margem íngreme até a beira da água. Pela falta de chuva, o riacho estava com o nível muito menor que o normal, e era forte o cheiro de peixe morto.

Fedia a valer, mas eis apenas parte de viver no campo. Misturavam-se o aroma adocicado do feno ceifado e o cheiro do esterco de vaca. O aroma limpo e fresco de roupa recém-colhida do varal subitamente era suplantado pelo cheiro acre e forte oriundo da criação de suínos localizada nos arredores.

Josie e Becky caminharam ao longo da margem, gritando por Roscoe e parando para pegar os sapinhos marrons sarapintados que coaxavam e pulavam nas águas rasas. Becky riu quando a criatura viscosa se contorceu nas mãos dela.

Já era quase 20h00, e, embora o sol finalmente já deslizasse atrás das árvores, a temperatura ainda estava na casa dos 27 graus Celsius, e o ar, carregado de umidade. Os mosquitos zumbiam em torno de suas orelhas e as incomodavam até que elas voltaram para a ponte, limpando as mãos lamacentas nas bermudas.

Quando as meninas chegaram ao topo da margem, viram uma caminhonete parada à beira da estrada. Josie achou que era branca, mas, por trás do brilho do sol poente, poderia ser uma caminhonete de qualquer cor clara.

— Quem é? — sussurrou Becky.

— Não sei, mas acho que vi a mesma caminhonete hoje cedo. — Josie olhou a estrada de cascalho de um lado a outro. Estava vazia. Através das janelas sujas, dava para ver a sombra de uma figura usando uma jaqueta escura e um chapéu puxado tão para baixo que cobria a testa e os olhos. Fazia calor demais para se vestir assim.

Pela primeira vez, sentiu uma onda de medo atravessá-la.

— Vamos embora — disse Josie, puxando o braço de Becky.

— Quem é? — perguntou Becky novamente. — É aquele sinistro do Cutter?

— Acho que não, mas não sei afirmar. Vamos, está começando a escurecer.

Atrás delas, o ronco do motor da caminhonete de súbito ganhou vida. As meninas gritaram, agarraram-se pelas mãos e começaram a correr, lançando olhares por cima dos ombros enquanto os pés levantavam poeira, deixando uma nuvem cinza para trás.

Quando Josie e Becky chegaram correndo pela trilha, Lynne trazia a roupa do varal. Vendo a expressão de medo no rosto das meninas, ela deixou a cesta cair na grama e correu na direção delas.

— O que foi? — perguntou preocupada. — O que aconteceu?

— Um homem. Em uma caminhonete — respondeu Josie, tentando recuperar o fôlego. — *Pra* lá, na estrada de cascalho.

— Ele estava mexendo com vocês? — perguntou Lynne, percebendo o rosto vermelho e suado das meninas. — Vocês estão bem?

As meninas fizeram que sim com a cabeça.

— Ele só estava sentado lá, olhando *pra* gente — explicou Becky.

— Mas ele não disse nada nem fez coisa nenhuma? — perguntou Lynne.

— Não — admitiu Josie —, mas foi estranho.

— Provavelmente não é nada. Apenas um dos vizinhos fiscalizando as plantações — garantiu Lynne. — Agora entrem e bebam algo gelado.

Entraram trôpegas na cozinha, e Lynne tirou um jarro de limonada da geladeira.

— Por acaso viram o Ethan por aí? — perguntou Lynne enquanto servia um copo para cada uma. Ela tentava parecer casual, mas havia certa nota de preocupação na voz.

— Não o vemos desde cedo — respondeu Josie, dando uma golada.

Lynne apertou as mãos no balcão e esticou o pescoço para olhar pela janela acima da pia.

— Aquele garoto... — Soltou um suspiro exaurido. — Sabe o que está acontecendo com ele? — perguntou ela, voltando-se para Josie. Via--se sofrimento nos seus olhos.

Josie deu de ombros.

— Deve ser aquele idiota do Cutter — comentou Becky, e Josie a chutou por debaixo da mesa.

— Sim — murmurou Lynne.

— Vamos lá *pra* cima — disse Josie, levando o copo até a pia.

— Sei que vão acabar tagarelando a noite toda, mas não fiquem acordadas até muito tarde — recomendou Lynne. — Queremos estar na estrada às 6h, amanhã.

— Tudo bem. Boa noite, mãe — falou Josie, mas Lynne a deteve, puxando de levinho o rabo de cavalo da filha.

— Não assim tão rápido — disse ela. — Não vai dizer que já está muito crescidinha para me dar um abraço e também um beijo de boa noite, vai?

Josie olhou para Becky, que aguardava junto à porta, examinando atentamente as unhas. No futuro, lembrando desse momento, Josie dese-jaria ter dado um abraço demorado na mãe. Ter se demorado para recor-dar as cócegas que faziam os cabelos dela ao se descortinarem quando puxava a filha para si. Mas ela não deu um abraço demorado. Josie deu um abraço rápido e fugiu antes que a mãe pudesse beijar sua testa como fazia todas as noites.

— Boa noite, pai — gritou ela enquanto passavam apressadamente pela sala e subiam as escadas.

— Boa noite — respondeu ele, grogue. Mais tarde, diria Josie que o desejo era ter tido tempo para ir até ele, inclinar-se na direção do pai deitado ali, na puída poltrona reclinável, sentir o bigode roçar o rosto dela e ter dito boa noite.

As meninas desenrolaram seus sacos de dormir e se deitaram sobre eles. O calor as pressionava como uma colcha grossa.

Lá de baixo ouviam-se risadas da televisão e passos suaves da cozinha, depois o embalar do motor de uma caminhonete e o ranger de pneus no cascalho. Elas conversavam sobre a feira, sobre o próximo ano letivo, sobre os garotos. Becky perguntou se Ethan tinha namorada. Josie disse que sim, embora não fosse verdade. Ele teve um rolo com uma garota e depois mais ninguém, mas Becky não precisava saber disso.

A conversa se voltou para músicas e filmes, enquanto o ventilador de caixa soprava o ar reciclado sobre o corpo das duas. As palavras foram minguando, e os olhos, ficando pesados.

Uma batida de porta sobressaltou Josie, e Becky arfou, assustada.

Ouviu-se uma confusão de vozes que se exaltaram e emudeceram.

— Por onde você andou? — perguntou William em tom rude. Ouviu-se uma resposta murmurada e passos pesados nas escadas. — Não vai achando que pode simplesmente ir e vir quando te der na telha — continuou William. — Ainda mais com uma espingarda a tiracolo. Me passa já ela aqui.

— Você me obrigou a abandonar a caminhonete — retrucou Ethan. — Só faltava eu deixar a espingarda lá dentro. Fora que a gente *tá* aqui, preso no meio do nada! — gritou Ethan.

— Perguntei por onde você andou — repetiu William com firmeza. Então o silêncio, e Josie imaginou que o pai e Ethan se encaravam.

Finalmente, Ethan falou:

— Eu fiquei no lago, está bem? Para onde mais eu iria?

— Para lugar nenhum, e por muito tempo — retorquiu William.

— Como se agora eu fosse *pra* algum lugar — devolveu Ethan, ríspido. Eles estavam diante da porta do quarto de Josie agora.

— *Shhh*. — Veio a voz de Lynne. — Vão acordar as meninas.

— O pai da Kara Turner ligou de novo — disse William, baixando o tom de voz, mas já era impossível não ouvi-lo.

Kara Turner era a garota com quem Ethan saiu por um tempo. Ela era bonita e tranquila. Tinha 15 anos, mas o romance não durou muito. O pai de Kara não gostava de Ethan. Não gostava da atitude dele, não gostava das coisas que ouvia sobre o garoto de 16 anos que continuava a ligar e a aparecer à porta. Mas Ethan era persistente. Passava lá nos raros momentos em que William permitia que fosse resolver coisas na cidade. O pai da garota ligou para a casa deles, deixando claro que queria Ethan longe da filha.

— Você precisa deixar a Kara em paz, Ethan — aconselhou Lynne, a voz cheia de preocupação.

— Não é da sua conta! — gritou Ethan. — Por que é que você não me deixa em paz?

— Não podemos te deixar em paz. Não podemos — disse William, exasperado. — Isso é grave. Fique longe dela. Agora deram de ligar para os Turners e desligar logo em seguida.

— Não sou eu — insistiu Ethan.

— Alguém está fazendo isso, e os Turners acham que é você — retrucou William. — Ameaçam chamar a polícia.

— É balela — falou um Ethan sibilante. — E você sabe bem.

— O que eu sei é que você ultimamente perdeu o juízo — declarou Lynne. — Kara, dirigindo no campo de beisebol...

— Isso foi o Cutter — interrompeu Ethan. — Eu nem estava dirigindo.

— E até você me provar que cresceu — continuou William — umas mudanças por aqui vão acontecer. Me passa já a arma.

— O quê? Acha que sou doido de atirar em alguém? — ironizou Ethan. — A arma é minha. O vô deu ela *pra* mim — rebateu.

— Isso não é nem um pouco engraçado — emendou Lynne. — Não brinque com coisa séria.

— Quando me provar que sabe ser responsável com ela, eu a devolvo *pra* você. Até lá, fica comigo.

— Não — falou Ethan em tom desafiador.

— Me entrega ela — repetiu William, e ouviu-se o farfalhar de uma luta.

— Sai de cima — rosnou Ethan, e o retrato pendurado acima da cama de Josie tremeu ao impacto de corpos batendo na parede. — Não encosta em mim! A arma é minha.

A batida de uma porta. O clique silencioso de outra. As vozes abafadas de William e de Lynne discutindo.

— Sinto muito — sussurrou Josie.

— Está tudo bem — respondeu Becky. — Os meus pais também brigam.

À janela, os vaga-lumes piscavam e as cigarras chilreavam. Ouviu a mãe gritando por Roscoe. Josie pensou em Ethan fervendo de raiva no quarto. Onde será que ele se meteu a noite toda? Por que andava tão calado nos últimos tempos? O que o irmão dela, afinal, precisava esconder?

Oito

 **Dias atuais**

Wylie subiu os degraus e fez uma busca superficial em todos os quartos. Ao puxar a cortina do chuveiro, ocorreu-lhe um pensamento horrível.

— Cacete — sibilou e desceu correndo as escadas. Abriu com tudo a porta da frente, e entraram o ar frio e um redemoinho de neve. Espremeu os olhos ante a parede de branco. A fúria da tempestade tinha aumentado. Não era possível ver nada para além da soleira da porta. — Ó, céus — sussurrou. A criança jamais sobreviveria lá fora por muito tempo.

Wylie respirou fundo e tentou ser racional. Não dava para ele ter ido muito longe. Ela refez os próprios passos, revendo os armários e atrás das portas. Finalmente, olhou atrás do sofá, e, ali, encolhido junto à parede, viu o menino. Vestido com o moletom que ela havia lhe entregado, ele adormeceu rápido, o polegar na boca. Ao lado dele, no chão, uma pilha de roupas molhadas.

Ela caminhou até a porta da frente e fechou o trinco. Puxou o sofá uns poucos metros da parede, fornecendo mais espaço ao menino, e ajoelhou-se ao lado dele.

A cabeça descansava em um ângulo estranho sobre o piso de madeira. Wylie pegou uma almofada e colocou de travesseiro para ele, que mal se mexeu. A pele estava assustadoramente pálida, e uma erupção vermelha muito feia e estranha contornava a boca e seguia pelas faces. O corte na têmpora tinha parado de sangrar, mas ainda era uma ferida um pouco inchada. As pontas dos dedos dos pés, que se insinuavam para fora do cobertor, pareciam duras e brancas como cera. Pequenas bolhas tinham surgido nas curvas das orelhas. Queimadura de frio.

Ele estremeceu enquanto dormia, então Wylie puxou o edredom do sofá e fez uma trouxinha em volta do corpo pequeno. Era magrinho. Magrinho demais.

Wylie ainda tinha tantas perguntas. Como é que ele foi parar ali? De quem era? Precisaria esperar pelas respostas. De todo modo, pelo visto ela teria um hóspede noturno.

Juntou as roupas molhadas do garoto. Estremeceu ao cheiro de mofo que emanava delas. Verificou os bolsos na esperança de encontrar algo que ajudasse a identificá-lo. Não havia nada além de um bonequinho de super-herói. Ela colocou o brinquedo no balcão da cozinha e depois jogou as roupas na máquina de lavar.

Adicionou mais alguns troncos à lareira. A madeira estalou crepitante, e as chamas dançaram. O vento uivou e fustigou a casa; as luzes esmoreceram e, depois, brilharam de novo.

Wylie sentou-se ao lado de Tas, no sofá. Ela estava exausta, mas a incomodava o pensamento de como o menino teria chegado até lá. Nesse tempo, parecia impossível que uma criança, vestida como estava, caminhasse quase dois quilômetros da casa mais próxima até o quintal da fazenda. Só podia ter vindo da estrada. Talvez tenha havido um acidente de carro.

Ela subiu as escadas e foi até uma janela que dava para o quintal da frente. Vai que avistava uma pista do que teria acontecido? Os galhos de lódão-americano eram fantasmagóricos, afiados e cintilantes, dobrando-se sob o peso do esmalte de gelo. A trilha que levava à estrada de cascalho além da propriedade desaparecia em névoa branca.

Quanto será que o menino havia andado até desmoronar em frente à casa? Não podia ser uma distância tão grande. A visibilidade era pouquíssima, e ele era tão pequeno; não dava para ter caminhado tanto, sozinho. Talvez um veículo tenha patinado de um trecho próximo da estrada.

Wylie desceu novamente as escadas e vestiu a parca e as botas com ganchos que, esperava ela, a ancorariam no chão gelado, impedindo-a de cair.

Ela olhou para a criança adormecida e considerou acordá-la, para informar que estava saindo. Mas ele dormia tão profundamente que decidiu deixá-lo descansar. Com sorte, ele não acordaria enquanto ela estivesse fora e não entraria em pânico.

Wylie pegou uma lanterna e seus bastões de caminhada cujas pontas afiadas penetrariam no gelo. Uma vez lá fora, o ar gelado instantaneamente lhe tirou o fôlego, mas pelo menos o vento havia diminuído um pouco.

O gelo tinha uns 2,5 centímetros de espessura, e ela arriscou um passo pela porta, suspirando aliviada quando sentiu que os pés não haviam derrapado. Era apenas meio campo de futebol até o topo da trilha, mas seria um avanço lento; com a ajuda dos ganchos para gelo e dos bastões de caminhada, com sorte se manteria de pé.

Moveu-se metodicamente; a ponta dos bastões se afundava na neve e atingia o gelo como se batendo um tambor que a impelia para a frente. Era desengonçado segurar ao mesmo tempo uma lanterna e os bastões. O feixe de luz balançava vertiginosamente a cada passo. Ela passou pelo local onde encontrara o menino. Era como se ele nunca tivesse estado lá. As pegadas e a depressão oriunda da forma do corpo já estavam cobertas de neve fresca.

Quando chegou ao meio do caminho, Wylie estava ofegante e suava por debaixo do casaco. Resistiu ao desejo de tirar o gorro e olhou para o celeiro e a casa através do véu nevado.

Deste ponto de vista, tinham um aspecto quase mágico. Pingentes prateados pendiam dos beirais, e o manto de gelo recobria os telhados. Saía fumaça da chaminé, e as janelas reluziam à luz quente — não era de admirar que o menino tivesse se dirigido para lá.

Examinou o céu cinza-escuro. Flocos de neve macios caíam preguiçosamente em círculos no chão. Nenhum falcão rodeava a área em busca de roedores nos campos vazios. Nenhuma calhandra-cornuda com seu canto agudo e delicado. O ar estava quieto, exceto pelo som de sua própria respiração ofegante. Todas as criaturas encafurnadas à espera das próximas tempestades. Wylie precisava se apressar.

Ao chegar ao topo da trilha, passados os pinheiros quebra-vento, ela avistou os rastros de pneu; não fazia muito, um carro viajara por esta estrada. Sulcos profundos ziguezagueando pelo campo já estavam quase cobertos de neve recente. Quem dirigia passou apuros para permanecer na estrada. Wylie balançou a lanterna de um lado para o outro enquanto vistoriava as valas quase cheias de gelo e de neve. Nenhum veículo. O vento se elevou, e um pedaço de tecido branco e sujo caiu em sua direção e se agarrou à perna da calça.

Wylie tirou o pano dali. Era do tamanho de uma toalha de mão, suja, desgastada e toda estampada de coelhinhos desvanecentes. Lembrava o cobertor que ela tinha quando era criança. Havia arrastado aquilo até que ficou tão fino quanto papel de seda. Apertou-o contra o nariz. Cheirava a mofo e à fumaça de lenha. Talvez fosse do menino ou até mesmo lixo que voou ao vento. Enfiou-o no bolso.

Na neve, um brilho vermelho chamou sua atenção. A respiração acelerou. Seria sangue? Wylie concentrou o feixe de luz no chão diante de si. Mais manchas vermelhas cintilando através de uma fina camada de neve. Abaixou-se para olhar mais de perto, passou a mão enluvada pela neve, esperando que ela se manchasse de rosa. Não era sangue. Estilhaços do que parecia uma lanterna traseira quebrada pontilhavam a neve. Em seguida vinha um rastro de pedaços não identificáveis de plástico quebrado e mais estilhaços de vidro.

Tinha tudo para ser um acidente de carro, pensou Wylie enquanto pelejava contra o vento. Toda vez que tentava recuperar o fôlego, uma rajada de ar a arrebatava.

Alguns passos além, mais detritos. Ela estendeu a mão e pegou os restos de um retrovisor lateral. Examinou no vidro rachado o próprio rosto paralisado pelo frio. Seu reflexo distorcido, tão assustado quanto ela realmente estava, olhou de volta para ela.

Os ventos da nevasca organizaram em altas dunas a neve recém-caída. Wylie acelerou o ritmo, caminhou alguns metros e chegou ao local onde tudo levava a crer que um veículo saíra da estrada: neve intacta onde ele aerotransportou depois de atingir um poste telefônico, depois um rasgão violento no chão coberto por um mosaico de vidro quebrado.

A uns três metros, Wylie encontrou o que procurava. Uma caminhonete preta capotada em um sulco profundo à beira de um campo.

Usando os bastões de caminhada para manter o equilíbrio, ela desceu até a vala e rodeou o aço e os pneus de borracha lacerados agora envoltos em um esmalte de gelo. Esfregou os dedos enluvados na janela traseira, mas uma fina camada rendada de gelo e neve a cobria, tornando impossível ver o que havia dentro.

A porta do motorista estava aberta. As tênues pegadas de sapatinhos se afastavam da caminhonete. Wylie se apoiou no chassi da caminhonete a fim de manobrar para o outro lado, e suas pernas mergulharam até os joelhos na crosta gelada.

— Do caralho — murmurou ela, tentando se livrar da neve que havia caído dentro da bota, mas a coisa só piorou. Patinou pela neve e curvou-se para espiar pela porta aberta. A janela da frente estava repleta de rachaduras que formavam uma teia do que pareciam manchas de sangue.

Wylie torceu o pescoço para ver se havia alguém no banco de trás. Estava livre não fossem umas latas vazias de cerveja. Será mesmo que o motorista estava bebendo com uma criança dentro do veículo? Era por isso, então, que os rastros de pneu estavam por toda a estrada? A princípio, ela pensara que eram apenas as estradas geladas, mas pelo visto havia mais causas para o acidente.

Wylie terminou a busca ao redor da caminhonete. A neve deve ter segurado o peso do menino enquanto ele fazia de tênis a caminhada até a casa dela. O frio que deve ter sentido nos pés! Se ela tivesse saído só uma hora depois, certamente teria encontrado o cadáver dele.

Para onde será que fora o motorista? Um pai realmente deixaria o filho sozinho, em um carro destruído, mesmo que para procurar ajuda? Ou será que foi o menino o primeiro a sair para pedir socorro?

Wylie olhou para a casa da fazenda e avistou um brilho suave através da escuridão. Do ponto de vista da criança, as luzes cintilaram como um farol acolhedor depois de perceber que estava sozinha.

Refez os passos buscando sinais do motorista da caminhonete, desta vez ficando na vala e no terreno revirado que marcava o trajeto do veículo. A vala a protegeu um pouco do vento que agora soprava mais forte, mas ainda assim o rosto formigava de frio. Pisou sobre mais detritos meio soterrados no gelo e na neve. Um pacote quase vazio de sementes de girassol, mais latas de cerveja, vidro quebrado e embalagens de fast-food presos no verde-acinzentado da pradaria congelada. Continuou andando.

E foi aí que ela vislumbrou, saindo da neve no campo vazio — uma faixa vermelha de tecido. Wylie batalhou contra a neve até os joelhos, as pernas queimando do esforço. Parou subitamente quando se assomou o resto da figura. O motorista da caminhonete ou outro passageiro atirado do veículo quando este arriava da estrada.

Via-se a mulher deitada de bruços, à beira do campo nevado, enredada em arame farpado arrancado de seu mourão. A testa repousava sobre um antebraço dobrado; o outro braço estendido como se na busca por uma corda salva-vidas. O cabelo comprido da mulher, salpicado de neve tão fina quanto açúcar, se espalhava como cobras congeladas em pleno ataque. Ela não se mexia.

Wylie correu até lá; a respiração saía a baforadas brancas e ásperas. Quando estava a uns nove metros, viu quão enroscada estava a mulher. A cerca se enrolara nas pernas, e as pontas afiadas haviam atravessado profundamente as calças e penetrado a carne, expondo a pele ensanguentada.

— Merda — murmurou Wylie. Ela precisou descer até a vala, atravessar a bacia cheia de neve e subir do outro lado para chegar até a mulher. Moveu-se com cuidado, sabendo que um passo em falso resultaria em um tornozelo quebrado ou uma torção do joelho.

Quando finalmente cruzou a vala, a mulher ainda não tinha se mexido, e Wylie temia pelo pior. Caiu de joelhos e pousou a lanterna a fim de iluminar a mulher ferida. A seguir, deitou-se ao seu lado de bruços. Gentilmente escovou a neve do rosto dela e viu um grande corte na testa e um olho fechado no mais completo inchaço. O estado era muito grave. Wylie precisava removê-la de lá.

Porém, viu que não dava para virar a mulher sem infligir mais ferimentos. O melhor que poderia fazer era retirar o máximo de neve do rosto dela.

— Consegue me ouvir? — perguntou enquanto tirava as luvas e pressionava os dedos no pescoço da mulher, na esperança de encontrar uma pulsação — Achei o menino. Ele está seguro. — Nada. — Por favor, por favor, não esteja morta. — Wylie tentou silenciar o rugido nos ouvidos, para firmar os dedos trêmulos.

Então lá estava, um batimento quase imperceptível sob a ponta dos dedos.

— Ah, graças a Deus — falou esbaforida.

A mulher emitiu um leve gemido.

— Estou aqui. Me chamo Wylie, e eu vou te ajudar. Encontrei o menino, ele está bem. Tem mais alguém?

A mulher pareceu hesitar muito até que fez um não com a cabeça.

Então eram apenas ela e a criança envolvidas no acidente? Wylie não tinha certeza se acreditava nisso, mas por que ela mentiria? Pensou novamente na maneira estranha como o menino agira quando recuperou a consciência na casa. Lembrava um animal preso — desesperado para escapar. Essa mulher seria sua mãe ou outra pessoa?

— Bom, vou te ajudar a sair daí — avisou Wylie enquanto recolocava as luvas, empurrava cuidadosamente a cerca afiada e passava por cima dela. Caiu de joelhos e, frenética, começou a tentar libertar a vítima do arame farpado. A cerca enganchara nas calças da mulher, rasgando o jeans e a pele por baixo. Gotas de sangue de um vermelho vivo maculavam a neve recente.

As farpas morderam as luvas de Wylie, mas ela não conseguiu libertar a mulher, que emitiu um grito fraco de dor.

— Sinto muito, sinto muito — disse Wylie, com pressa. — Preciso te desembaraçar desta cerca.

A mulher tentou se afastar, e os espinhos se encravaram ainda mais fundo em sua pele.

— Tente não se mover ainda — pediu Wylie. — Vai piorar as coisas. — A mulher continuou gemendo, o olho não ferido olhando para ela com dor e mais alguma coisa. Resistência.

Wylie sentou-se sobre os calcanhares, os flocos de neve caindo-lhe sobre os cílios e derretendo-se no rosto suado.

— Vou voltar para casa e pegar alguns cortadores de fio — avisou. A mulher estendeu a mão e agarrou o pulso dela como se implorasse para que não saísse dali. Wylie facilmente se desvencilhou. — Volto logo — garantiu. — Prometo. Só assim *pra* te desemaranhar daí.

A mulher estendeu a mão para ela novamente, desta vez segurando com mais força. Compreendia seu medo. Partindo, a lanterna iria junto. A vítima seria deixada na total escuridão. O frio e o vento eram implacáveis, e nevava ainda mais. A mulher estava sendo, pouco a pouco, enterrada viva.

Wylie abriu o zíper do casaco e o tirou. De imediato, o frio atravessou cortante suas roupas, e ela arfou. Trêmula, enfiou o casaco em volta da mulher, cobrindo-a ao máximo. Em seguida, removeu o gorro e o colocou cuidadosamente na cabeça da mulher, puxando-o sobre as orelhas. No último momento, lembrou-se das chaves do carro no casaco, pegou-as e enfiou-as no bolso de trás.

Wylie sabia que era arriscado se expor aos elementos naturais, mas arranjaria outro gorro e casaco em casa. Por outro lado, a mulher não suportaria sem nenhum tipo de proteção e não resistiria por muito mais tempo.

Wylie desenrolou o cachecol amarelo do pescoço e o amarrou em torno da cerca de arame farpado logo acima da cabeça da mulher. A franja do cachecol esvoaçava ao vento como uma bandeira sinistra, mas, na volta, ajudaria na rápida localização da vítima.

Havia algo de muito errado neste cenário todo. Por que alguém arriscaria dirigir na tempestade? Nem a mulher nem o menino estavam vestidos adequadamente para o clima. Sem casacos, botas, gorros ou luvas. Será que moravam pelas redondezas? Será que tentavam chegar em casa ou fugiam de algo?

Wylie voltou para casa. Precisava ser rápida.

NOVE

Agosto de 2000

Josie estava no escuro, os músculos tensos, esperando a próxima explosão de fúria entre os pais e Ethan. Em vez disso, porém, ouviram-se os sons costumeiros da casa que se punha a dormir: o gemido de canos e água corrente, a descarga de um banheiro, o guincho de molas de cama. E, finalmente, o silêncio.

— Está acordada? — sussurrou Becky.

— Sim — respondeu Josie. Encarapitou a cabeça e olhou para o relógio na mesinha de cabeceira. 00h07. — Não consigo dormir. — Sentia-se maldisposta depois da discussão do irmão com os pais. Mais do que o habitual. Um embrulho no estômago.

— Vamos — sussurrou Becky, levantando-se.

— *Pra* onde a gente vai?

— *Shh*. — Becky abriu devagarzinho a porta do quarto e espiou o corredor escuro. Tudo tranquilo. As meninas foram andando na ponta dos pés até a escada, cobrindo a boca, para abafar o riso.

Esta seria a parte mais difícil de sair na surdina. Descer as escadas sem alardear pela casa as estripulias das duas. Cada passo ia ao próprio tom e timbre: um guincho, um suspiro, um gemido. Finalmente, apenas prenderam a respiração e desceram correndo. No andar de baixo, Josie e Becky pararam, os corações acelerados, esperando que alguém aparecesse no patamar das escadas e as mandasse de volta para a cama.

O resto da fuga era fácil: atravessar a cozinha e o vestíbulo, e sair pela porta dos fundos. Os Doyles nunca se preocuparam em trancar as portas. Por que trancariam? Conheciam os vizinhos, estavam a quilômetros da cidade e não possuíam nada de muito valor que justificasse um roubo.

Já não ventava tanto, e, embora ainda fizesse calor, havia no ar um aroma doce de trevos. O céu negro resplandecia ao luar e ao brilho das estrelas que pontilhavam suas profundezas.

— O que vamos fazer? — sussurrou Becky enquanto Josie a levava até a cama elástica, e juntas subiam nela. Deram as mãos... as mesmas mãos em que, aos 10 anos, talharam à faca um corte que as selaria irmãs de sangue... e começaram a pular.

— Irmãs para sempre! — gritou Josie enquanto pulavam cada vez mais alto, e alto, até se esquecerem do mundo. O ar estava úmido e envolvia a pele como um veludo. O suor escorria pelas têmporas e para dentro dos olhos, mas ainda assim pulavam; o baque rítmico dos pés na borracha da cama elástica soando aos ouvidos como as batidas de um coração.

— Dá quase *pra* pegar elas! — gritou Becky, erguendo ao céu a outra mão.

Josie apertou os lábios um no outro para conter o riso, mas ela nunca se sentira tão livre como naquele momento, pairando no ar, os dedos da mão esquerda entrelaçados aos da melhor amiga, os da mão direita estendidos para o céu. As estrelas pareciam tão próximas; como átomos reluzentes que a mão pudesse apanhar. Um punhado de estrelas. Naquele momento, não parecia impossível.

Josie e Becky saltaram e tentaram agarrar o céu até ficarem sem fôlego e já não dar mais para conter os risos. Desabaram sobre a cama elástica e ficaram ali, deitadas de costas, suadas e ofegantes, até que o mundo parou de balançar.

— Quantas você pegou? — perguntou Josie, olhando para a mão esquerda de Becky ainda fechada.

Ela trouxe o punho até os olhos, como se para espiar ali dentro.

— Um milhão — sussurrou. — E você?

— Um milhão e mais uma — respondeu Josie, porque sempre precisava vencer. Era como se fossem garotinhas de novo, quando nada importava fora aquele exato momento em que já bastava estar na companhia da melhor amiga. Não estavam pensando em meninos e discussões de família, e crescer não era uma preocupação. Josie sorriu e sentiu a fluidez da leveza.

Um estalido interrompeu a observação estelar das meninas, e Becky se apoiou sobre um cotovelo.

— O que foi isto? — perguntou Becky.

— Não sei — respondeu Josie com inquietação. Percorreram com os olhos o pátio da fazenda. Tudo tranquilo. As cabras protegidas nos confinamentos do celeiro, as galinhas empoleiradas no galinheiro.

— Deve ser só o escapamento de uma caminhonete. — Josie afastou a preocupação e se deitou.

Ouviu-se outro estalido, e, desta vez, ela reconheceu. Vivendo no campo, vivendo com caçadores, era íntima do som. Tiro de arma de fogo.

Só isso fazia sentido para Josie; então, em vez de fugir do barulho, sentiu-se atraída por ele. Foi rastejando até a lateral da cama elástica e desceu para o chão.

— O que está havendo? — perguntou Becky, indo no encalço. Uma nuvem obscureceu a face da lua, mergulhando as meninas na escuridão.

— Talvez alguém esteja atirando numa raposa ou num coiote — falou Josie, mas, mesmo quando as palavras lhe saíam da boca, já sabia que não era provável. Uma inquietação se instaurou em seu peito. O pai não atirava assim, às cegas, no escuro. Além disso, a explosão soou um pouco abafada, muito longe dali. Talvez fosse o vizinho um quilômetro e meio estrada adiante. O som viajava longe pelo campo.

— Vamos *pra* dentro — instou Josie. Foi-se a descontração de pouco antes, e as meninas seguiram para casa, mancando, de pés descalços, sobre o solo rachado. No celeiro, o barulho despertou as cabras. Baliam agitadas. Josie podia ouvir seus passos inquietos.

Ouviu-se uma terceira explosão assim que contornaram o celeiro. Um breve lampejo preencheu a janela dos pais como o flash de uma câmera. Então, o silêncio. Ao lado de Josie, Becky gritou.

Josie pensou no irmão, na raiva dele e na maneira maliciosa e perversa como olhou para o pai mais cedo, a maneira como se recusou a entregar a espingarda. Não, disse a si mesma, Ethan nunca faria isto.

Mais três explosões vieram de dentro da casa — uma seguida da outra. Becky tampou os ouvidos com as mãos e gritou. Josie agarrou a mão dela e a levou até a porta do celeiro. Tentou abri-la, mas era muito pesada e estava danificada pelo tempo. A borda inferior arrastou-se lentamente no chão e emperrou. Ela ergueu o puxador e foi com mais força, e a porta se abriu um miúdo, rangendo, antes de emperrar novamente.

— Rápido! — Becky puxou o braço de Josie.

Havia dezenas de esconderijos no celeiro: o depósito de feno, as baias das cabras, atrás de uma pilha de lenha. Josie entrou pela porta e mergulhou na escuridão, compreendendo imediatamente que cometera um erro. As cabras, assustadas com a entrada das duas, começaram a se agitar com uma alarmante cascata de balidos. Entre as paredes lascadas do celeiro, elas não teriam para onde escapar. Ficariam presas. Josie rapidamente contorceu o corpo para dar meia-volta.

— A gente não pode se esconder aqui — sussurrou.

Lançou olhos frenéticos por toda a volta. Precisavam de um telefone, mas ela estava assustada demais para entrar na casa. Os avós moravam a um quilômetro e meio de distância. O milharal. Dava para atravessar o milharal, levando-as por fim à casa dos avós. Eles saberiam o que fazer. Nas sombras, os caules de milho se encimavam como sentinelas desengonçadas.

Elas teriam coragem? Uma das primeiras lembranças de Josie foi uma repreensão da mãe: nunca se embrenhe sozinha nos campos.

— Você vai se perder, e nós nunca vamos conseguir te encontrar lá — avisou. Por muito tempo, as advertências da mãe funcionaram, mas, quanto mais o tempo passava, mais crescia a ousadia de Josie, e aventurar-se no milharal era um passatempo comum.

Uma figura sombria emergiu da casa. Josie não sabia dizer quem era, mas não tinha como confundir a espingarda na mão. Como um lobo, ele caminhou devagar e metódico na direção das duas.

Josie pegou Becky pela mão, e começaram a correr, os pés descalços esmagando a terra, pedras e galhos afiados perfurando a sola dos pés, mas Josie mal se deu conta. Ao lado, frenética e desesperada, Becky começou a ficar ofegante.

Se elas conseguissem chegar até o milharal, Josie estava confiante de que ficariam bem.

— Josie — veio uma voz masculina. Será que ela tinha ouvido bem? Alguém tinha chamado por ela? Atreveu-se a relancear os olhos por cima do ombro, e a figura ganhava velocidade e se aproximava delas. Era o irmão? Não conseguia afirmar e não queria desacelerar para descobrir.

— Mais rápido, Becky — instou esbaforida. — Corre!

Josie tropeçou e caiu no chão, mas logo se levantou. Estavam quase lá. O trovão de passos que se aproximava as incitava para frente. Gritos perfuraram o ar. Josie conseguiu se manter de pé, mas Becky perdeu o equilíbrio, e, por mais que tentasse segurar, seus dedos deslizaram dos da amiga.

— Levanta, levanta daí — implorou Josie, puxando o braço dela. — Por favor. — Mais uma vez, se atreveu a olhar para trás. A figura levantou as mãos e mirou. Josie largou o braço de Becky, virou-se e correu.

Ela tropeçou ao entrar na plantação e foi imediatamente engolida pelo milho. Os gritos desesperados de Becky a seguiram, mas ainda assim continuou correndo. O estalar da espingarda explodiu em seus ouvidos, e uma dor abrasadora rasgou-lhe o braço. *Ele atirou em mim,* pensou incrédula. *Fui baleada.* O mundo balançou e se inclinou, mas, usando os caules de milho, Josie manteve o equilíbrio, continuando a se mover. Ela queria voltar para ajudar Becky, mas os pés não conseguiam senão avançar.

As folhas ásperas açoitavam seu rosto, deixando vergões vermelhos, e o solo duro cortava-lhe os pés. Quando já não dava mais para correr, ela parou, curvou-se, as mãos nos joelhos, e tentou permanecer imóvel. O braço latejava, e os ouvidos zuniam de dor. Será que ele estava logo atrás? O instinto a mandava seguir em frente, mas ela não fazia ideia de onde estava.

Havia atravessado rasgando o milho e sabia que o atirador só precisava seguir os caules achatados para encontrá-la. Josie começou a contornar as linhas em zigue-zague, segurando junto ao corpo o braço empapado de sangue. Sabia o que uma espingarda fazia com veados e os faisões. Viu uma vez ou outra. Buracos escancarados, o sangue jorrando. Mais poucos centímetros e a bala teria atingido o seu coração. Ela estaria morta.

Pouco a pouco, sua respiração se estabilizou, e amenizou-se o barulho nos ouvidos. Manteve os olhos no milho logo acima, procurando uma ondulação, uma oscilação que a alertasse de outra presença. Sua mente girava. Talvez o atirador tenha pensado que estivesse morta. Considerou deitar-se em uma pilha no chão e fingir-se de morta só no caso de ele ainda estar à procura dela, mas a ideia em si era assustadora demais.

Pensou em Ethan e no pai e nas palavras feias trocadas entre os dois. A ordem seca do pai continuava se repetindo em sua mente: *Ethan, me passa a arma.* E a recusa desafiadora do irmão.

Será que era ele? Não. Josie se recusava a acreditar nisso. Não podia ser o mesmo irmão outrora tão doce que lhe ensinara a colocar a isca em um anzol e a andar de bicicleta.

Ela precisava se orientar. Já estivera umas mil vezes neste campo. Era possível; dava para encontrar uma saída e buscar ajuda.

Ouviu-se à direita um farfalhar rascante de folhas. Josie parou e ficou ereta, mantendo-se completamente imóvel, ouvindo. Nuvens encobriam a lua e as estrelas, e as sombras do campo tingiam umas às outras até que ela não enxergava nem mesmo a mão diante do rosto. Ainda assim, sentiu uma presença a uns seis metros de distância. Ela tinha esperanças, rezava para que fosse o pai ou a mãe vindo à sua procura no milharal, mas no fundo sabia que quem estava ali com ela não tinha intenção de ajudar.

O som seco e sussurrante se aproximou, e Josie apertou os dedos na boca para não gritar. Escorria-lhe sangue pelo braço, formando uma poça aos seus pés.

Lutou contra o desejo de correr. *Não se mexa*, pediu a si mesma. *Se você não consegue ver ele, então ele não consegue te ver também*. Mas então a escuridão mudou... apenas um pouco. As sombras se escureceram, e ele estava ali mesmo, a poucos metros, de costas para Josie. Tão perto que, se ela estendesse a mão, seria possível tocá-lo, tão perto que dava para sentir o calor oriundo da pele — o aroma não pouco familiar de suor e o odor corporal. Será que era o Ethan? Será que teria sido o irmão quem atirou nela e depois a perseguiu pelo campo?

Um pequeno grunhido de impaciência veio da figura, e Josie prendeu a respiração. A forma começou a se afastar, mas depois estacou e foi se virando pouco a pouco. Depois do que pareceu uma eternidade, a sombra se aprofundou no milho, furtiva, e desapareceu.

Josie soltou um suspiro trêmulo. Por ora, ele tinha partido.

Dez

As delicadas pétalas roxas das flores murcharam e caíram no chão uma a uma, depois voaram. Agora espinhosas urtigas verdes brotavam em frente à janela.

A mãe ainda estava doente, pulando da cama para o banheiro, a mão cobrindo a boca.

— Você precisa fazer ela comer e beber alguma coisa — recomendou o pai certa noite, de passagem.

A menina puxava a cadeira até a prateleira de madeira na qual guardavam a comida, a fim de alcançar o pote de pasta de amendoim e uma fatia de pão. Tentava fazer a mãe comer, mas ela se recusava. Resoluta, mantinha a boca fechada, e a garota acabava comendo sozinha, fazendo o sanduíche descer com um copo de água da pia do banheiro.

O pai começou a trazer shakes com bastante sustância. Ele segurava a mãe na cama e tentava persuadi-la a beber.

— Só mais um pouco — insistia. — Você tem que ficar forte pro bebê.

A mãe tentava satisfazer o pai. Tomava uns goles e daí vomitava no balde que deixava ao lado da cama.

— Ah, não — trovejava o pai, frustrado. — Continua tentando. — A mãe afastava a bebida e se enrolava toda, como se tentasse desaparecer.

Certo dia, depois de a mãe se recusar a beber o que ele trouxera, o pai ficou furioso.

— Sua imprestável — disse, agarrando a mãe da menina pelo braço e arrancando-a da cama. — Você não se importa com ela? — Sacudiu a mão na direção da garota. — Não se importa com o bebê?

Arrastou a mãe até a mesa e a forçou a se sentar em uma cadeira.

A menina puxou um livro da prateleira, foi até o lugarzinho dela sob a janela e ficou de cara para a parede.

O pai tirou uma colher de uma gaveta e mergulhou-a no copo.

— Coma isto — ordenou. A mãe tentou virar a cabeça em recusa, mas ele segurou o queixo dela, para enfiar a colher na boca. Ela engasgou e começou a respirar ofegante.

A garota virou a página do livro e recitou a história para si mesma. Era a história sobre a princesa e a ervilha. Embora soubesse decifrar algumas das palavras, ela tinha a história gravada na memória.

Depois de um tempo, a ânsia parou, o choro desapareceu. O pai falou em um tom de voz baixo e suave:

— Viu, não foi tão ruim assim, foi? Você comeu quase tudo.

A menina olhou por sobre as páginas do livro enquanto o pai, delicado, limpava com um pano a boca da mãe e a levava para a cama. Logo ela ouviu a respiração suave e rítmica da mãe. Ela tinha adormecido.

O pai puxou o rabo de cavalo da menina antes de abrir a porta para sair.

— Ela está bem. Só deixa ela descansar.

Ao clique da porta e ao raspar da chave na fechadura, ela devolveu o livro à prateleira e foi até a mesa da cozinha. Levantou o copo que continha o sorvete. Dava para sentir o cheiro do chocolate, e o estômago dela roncava. Ainda restavam umas colheradas. A mãe não iria se importar.

A menina trouxe o copo até os lábios e bebeu. A cremosidade doce preencheu-lhe a boca e deslizou pela garganta. Raspou as últimas gotas com uma colher e lambeu-a toda.

Depois ligou a televisão, mas abaixou o volume. Passaram-se horas. A mãe dormia. A dor no estômago veio rápido e com força. A menina dobrou-se e mal chegou ao banheiro antes de vomitar. Sentia os intestinos se retorcerem, o estômago apertado.

Deitou-se no chão do banheiro — na pele, o frio do azulejo rachado. A noite penetrou no quarto até restar somente a luz azul e suave da televisão. As cãibras diminuíram, os músculos relaxaram. A garota sentiu-se vazia e espremida. Caiu em um sono agitado até que a mãe a acordou com uma sacudida carinhosa e a levou de volta para a cama.

Onze

 Dias atuais

O vento cortante ganhava força e enviava, a cada rajada chuvosa, uma saraivada de neve granulada no rosto de Wylie. Ela precisava chegar rápido até o celeiro para pegar os cortadores de arame.

Imaginou que não teria mais que 25 minutos para chegar ao celeiro e voltar ao local do acidente antes de a mulher entrar em sério risco de hipotermia. Mesmo assim, podia ser tarde demais. Depois de soltá-la, ainda precisava levá-la de volta para casa.

Agitada, Wylie olhou para o céu escuro, e um tiroteio de neve a atingiu no rosto. Precisava regressar até a mulher antes que o tempo piorasse. O rosto e as orelhas, agora expostos ao frio, queimavam de dor. Não dava nem para imaginar como a mulher sobrevivera por tanto tempo na neve.

No topo da trilha, Wylie parou para recuperar o fôlego, mas o vento se transformava em um frenesi de chicotes, criando ciclones de neve que se retorciam e se convulsionavam sobre ela. Precisava continuar andando. Apontou a lanterna para o celeiro, e os silos desapareceram atrás de um véu branco. A luz suave vinda da casa a instou para frente. Os bastões de caminhada ajudaram-na a se manter ereta, mas as pernas iam pesadas e doíam ao esforço de atravessar a neve alta.

Ao se aproximar da casa, as árvores carregadas de gelo estavam ainda mais atochadas pela recente nevasca e ameaçavam arrebentar a cada rajada de vento.

Ela tinha ficado longe por muito tempo. O fogo podia ter se apagado, os ferimentos do menino podiam estar piores do que pensava, e ela ainda precisava voltar para ajudar a mulher. Sentiu um aperto no peito, então acelerou o passo a fim de avançar os últimos 45 metros até a porta da frente.

Empurrou a porta, trazendo junto uma enxurrada de neve. Wylie fechou a porta atrás de si e deixou caírem os bastões com um barulho no chão. Ignorando o arranhar que faziam os ganchos no piso de madeira, seguiu direto para o sofá onde deixara o menino. Ele estava lá, ainda dormindo, com Tas enrolado ao lado.

Em seguida, Wylie verificou o telefone, já sabendo que eram mínimas as chances de fazer uma ligação. Estava certa; nenhum técnico seria enviado em tais condições climáticas.

Adicionou ao fogo outro pedaço de lenha e lutou contra o desejo de permanecer ali, se aquecendo, perto das chamas. Suas orelhas e seu nariz queimavam de dor. Ela precisava continuar andando. Foi até o armário e pegou outro casaco e outro cachecol. Como tinha cedido o gorro à mulher, puxou sobre a cabeça o capuz forrado de pele preso ao casaco, amarrando-o para fixá-lo.

Wylie temia retornar à tempestade, mas o relógio corria.

Com determinação renovada, deixou para trás a casa aquecida. A tempestade ainda se enfurecia. Era como se o vento viesse de todas as direções.

Passou pelo frágil galinheiro e pelo galpão de ferramentas que locatários anteriores utilizaram para despejar móveis e utensílios domésticos indesejados. Já dentro do celeiro, sacudiu a neve do casaco e olhou para o relógio no pulso. Já tinham se passado uns 25 minutos desde que deixara a mulher. Examinou as paredes ásperas em busca do que precisava.

Em pregos e ganchos, viam-se pendurados ancinhos, enxadas e todo tipo de ferramenta agrícola. Localizou os cortadores de arame, uma pá enferrujada e um trenó de madeira antigo com corrediças de aço. Uma manta mofada para cavalo pendia de um prego dobrado, e ela a colocou em cima do trenó com os demais suprimentos presos a uma corda velha.

Segurou a lanterna, mas abandonou os bastões de caminhada; não se atrevia a levar mais nada. Já seria difícil arrastar tudo pela neve e pelas costas, com sorte a mulher a reboque.

Embora a neve cegasse e o vento apagasse os sinais recentes da caminhada, Wylie ao menos tinha boa noção para saber por onde seguir.

Manteve a lanterna e os olhos focados no chão adiante. Em tese, o plano era simples. Ela cortaria o arame emaranhado, libertando a mulher, que esperançosamente ainda estaria viva. Se ela não pudesse andar por conta própria, Wylie faria o possível para puxá-la para casa no trenó. A pá só parecia uma boa ideia.

Quando estava a meio caminho dos destroços, apesar das camadas quentes, o frio permeou-lhe o corpo, e ela questionou se era mesmo sábia esta missão de resgate. Um passo em falso e acabaria com uma perna quebrada; terminaria em uma tumba de neve. Nos últimos tempos, não se notabilizara por suas habilidades em tomar decisões, e do que adiantaria se as duas congelassem até a morte? O que, então, faria o menino?

Wylie considerou voltar. Ela era boa em abandonar os outros. Eis algo que sabia fazer. Mas isto era diferente. Ninguém estava morrendo em casa. O filho adolescente, Seth, ainda estava furioso com ela por mostrar quem manda e não sentia nem um pouco sua falta. Ele estava em boas mãos com o pai.

Finalmente, através do redemoinho de neve, Wylie avistou um brilho metálico, e os destroços se assomaram. Ela acelerou o passo. Estava quase lá.

Deixou a estrada e atravessou a vala até a cerca de arame que contornava o campo, procurando o lenço amarelo que deixou demarcando o lugar. Ao se aproximar da caminhonete, não havia nem sinal do cachecol. Com um aperto no peito, ela estacou. Devia ter cometido um erro. Wylie largou a pá e a corda amarrada ao trenó e foi lentamente se virando em círculo. Tudo tinha o mesmo aspecto: um deserto de neve árido e estéril.

Tinha que ter passado pelo local onde estava a mulher. Não era possível o cachecol ter voado com a tempestade; ela o amarrara dando várias voltas nas farpas de metal. Tinha certeza.

O lenço e a mulher podiam estar soterrados, sob um dos montes de neve que subiam até a altura do peito e faziam pressão contra a cerca. Frustrada, Wylie recuou ao longo do arame e, desta vez, moveu-se ainda mais devagar até chegar ao primeiro grande banco de neve. Usando as mãos enluvadas, ela começou a afastar a neve até visualizar a cerca. Não apareceu nenhum cachecol.

Wylie continuou andando. O frio serpenteava por entre as camadas de roupa. Não podia ficar ali fora por muito mais tempo. Apenas quando estava prestes a desistir e voltar para casa, os olhos pousaram sobre um pedaço de tecido amarelo envolto em uma farpa de cerca. Tombou os olhos ao chão, esperando ver o corpo fraturado e congelado da mulher enredado no arame farpado. Mas já não estava mais lá. O cachecol também não.

Wylie caiu de joelhos, olhando com escrutínio a cerca de metal. Ínfimas gotas de sangue e o que pareciam pedaços de carne congelada grudados à cerca. Passou os dedos pelo chão.

Levantou-se e examinou o solo em busca de pegadas recentes, mas a neve e o vento fortes já tinham varrido o gélido cenário. Não havia nem sinal da mulher ferida. Por que será que partiu sob esta tempestade brutal mesmo com Wylie prometendo voltar para ajudar?

Ela vagou pelos destroços no campo em busca da mulher até que o frio a obrigou a se dirigir para casa. Do que será que a mulher fugia e para onde teria ido, afinal? Wylie sentiu um novo desconforto se instalar no peito. Ela tinha tantas perguntas, e agora havia apenas um menininho para dar as respostas. E ele não falava por nada.

Doze

 Agosto de 2000

O xerife adjunto Levi Robbins cruzou as rodovias e as estradas secundárias em busca de problemas. Qualquer tipo de problema. Veterano de dez anos da divisão do Condado de Blake, ele normalmente não estaria em serviço à noite. Entretanto, Frazier estava de férias, então Levi se oferecera para realizar os turnos do colega, pensando que uma mudança de ritmo seria uma boa ideia.

Passava da 1h00 da manhã, e até o momento nenhuma chamada. Por mais que tentasse, ele não conseguia encontrar um motivo sequer para fazer um veículo parar no acostamento por violação de trânsito. As horas passaram, e Levi ocupava o tempo ouvindo música country no rádio. Dirigia pela Meadow Rue e desacelerou quando se aproximou da nogueira amarga que se erguia no meio da estrada. Era um marco inesperado para quem não conhecia a área.

Ninguém realmente sabia como a árvore de 25 metros de altura brotara no cruzamento de duas estradas de cascalho, e ninguém sabia também por que nunca fora cortada. Quem precisasse passar era forçado a desacelerar para contornar a rotatória forjada pela natureza.

Passando a nogueira amarga, Levi virou para o sul, na County Road G11. Faria mais uma ronda e depois passaria no armazém de Casey para pegar um refrigerante e encher um pouco o tanque. Se ele tivesse sorte, flagraria alguém em uma tentativa de roubo no posto de gasolina. Já fazia tanto tempo desde a última vez que ele precisou lidar com um assalto. E nem se lembrava mais da última vez que sacou a arma do coldre. Ao menos seria interessante.

Uma brisa quente atravessou as janelas abertas. Era grande a expectativa de chuva naquela noite. O céu estava nublado, e o ar tinha aquele aroma úmido e elétrico que prenuncia uma tempestade. Não durou muito, porém, e ressurgiram no céu a lua e as estrelas. Que pena. Os agricultores precisavam da chuva.

Levi cuspiu uma semente de girassol pelo vidro aberto. Por mais quente que fosse, o ar fresco ajudava a mantê-lo acordado enquanto estava em rota. Dirigiu a viatura até 95 quilômetros por hora, depois 110, então 130. Uma das vantagens de trabalhar à noite. Estrada desobstruída.

Subitamente, uma caminhonete com os faróis desligados saiu roncando motor de uma estrada de cascalho entre dois campos de milho. Levi pisou com tudo nos freios, fazendo derrapar a parte traseira da viatura. O grito de pneus no asfalto abafou o rádio, e o cheiro de borracha queimando impregnou o nariz.

— Filho da puta — murmurou ele enquanto pelejava para manter o carro na estrada. Manobrada a viatura, e com o coração já não pulando de susto, ele olhou através do para-brisa e pisou no acelerador. — Lá vamos nós — falou a si mesmo, ligando as luzes e a sirene.

A caminhonete à frente acelerou brevemente e depois reduziu a velocidade, como se o motorista percebesse que não dava para ser mais rápido que a viatura.

— Isso aí, seu filho da mãe — praguejou Levi ao ir para o acostamento e parar atrás da caminhonete.

Com a iluminação dos faróis, Levi viu que o motorista estava sozinho no veículo. Ele tentou dar uma olhada na placa, mas a lama seca escondia os números e as letras. Podia ser intencional, mas, provavelmente, não. Aqui as caminhonetes agrícolas ficavam enlameadas. Contudo, no humor em que estava, Levi não tinha a intenção de deixar por menos essa infração de trânsito.

Saiu lentamente do carro e se aproximou da Ford Ranger prata ano 1990 com uma lona de vinil cobrindo a caçamba da caminhonete. Antes mesmo que Levi pudesse falar, abriu-se a porta do veículo.

— Ei, não saia daí — alertou o xerife, com a mão na direção da própria arma. — Ponha as mãos no volante.

— Sinto muito — ouviu-se de dentro da caminhonete uma voz jovem e trêmula. — Eu não vi o senhor. Olhei *pros* dois lados antes de virar, e de repente você estava lá. Vinha muito rápido.

— Isso é o que você diz — respondeu Levi enquanto parava junto à janela do motorista e dirigia a lanterna para um jovem de cabelos loiros desgrenhados com as mãos firmes no volante.

O interior da caminhonete cheirava a odor corporal, tabaco e medo. Uma lata de refrigerante derramada no chão, cuspes de fumo se espalhavam no tapete do passageiro. Levi quase sorriu. Adorava assustar os adolescentes idiotas.

— Sabe que está com os faróis apagados? Você quase me matou lá atrás. Aonde vai com tanta pressa? — perguntou Levi. — Você bebeu?

O menino olhou de soslaio para ele.

— Não, senhor. Só estava indo para casa. Estou atrasado. — O rosto do menino reluzia de suor, e manchas escuras circundavam a gola da camisa e debaixo dos braços.

— De onde você está vindo? — indagou Levi quando o menino entregou a carteira de motorista. Viu que o nome do garoto era Brock Cutter. Havia muitos Cutters no condado. Grande família de agricultores.

— Eu estava em um cinema em Spencer — respondeu o menino. — Com o meu primo.

— Então você é um dos Cutters? — perguntou Levi, erguendo o olhar da carteira de motorista.

— Sim, senhor — respondeu o menino, tentando ver além do feixe de luz. — Brock Cutter.

— Você tem um primo chamado Brett? — perguntou Levi. O menino fez que sim com a cabeça, os olhos dardejando de nervosismo. — Acho que não te vejo desde que você tinha este tamanho aqui — falou Levi, posicionando a mão a pouco mais de um metro do chão. — Eu me formei com o seu primo, Brett. Você é a cara dele. Como ele está?

—Bem — respondeu Cutter, a voz tremendo. — Mora em Perry, trabalha no frigorífico de porcos que tem lá. Casou e tem dois filhos.

— Duas crianças. Uau, que coragem! Céus, tivemos bons momentos no passado. Ele vem *pra* nossa reunião de turma no próximo verão? — perguntou Levi, tirando o chapéu e enxugando o suor da testa.

— É bem provável — respondeu Cutter. — Olha, como eu te disse, sinto muito. Eu não vi o senhor. Não vai acontecer de novo. Vou ter mais cuidado da próxima vez.

Levi olhou bem para Cutter. Ele não sabia o motivo pelo qual nem chegou a verificar a carteira de motorista do rapaz. Levi nunca dava colher de chá para ninguém. Talvez fosse a nostalgia dos velhos tempos em que ele e Brett Cutter dirigiam por essas mesmas estradas bebendo cervejas Everclear e Dr. Pepper. Sabia que ele era pelo menos um tanto culpado, indo a uns 130 em uma zona de 90 quilômetros por hora. Talvez parte dele apenas não quisesse ser a pessoa que viria a quebrar a maré de calmaria então vivida pelo departamento.

Se tivesse averiguado a placa, ele teria visto que Brock Cutter estava com a licença suspensa e um mandado de prisão por não comparecer a uma audiência relacionada a um caso de assédio no Condado de Kossuth. Ele saberia que Brock Cutter não era tão inocente e bem-humorado quanto o primo, Brett.

— Que tal mandar aquele seu primo filho da mãe dar um alô na próxima vez que ele estiver na cidade, e eu te quebro esse galho? — falou Levi com um sorriso largo. — Mas você tem que prometer ser mais cuidadoso. Não quero te parar de novo. Entendeu?

— Obrigado — respondeu um Cutter aliviado, soltando enfim o volante e limpando no jeans a palma suada das mãos. — Eu prometo.

Levi esperou até que ele voltasse cuidadosamente para a estrada, dirigisse lentamente, as luzes traseiras desaparecendo até se tornarem pintinhas vermelhas na escuridão. Balançou a cabeça. Brett Cutter. Diabos, fazia anos que não pensava nele. Cara bacana.

Voltou para a viatura e ligou a ignição. No rádio, a música country foi substituída por um programa de *talk show*.

Levi continuou a ronda, parando no posto de gasolina para aquele refrigerante e uma fatia de pizza. O resto da noite continuou calmo; sem ocorrências.

O sol despontou no céu nebuloso, trazendo uma nova onda de calor. Tinha uma hora a cumprir antes do fim do turno. Exausto, ele iria para casa, tomaria um banho e se deitaria.

Sessenta minutos depois, chamaram o delegado Levi Robbins para comparecer à cena do crime mais sangrento da história do Condado de Blake.

Treze

 Dias atuais

Já em casa, Wylie largou a pá e o trenó nos degraus da frente e entrou. Penou para tirar as botas. O que ela ia dizer ao menino? Apenas com o gorro e o casaco de Wylie, não havia como a mulher sobreviver aos elementos naturais.

Não havia sinal dela. O vento forte varrera as pegadas pela neve. Era como se tivesse simplesmente desaparecido.

Agora a sala estava vazia. O garoto e Tas não estavam onde ela os deixara. A lareira havia se reduzido a brasas laranja, e fazia frio ali.

De cômodo em cômodo, só crescia sua preocupação. Subiu as escadas, o frio do piso de madeira se infiltrando pelas meias. O segundo andar estava escuro.

A porta do quarto dela estava fechada, e Wylie virou a maçaneta, abrindo-a. De pé, iluminado pelo facho de luz fraca emanado pelo abajur de cabeceira, via-se o menino de costas para a porta, com Tas deitado aos pés.

— Aí está você — falou Wylie, e o menino se virou atabalhoado e assustado. Segurava a arma de nove milímetros dela nas mãos. Ela arfou.

Olhos arregalados, o menino paralisou; a arma apontada direto para o peito de Wylie.

— Larga isso aí. — As palavras saíram irregulares, como tecido preso em arame farpado. Boquiaberto, ele apenas olhava. — Larga isso aí. Agora! — mandou Wylie.

Tas começou a latir, e o menino largou a arma como se ela queimasse. Caiu tinindo no chão, e Tas se arrastou para longe. Wylie fechou os olhos e tampou os ouvidos, esperando o disparo de uma bala que a atravessaria. Sem disparo, ela se precipitou, jogando-se sobre a arma, na barriga a sensação penetrante do metal frio.

O menino estava de pé, paralisado de medo, com Tas latindo desesperado.

— O que te deu na cabeça? — vociferou Wylie enquanto se levantava cambaleando, a arma na mão. Com os dedos trêmulos, ela removeu as balas. — Nunca, jamais pegue uma arma. Ela pode disparar, e um tiro acertar em você, ou no Tas, ou em mim. Entendeu?

O menino não respondeu; não conseguia. A respiração estava presa na garganta, e ele tentou engolir o ar.

— Você não está na sua casa! — esbravejou Wylie. — Podia ter matado alguém. Não se deve mexer nas coisas das outras pessoas. — Ela foi até o armário e empurrou a arma o mais longe possível, na prateleira superior. Ao se virar, viu o menino rastejar para debaixo da cama.

Sentiu náusea. Aqui, nunca se preocupara em trancar a arma, visto que era a única na casa. Ela não tinha hóspedes; ninguém vinha visitá-la.

— Tas, quieto! — gritou, e os latidos foram diminuindo até um choramingar baixinho. Ele olhou apreensivo para ela.

Wylie se abaixou até a beirada da cama e tentou acalmar o coração disparado. Quando voltou a confiar na própria voz, falou:

— Eu não devia ter berrado. Não quis te assustar. — Não houve resposta; ouvia-se apenas a respiração ofegante do menino debaixo da cama.

— A culpa não foi sua. Foi minha. Eu devia ter trancado a arma. Saia daí de baixo — pediu Wylie. O menino não se mexeu. — Eu me assustei — ela tentou explicar. — Você nunca levou um susto? Um susto daqueles bem medonhos?

Que coisa boba de se perguntar, pensou consigo mesma. Claro que o menino estava assustado. Acabara de sobreviver a um terrível acidente de carro e vagou sozinho pela tempestade, quase congelando até a morte. Ele sabia como era estar assustado. Aterrorizado.

Assim, Wylie esperou. A respiração do menino foi se acalmando. Passaram-se minutos. Ela sentiu um puxãozinho na perna da calça como um peixe-lua abocanhando uma minhoca. Ela se curvou, a cabeça entre as pernas para espiar debaixo da cama. Com lágrimas marcando o rosto, o menino olhou para ela.

— Vai sair ou não vai? — perguntou Wylie.

Calmo, o menino saiu de debaixo da cama e se levantou. Embora não falasse, Wylie sabia a que perguntas ele queria respostas.

— Achei a caminhonete — falou Wylie, com cuidado. — Ninguém mais. — Uma mentira deslavada, mas por que aumentar a ansiedade dele? Decepcionado, o menino deixou cair os ombros. — Sua mãe estava com você na caminhonete? Ou outra pessoa? — perguntou. — Alguém com quem você se importava? — Ele não respondeu.

Wylie pegou as mãos dele. Sentiu a pele fria e os ossos parecendo que se quebrariam com o toque. Ele se afastou como se queimasse.

— Passando a tempestade, saio para procurar melhor — prometeu Wylie. Enfiou a mão no bolso e tirou o pano branco e sujo que encontrara junto aos destroços da caminhonete. — Achei isto aqui. É seu?

Os olhos do menino se iluminaram, e ele sorriu antes de estender timidamente a mão. Wylie entregou-lhe o pedaço de pano, e ele o pressionou na bochecha.

Por que será que a mulher não esperou o resgate? Para onde será que tinha ido? Wylie não tirava da cabeça a hipótese de que ela estava em apuros e fugindo para longe. A mente veloz pensava em muitas possibilidades:

ou ela fugia da lei ou de um marido abusivo. Ou simplesmente estava desorientada depois do acidente e vagava a esmo pela tempestade.

Desceram as escadas, e Wylie alimentou a lareira com mais lenha. O menino tinha um jeito engraçado de virar o corpo de lado e observar de soslaio o que acontecia no entorno, como se para não chamar atenção. Wylie endireitou os cobertores no sofá, Tas pulou, deu três giros e se acomodou num canto. Desta vez, ela não o repreendeu.

Wylie foi até a cozinha a fim de pegar um copo de água para o menino. Ele também devia estar com fome. Ela fuçou nos armários, encontrou uma caixa de Cheerios e encheu uma tigela. Pegou o cereal seco e o copo, e encontrou o menino enrolado ao lado de Tas, no sofá, o polegar na boca.

— Você precisa beber algo — disse Wylie, segurando o copo de água na direção dele, mas, apertando os lábios um no outro, ele virou a cabeça em recusa. — Tudo bem — falou, pousando sobre a mesinha de centro o copo e a tigela com cereal. — Sirva-se quando estiver pronto.

Os olhos do menino ficaram pesados, e logo a respiração dele fazia par com a de Tas; adormeceram.

Wylie olhou para o relógio de pulso. Como ainda era só meia-noite?

Lá fora, a tempestade piorava. Furioso, o vento uivava, e a neve branqueava as janelas. Wylie continuou olhando pela janela, na esperança de ver a mulher vindo em direção à casa, mas tudo o que via eram espumas brancas. Depois de um tempo, ela desistiu. A mulher ou encontrara ajuda na estrada tomada de neve, o que era improvável, ou sucumbira ao clima.

Wylie subiu as escadas para pegar o manuscrito e a pasta recheada de fotos da cena do crime, e considerou servir-se uma taça de vinho, mas optou por café. Tentou ler, mas continuou olhando para a forma adormecida aninhada no sofá. Quem era ele? Não era possível que alguém não estivesse à sua procura.

De quando em quando, ela verificava o telefone fixo, mas encontrava sempre o mesmo silêncio. Pela primeira vez em muito tempo, queria falar com alguém.

Mas não qualquer um. Wylie queria falar com o filho. Queria se desculpar por simplesmente ter ido embora. Estivera tão frustrada com ele, tão cansada das discussões, de Seth colocando o ex-marido contra ela. E quando ele se mandou naquela noite e não voltou para casa — foi pura tortura. Ela não sabia onde Seth estava, ou com quem, não sabia se ele estava vivo ou morto.

Optou pela saída fácil como mãe. As palavras dele deixaram-lhe muita mágoa. Ele a odiava, queria ir morar com o pai. Ferida, ela usou como desculpa terminar o livro neste lugar triste e solitário. Deixou o filho, e só Deus sabia o que seria necessário para consertar o relacionamento dos dois.

Naquele momento, já estaria de bom tamanho falar com Seth sobre a escola e os amigos, mas isso era impossível. Agora, Wylie tinha sozinha a guarda de outra criança — para cujos cuidados ela não estava preparada.

A tempestade se enfurecia, e as sombras se deslocavam, escureciam. Olhou para o relógio no pulso; 1h00 da manhã. Wylie odiava esses momentos tranquilos. A sensação era de que o mundo inteiro dormia, exceto ela. No momento em que a luz marrom-acinzentada espreitasse por entre as bordas das cortinas, ela relaxaria. Fecharia os olhos e, por apenas um momento, seria como todos os demais.

Wylie acordou com o rangido das tábuas do assoalho. Sonolenta, pestanejou e viu a criança sentada no chão, junto ao fogo, de costas para ela.

Algo caiu dos dedos dele e flutuou até o chão. Fotos de gargantas abertas, dentes quebrados, órbitas vazias. *Ai, não*, pensou Wylie. Ele encontrou as fotos do crime. O menino se levantou desajeitado e saiu correndo da sala. Wylie pulou do sofá para segui-lo. Ele mal chegou ao banheiro antes que o estômago revirasse de enjoo, e a bile, quente e azeda, irrompesse da sua boca.

Vomitou até não haver mais nada no estômago.

— Não era para você ter visto aquilo — disse Wylie à porta do banheiro em penumbra. — Sinto muito. São para o meu trabalho. Sou escritora.

O menino subiu no pequeno espaço entre a parede e o vaso e cobriu o rosto com as mãos.

Por um momento, Wylie permaneceu à soleira da porta e, quando ficou claro que ele não iria sair do banheiro, voltou para a sala.

Como explicaria de um jeito adequado a serventia daquelas imagens horrendas? Não havia palavras. Ele pensava que ela era um monstro, e todas as chances de fazer o menino confiar nela agora haviam escorrido pelo ralo.

Catorze

 Agosto de 2000

De seu esconderijo no campo, Josie lutou contra o desejo de correr. Vai que ele estava à espreita, pronto para atacar no instante em que ela se movesse. Então, esperou. Esperou que algo acontecesse, que alguém ajudasse, viesse encontrá-la. Ainda nutria o desejo de que o pai ou a mãe atravessassem os caules, mas eles não apareceram.

As nuvens evaporaram, e a lua emanava sobre ela um brilho vivaz. Josie se demorou a contemplar o céu todo. Lutou contra a náusea, temerosa de que, se vomitasse, a pessoa com a arma a ouviria e descobriria sua localização. Não conseguia impedir as lágrimas de caírem, o corpo convulsionado de soluços silenciosos até a cabeça latejar e a mandíbula doer de tanto conter os gritos.

Josie estremeceu apesar do calor que fazia naquela noite. A ferida no braço havia parado de sangrar, mas dava para sentir a bala nodosa embutida na carne do tríceps.

Permaneceu de pé o máximo que pôde, mas os músculos começaram a fisgar. Os mosquitos faziam festa sobre a pele nua; as mordidas, um milhão de pintinhas. Finalmente se agachou, sentou-se sobre os calcanhares, arregaçou as mangas e subiu a perna das calças. Latejava a dor no braço.

Inconsolável, Josie sentou-se lá, como um gordo besouro, esperando a luz do dia.

A todo e mínimo farfalhar do milho, o coração se atirava do terror à esperança como um bumerangue. Impossível que ninguém tivesse ouvido os tiros. O som viajava quilômetros pelo campo. Certamente, alguém teria ouvido o disparo de arma de fogo e, alarmado, teria chamado a polícia. Parte dela esperava que o pai aparecesse, estendesse a mão para ajudá-la e a levasse para casa. Mas ele nunca apareceu. Ninguém apareceu.

Passaram-se horas. As estrelas desapareceram, e o céu lentamente se despojou dos mantos noturnos que cediam espaço aos véus rosa e tangerina. Josie sentia a boca seca, e a língua, sedenta de água. Toda vez que ela se movia, um solavanco percorria o seu braço, e ela choramingava de dor.

Havia quebrado o tornozelo uma vez, quando tinha 10 anos. Becky e ela estavam pulando os fardos de feno que compunham um labirinto no campo quando ela julgou mal a distância até o próximo e caiu mais de um metro e meio na terra batida.

Aquela dor foi intensa — mas nada comparado a tomar um tiro. Quando Josie já não mais aguentava a bexiga cheia, se desdobrou do casulo da camiseta e ficou de pé. Usando apenas uma mão, desajeitada, desceu os shorts e se aliviou o mais depressa possível, um fluxo interminável de urina.

Josie estava com tanta sede que teve vontade de sair do campo para tomar um gole de água, mas não se atreveu a abandonar a camuflagem do milho. Ela tentou acompanhar o tempo pelo movimento das sombras. Queria deitar-se e dormir, mas tinha medo de que o atirador a encontrasse.

Um crepitar seco semelhante a papel moveu-se pelo campo, e o milho tremeu e balançou sobre ela. Alguém estava vindo. Sentiu o pânico preso na garganta. Não seria capaz de correr mais depressa que ele; ela não tinha arma, não tinha proteção. Josie se preparou para o que estava por vir.

Todavia, em vez de alguém atravessando as plantações aos murros, uma grande nuvem negra varreu sua cabeça, mergulhou e subiu, e caiu e subiu novamente. Graúnas-d'asas-vermelhas, grossas como fumaça, fazendo sua migração anual pelos campos, reunidas nos caules acima dela.

O pai de Josie ficaria irritadíssimo. Acontecia todos os anos; os pássaros de um preto acetinado com manchas vermelhas e amarelas nos ombros desciam pelos campos para se banquetearem com o milho da família. Esperava ouvir os estrondos altos dos detonadores a propano, um dispositivo em que o pai confiava para espantar as malditas aves. O crepitar nunca veio, apenas o bater das asas e o chilrear das graúnas.

Josie não podia ficar escondida no campo para sempre. Ninguém viria resgatá-la. Precisava salvar a si mesma. Levantou-se com custo. A nuvem de pássaros subiu ruidosamente e passou para outra seção do campo. Os músculos das pernas gritavam em protesto, o braço pulsava, inchado e quente ao toque. Sentiu outra onda de náusea, fechou os olhos e recordou o pátio da fazenda ao alvorecer.

Trouxe-lhe calma o pensamento do grande celeiro vermelho e da mãe e do pai bebendo café à mesa da cozinha. O sol da manhã despontando por detrás do celeiro significava que, se ela se dirigisse na direção oposta à do sol, sairia do campo nas proximidades da casa.

Passo a passo, Josie atravessou o dossel verde, o sol quente da manhã queimando-lhe o topo da cabeça. Rápido encontrou o caminho que tomara na noite anterior. Os caules se aplainavam, deixando uma trilha frenética e amassada. O coração de Josie acelerou no peito.

Ela estava tão perto de casa. Queria correr em direção à varanda, abrir a porta da frente e encontrar os pais, Ethan e Becky sentados à mesa da cozinha, bravos porque ela os atrasou para pegar a estrada e seguir para a feira. Mas Josie estava com muito medo. Ela hesitou à beira do campo, espiando por entre os caules grossos.

À primeira vista, tudo parecia exatamente como deveria estar. O pátio e a casa, os mesmos de sempre. A caminhonete do pai e o carro da mãe estacionados. Beija-flores-de-pescoço-vermelho pairavam sobre o laranja-vivo das ervas daninhas que cresciam ao lado da casa. No topo do celeiro, o galo dos ventos feito de cobre girava à brisa quente.

Ainda assim, porém, Josie não conseguiu sair ao ar livre. A porta de tela dos fundos balançava nas dobradiças. Talvez todos tivessem dormido além do horário, pensou, esperançosa, embora soubesse que era pouco provável. O cercado externo das cabras estava vazio, e gritos semelhantes aos de humanos vinham do celeiro fechado. Josie sabia que eram apenas balidos famintos oriundos das cabras, mas seus apelos desesperados fizeram os pelos se eriçarem nos braços. O pai nunca se esquecia de alimentar e de ordenhar as cabras.

Ela queria correr para casa e encontrar a família e Becky esperando por ela, mas era impossível com a sola dos pés carcomida por pedras e terra ressecada. Retraía-se a cada passo que dava.

As galinhas no galinheiro cacarejaram ante a aproximação, ordenando Josie a dar-lhes água e comida. Por favor, que ainda estejam todos dormindo, implorou ela silenciosamente.

Josie ergueu os olhos para a casa. Recordou os estrondos e o flash de luz que viu na janela do quarto dos pais na noite anterior. Nada se movia atrás das cortinas, que estavam um pouco de lado, como se alguém espiasse por detrás.

Fora apenas um sonho ruim, disse a si mesma; estivera dormindo, sonâmbula. Quanto mais pensava nisso, mais fazia sentido. Fora só um pesadelo terrível.

Afastando-se do celeiro e do galinheiro, as cabras e as galinhas se aquietaram. Passou pelo antigo galpão onde a mãe guardava as ferramentas de jardinagem e pela cama elástica onde Becky e ela pularam com tanta alegria na noite passada. Parecia ter sido um milhão de anos atrás.

Josie encarapitou a cabeça, na esperança de ouvir a mãe e o pai conversando à mesa da cozinha. Tudo estava quieto, exceto pelo rangido e pela batida da porta de tela na brisa quente.

Ela agarrou a porta de tela no meio de seu vaivém, entrou no vestíbulo e fechou a tela atrás de si. Também iria ouvir umas boas por deixar a porta aberta a noite toda. Viu no chão as botas de trabalho empoeiradas do pai, e outra onda de ansiedade a atravessou.

A cozinha estava vazia. Ouvia-se o zunir da geladeira, o chiar do ventilador de teto. Na sala, um par de tênis de Ethan estava no chão, e o livro de bolso que a mãe estava lendo, aberto no braço do sofá.

Josie foi até a base da escada e olhou para cima.

— Mãe?! Pai?! — gritou. Não ouviu resposta. Como não conseguia nem levantar a mão esquerda para pousá-la no corrimão, abraçou o lado direito, o ombro roçando a parede para se firmar.

Ela deveria ter se virado e descido pelos mesmos degraus, mas não dava para impedir a mão de empurrar a porta do quarto dos pais e pisar sobre a soleira. A luz no quarto estava fraca; o sol, atenuado pelas cortinas que cobriam as janelas. O ar destoava, mas era familiar. Sentiu correr-lhe um arrepio de medo.

— Mãe, pai — sussurrou Josie, sacudindo a cama. — É hora de acordar. — Não houve resposta. Tudo silencioso demais.

Os olhos se desviaram para a direita, onde uma explosão de sangue tatuava a parede ao lado da cama. Seguiu o *spray* escarlate para baixo até onde uma figura jazia caída no canto, os olhos arregalados, no peito um buraco do tamanho de um punho. Josie não conseguia tirar os olhos do horror diante dela. Parecia-se vagamente com a mãe, mas como era possível? O esgar contorcido no rosto era de um filme de terror. A camisola encharcada de sangue se agarrava à pele.

O fio do telefone azul esmaltado ao lado da cama foi arrancado da parede e jazia em um emaranhado confuso ao lado da mãe.

Uma estranha dormência se espalhou pelos membros de Josie, e as orelhas se tomaram dos batimentos do coração. Ela saiu tropeçando do quarto.

— Pai! — gritou. — Papai? — Seguiu descontrolada na direção do próprio quarto, mas parou abruptamente. No chão, espreitando da porta, via-se uma mão semicerrada como se tentasse fazer um punho. Josie não queria ver de quem era essa mão, mas já sabia. Seu pai. Ela não queria ver, porém, no que ele se tornara. Ainda assim, avançou. Reluziu o dourado de um anel de casamento.

Josie soltou um suspiro trêmulo e olhou ao redor da moldura da porta. Foi-se o rosto do pai, substituído por uma tela irreconhecível de sangue, osso e massa cinzenta. Um grito se alojou na sua garganta, ela se virou e, na pressa de fugir, sentiu a elasticidade da carne macia quando o pé descalço bateu na mão do pai. Aterrorizada, desceu depressa as escadas, os pés mal tocando os degraus. Abriu a porta da frente, saiu para o sol implacável e começou a correr.

Às 7h30 da manhã, Matthew Ellis passava pela fazenda da filha e do genro localizada a pouco mais de um quilômetro e meio da deles, na Meadow Rue. Ele estava a caminho da cidade para se encontrar com velhos amigos a fim de tomar café na casa de ração.

A uns cem metros de distância, Matthew avistou algo vindo em zigue-zague pela estrada. À primeira vista, por trás do brilho do calor que subia do asfalto, pensou se tratar de um cervo atropelado.

Ao se aproximar, percebeu que a figura acabada e cheia de sangue não era um animal, mas, sim, uma pessoa curvada de dor, trançando as pernas atabalhoadamente pela estrada.

Mais tarde, Matthew disse aos investigadores que *foi como se deparar com um zumbi de um daqueles filmes antigos. Estava com os olhos mortos e cambaleava, e o meu coração quase parou quando vi quem era.*

Se Josie estava ciente da caminhonete se aproximando, não deu nenhuma indicação. O avô encostou na estrada e saltou do veículo.

— Josie? — perguntou ele. — O que aconteceu? O que está fazendo? — A menina agia como se não o ouvisse, apenas continuava andando. Sem saber o que fazer, Matthew finalmente a agarrou pelos ombros, forçando-a a olhar para ele.

— Josie — repetiu, olhando nos olhos vermelhos e desfocados. — O que aconteceu? Aonde você está indo?

— *Pra* sua casa — Josie conseguiu grunhir. Foi uma resposta estranha, pensou Matthew, visto que ia na direção errada. O antebraço dela estava inchado e coberto de sangue seco, seus braços e suas pernas com incontáveis arranhões. Ele levou a neta à caminhonete, ajudando-a a entrar.

— O que aconteceu, Xô? — perguntou Matthew, usando o apelido que dera à Josie quando criança, quando ela o seguia por toda parte. "Xô, mosca, xô", provocava ele, e Josie ria e murmurava atrás. — O que aconteceu? — perguntou, alarmado. — Foi um acidente?

— Achei que tinha sido um acidente em casa — disse Matthew ao delegado quando ele chegou ao local. — Foi a única coisa que fez sentido naquele momento. Eles iam sair para a feira estadual naquela manhã. Já deviam estar na estrada. Decidi levar Josie de volta à casa dela. Nunca imaginei que encontraria o que encontrei.

Quando Matthew e Josie seguiram pela trilha, estacionaram atrás de dois veículos na entrada — a caminhonete Chevy do genro e a mini-van que Lynne dirigia. O único veículo que faltava era a caminhonete do Ethan.

Foi ali que Matthew deu outra olhada na neta. Uma irritação verme-lha e vívida emplumava-se das faces, os cabelos emaranhados e revoltos, os olhos inchados e vermelhos como se ela tivesse chorado. Suja e des-calça, parecia que alguém tinha lhe dado chibatadas nas pernas. Foi um olhar mais atento no braço de Josie que formou um nó na garganta de Matthew. Ele já tinha visto ferimentos como este antes.

— Josie, o que aconteceu com o seu braço? — perguntou Matthew.

Ao lado dele, na caminhonete, Josie forçou os olhos a se abrirem e olhou para baixo. O braço estava ensanguentado, inchado, e, onde o tiro se cravara na pele, viam-se ondulações como as de uma bola de golfe.

Apesar da manhã quente, Josie começou a tremer.

— Onde está todo mundo? — perguntou Matthew.

Josie olhou pela janela em direção ao segundo andar da casa.

— Lá em cima? — perguntou Matthew, a voz tomada de medo. A menina fez que sim com a cabeça. — Devo chamar ajuda?

Josie fez que sim novamente e depois virou o rosto, apoiando a testa no vidro.

Matthew saiu da caminhonete. O pátio estava em silêncio, exceto pelo insistente tique-taque do motor, que esfriava.

— Fique aqui — pediu a ela enquanto se dirigia para os fundos da casa.

O avô de Josie entrou na casa pela porta de tela, que rangeu e bateu atrás dele. Ela se lembraria de ter fechado os olhos, como se o gesto pudesse proteger o avô do que estava prestes a ver.

E, mesmo tampando os ouvidos, Josie ouviu o grito estrangulado dele, os passos pesados nos degraus e o estrondo da porta dos fundos sendo aberta com tudo. Ouviu o avô tentando puxar o ar para os pulmões e, em seguida, o som deplorável de engasgos e o jato de líquido jorrando no chão.

Os gritos angustiados de Matthew tomaram o ar, e Josie apertou com mais força as mãos nos ouvidos para bloquear o som, mas não adiantou.

Deb Cutter, que estava no quintal dela, cerca de um quilômetro e meio em linha reta, relatou ter ouvido os gritos. Como não paravam, ela desviou os olhos de suas ervas daninhas e, pensando se tratar de um animal ferido, desejou com seus botões que alguém pusesse fim ao sofrimento da pobre criatura. Assustada, juntou os lençóis pendurados no varal e levou-os para dentro.

Pouco a pouco, os gritos de Matthew se atenuaram até se tornarem um lamento, então o silêncio. Josie se lembrou de ouvir a porta de tela rangendo novamente. Será que ele ia voltar para dentro? Por quê? Perguntou a si mesma. Por que ele faria isso?

Ele não ficou lá dentro por muito tempo. Josie ouviu a porta da caminhonete se abrir e o ruído suave da porta se fechando novamente quando o avô entrou. Atreveu-se a espiá-lo. Ele desmoronou no banco do motorista com a cabeça curvada e as mãos manchadas e envelhecidas segurando o volante com força. Ficaram sentados assim pelo que pareceu ser muito tempo, a temperatura dentro da caminhonete subindo a cada segundo que passava.

Ao longe, floresceu um gemido fraco e persistente. Sirenes. A ajuda estava chegando.

— Xô — crocitou Matthew. — O que aconteceu aqui? — Ele ergueu a cabeça, e os olhos vermelhos se cruzaram com os de Josie.

— Acho que eles estão mortos — sussurrou ela. — Você encontrou o Ethan e a Becky?

— Não, só os seus... — Soltou um suspiro estremecido. As mãos não paravam de tremer.

— Eu soltei a mão da Becky — disse Josie como se estivesse em um transe. — Sinto muito, eu não queria.

As sirenes ficavam mais altas.

— É hora de sair daqui — falou Matthew ao abrir a porta da caminhonete. O barulho das sirenes atingiu o pico e então parou abruptamente quando dois carros do xerife do Condado de Blake viraram na entrada e estacionaram. — Fique atrás de mim, Xô.

Josie segurou no passante da calça do avô enquanto dois homens saíam dos respectivos carros de polícia, armas em punho. Já do lado de fora, Matthew levantou as mãos.

— Eles estão lá em cima — avisou, apontando a cabeça na direção da casa. — Foram baleados.

QUINZE

A menina sentou-se no chão enquanto a mãe trançava seus cabelos e dizia:

— Quando eu era pequena, tinha um cabelo assim. Minha mãe fazia uma trança escama de peixe, mas eu nunca aprendi a fazer esse tipo.

A menina gostava de ouvir histórias sobre quando a mãe era jovem, mas era uma ocorrência rara. Os pais dela estavam mortos, e falar sobre eles a deixava triste; então, quando eram mencionados, a menina saboreava cada palavra.

Ela estava prestes a perguntar o que era uma trança escama de peixe quando a mãe de repente gemeu baixinho.

— O que foi? — perguntou a garota, virando-se. A mãe se levantou e caminhou de modo hesitante. Florescia entre as pernas uma mancha vermelho-clara, e sangue escorria pelas coxas.

— É o bebê — murmurou a mãe enquanto se dirigia cambaleante até o banheiro.

— Ela está vindo? — questionou a menina, porque tinha certeza de que o bebê seria uma menina.

— É muito cedo! — gritou a mãe enquanto tirava os shorts e depois fechava a porta do banheiro.

A menina ficou do lado de fora, ouvindo-a gemer e gritar. Gritava tão alto. Alto demais. A menina olhou ansiosamente para a porta no topo dos degraus e torceu para que os gritos não perturbassem o pai. Ele ficaria muito zangado.

— Shh — disse a garota pela porta. — Shh. — Mas os gemidos da mãe continuaram, subindo e descendo como ondas. Sentou-se no chão, recostada na porta, e esperou, rezando por ajuda, mas também para que o pai não viesse.

Era assim que soava a morte? Perguntou-se a garota. O que faria sem a mãe? Quem cuidaria dela? O pai quase que a ignorava. Era a mãe que cantava para ela dormir, trançava seus cabelos e pintava suas unhas; que a tomava nos braços quando tinha sonhos ruins.

O quarto escureceu, e, ainda assim, a mãe permaneceu do outro lado da porta. Havia muitas coisas para temer, mas a escuridão não era uma delas. A garota não se importava nem um pouco com o escuro. Havia três tipos de escuridão. De manhã, havia o escuro de bordas cinza que ia pouco a pouco se tornando azul e rosa, e o significado era que, muito provavelmente, o pai logo em breve sairia para trabalhar. Sempre era melhor quando o pai estava fora, embora a mãe ficasse mais ansiosa com isso, pois se preocupava que ele não voltasse, e então o que fariam? Elas não teriam dinheiro para comida nem para roupas. Sua mãe se afligia, mas a menina se sentia mais relaxada nas longas horas em que ele se ausentava.

Havia também o escuro de depois do jantar. Essa era a hora em que lavava o rosto e escovava os dentes. Ela se sentava no sofá entre a mãe e o pai e assistia a um dos filmes que eles enfiavam na maquininha que ficava embaixo da televisão. O escuro de depois do jantar era composto de roxos nebulosos e azuis-marinhos e dava a ela uma sensação de que tudo estava em seu devido lugar no mundo. Ver TV juntos, às vezes compartilhando uma tigela de pipoca, transmitia-lhe a impressão de que sua família não era tão diferente das dos filmes.

Mas o escuro de depois do jantar era também a hora mais inquietante do dia. Se o pai estivesse de mau humor, ou a mãe, triste, não havia *lugar para ir. Ela era obrigada a ouvir as palavras bravas, as lágrimas e os tapas e socos violentos. Nessas horas, ia para seu lugarzinho favorito sob a janela e olhava para os livros à luz esmaecida que atravessava o vão entre a cortina e a vidraça.*

A escuridão mais negra vinha no meio da noite. Era quente e aveludada, e soava como a respiração da mãe bem ao lado dela.

Não é o escuro que se deve temer, pensou a garota, mas, sim, os monstros que saem para a luz.

Dezesseis

 Dias atuais

Enquanto Wylie esperava o menino sair do banheiro, ela abriu a porta da frente para Tas dar uma voltinha. A tempestade tinha ganhado força novamente, o frio penetrando pelas dobras das roupas que vestia. Desta vez, Tas voltou depressa.

O menino não poderia ficar no banheiro a noite toda. Fazia muito frio. Wylie bateu na porta. Não houve resposta.

— Você está bem aí? — perguntou. Ainda nenhuma resposta.

Ela virou a maçaneta, e a porta se abriu. Ele estava sentado lá, os punhos apertando os olhos, tão arisco quanto um cervo assustado. Wylie sabia que precisaria escolher com cuidado as próximas palavras.

— Sei que você está com medo. Sei que aquelas fotos eram assustadoras. Escrevo livros sobre pessoas que foram feridas... tento contar as histórias delas. Mas eu nunca faria mal a ninguém. Entende isso? — O menino ainda se recusava a olhá-la de frente. — Eu quero te ajudar. Quero entrar em contato com a sua família, mas preciso que você coopere.

Fez um aceno para o menino vir até ela, mas ele permaneceu fixo no lugar.

Não dava para culpá-lo.

Apesar de ser meio da noite, Wylie duvidou que ele fosse dormir novamente depois do que viu naquelas fotos. Ela foi até a cozinha e, depois de um minuto, ouviu os passos mansos dele atrás de si.

— Aposto que você está com fome — disse. — Quer comer alguma coisa? — O menino não respondeu. — Bom, eu estou faminta. — Ela abriu a geladeira. — Vamos ver o que temos aqui? Que tal ovos e panquecas? — Colocou no balcão a caixa de ovos e tirou do armário a mistura para massa de panqueca. — O que gostaria de beber? Tenho leite, suco e água. Ou café. Você toma café? Aposto que você bebe café puro.

Wylie deu uma olhada no menino, para ver ser a piadinha lhe arrancara um riso, mas o rosto ainda era inescrutável, e ele esfregou a mãozinha no topo da cabeça raspada.

— Como está a sua cabeça? — questionou ela. — Deve doer. — Ele tocou no hematoma na têmpora, mas não falou nada. — Ah, as suas roupas já devem estar secas. Volto num instante. — Wylie correu até a lavanderia, pegou as roupas dele na secadora e estendeu-as sobre uma cadeira na cozinha. — Pode se vestir no banheiro. Quando você voltar, a primeira pilha de panquecas já vai ter saído.

O menino pegou as roupas como se esperasse ser espancado e correu dali. Wylie quebrou os ovos em uma tigela e despejou a massa em uma frigideira quente. Virou as panquecas e colocou a manteiga, a calda e uma tigela de uvas na mesa da cozinha.

— Você gosta de panquecas? — perguntou quando o menino voltou à sala. Wylie colocou uma no prato e entregou a ele. — Você se senta aí e come. Já me junto num instante.

Ela trouxe à mesa um prato cheio de panquecas e a frigideira de ovos mexidos, pondo um pouco no prato do menino e depois no dela. Sentou-se de frente para ele, à mesa redonda de carvalho.

— Vamos lá, coma — pediu. — Você não precisa esperar por mim.

O menino lançou para ela um olhar cheio de dúvidas.

— Quer que eu corte a comida para você? — perguntou Wylie, mas ele puxou o prato para perto e pegou a panqueca com os dedos.

Ela o observou arrastar a massa por uma poça de calda, trazê-la hesitante aos lábios e dar uma lambida, para experimentar. Decidindo que estava tudo bem, comeu o resto e então começou a segunda que Wylie deslizou para o prato dele. Comeu sem pausa, mal tendo tempo para mastigar e engolir.

— Pode comer com calma — recomendou Wylie. — Tem muito mais de onde veio essa.

O menino se inclinou sobre o prato, para farejar os ovos mexidos, e torceu o nariz.

— Está tudo bem — ela lhe garantiu. — Não precisa comer nada que não queira.

Ansioso, ele olhou na direção da porta.

— Lembra da tempestade? — perguntou Wylie. — Não é seguro sair agora. As estradas estão muito ruins.

O menino se remexeu na cadeira, como se pronto para disparar.

Ela não queria causar pânico à criança, mas não gostaria de mentir mais do que já tinha feito.

— Prometo que vou dar o melhor de mim para te levar para casa — jurou. — Não vai nevar para sempre.

O menino pareceu pensar nisso enquanto algumas lágrimas lhe escapavam, escorrendo-lhe pelo rosto.

— Não chore — pediu Wylie, alarmada. — Que tal a gente jogar um jogo? — perguntou na esperança de distraí-lo. Ele olhou desconfiado para ela. — Chama Você Primeiro, Depois Eu — explicou, levantando-se da mesa. Ela pegou o prato e o levou até a pia. — Primeiro, você me faz uma pergunta, e daí eu te faço uma. Quer começar? É só me fazer uma pergunta, por exemplo, quais são minhas coisas preferidas, e então eu respondo.

Wylie enxaguou os pratos, colocando-os na lava-louça.

— Então, *tá*. Começo eu — disse quando o menino não respondeu.

Ela olhou para o teto e bateu um dedo no queixo, como se pensasse a fundo. Queria fazer uma pergunta fácil. Uma que não fosse muito pessoal.

— Qual é a sua cor favorita? — perguntou. Não houve resposta. Decidiu tentar ir por outro caminho. — Bem, Wylie — falou com uma voz infantil. — Minha cor favorita é azul. E a sua? — Voltou à voz normal: — Olha só que coincidência! Minha cor favorita também é azul.

Olhou para o menino à espera de alguma reação, mas ele apenas a encarou de volta, inexpressivo. Talvez não falassem a mesma língua, ou talvez houvesse uma razão física para ele não falar. Ou só estava borrando as calças de medo.

Wylie soltou um suspiro.

— Bom, posso falar sobre mim, imagino. Você conheceu o Tas. Você tem um cachorro? — Ela parou por apenas um momento, sem esperar resposta, e então passou para a próxima pergunta. — Meu programa de TV favorito é o *Dateline*. E o seu? — perguntou enquanto voltava a encher de leite o copo do menino.

Ele pegou uma uva da tigela e deu uma mordida, para experimentar. Será que também nunca tinha comido uma uva? Perguntou-se Wylie.

O menino nem sequer olhava para ela.

Rendida, jogou as mãos para o alto. Ele estremeceu com o movimento.

— Eu só queria que você me dissesse o seu nome. Só isso, o seu nome. Por que é tão difícil? — indagou ela.

O menino considerou a pergunta, e a impressão é de que ia falar, mas em vez disso a boca se apertou como se grampeada.

Mais alarmes começaram a disparar na cabeça de Wylie. Sabia que o menino tinha poucos motivos para confiar nela, mas ela o salvou de congelar até a morte. O que seria tão ruim que ele não podia pronunciar nem o próprio nome ou o nome dos pais? Que segredos esta criança guardava e por quê?

Dezessete

 Agosto de 2000

— É o Matthew Ellis! — gritou Matthew, com a voz trêmula.

— Recebemos uma ligação falando de um tiroteio — disse o xerife Butler, baixando com cautela a arma que empunhava. Ao seu lado estava o delegado Levi Robbins, que desceu a trilha logo após o xerife.

— Fui eu — avisou Matthew. A frase seguinte foi ininteligível, e o xerife precisou pedir a ele que a repetisse. — Minha filha e o marido estão mortos — disse com a voz estrangulada de lágrimas. — Tem sangue por toda parte! — gritou ele, olhando desesperadamente para o xerife. — Por toda parte.

Josie, ainda atrás do avô, apertou o rosto nas costas dele.

— Atiraram na Josie também — prosseguiu Matthew, enxugando os olhos com um lenço que puxou do bolso de trás.

— Tem ajuda a caminho. Me deixa olhar ela — disse Butler.

Josie permaneceu atrás do avô.

— Está tudo bem, Xô — falou Matthew, afastando-se para expor a garota. — Eles estão aqui para ajudar.

O HÓSPEDE NOTURNO **107**

Levi assobiou baixinho. Não lhe entrava na cabeça como a garota ainda estava de pé. Ela cambaleava, e o avô agarrou o braço não lesionado e a conduziu até o estribo da caminhonete, onde ela se sentou.

— Não se preocupe, querida, uma ambulância vem vindo — garantiu o xerife. — Você disse *atiraram na Josie*. Tinha mais de uma pessoa?

Matthew se recostou na caminhonete para se firmar.

— Eu não sei. Não sei quem fez isso.

— Acha que já se mandaram? — Os olhos do xerife examinaram a propriedade.

— Não vi mais ninguém na casa. Ah, Jesus, que coisa horrenda. Muito, muito horrenda.

— Você entrou lá? — perguntou Butler.

Matthew anuiu com a cabeça.

— Encontrei a Lynne no quarto dela e o William no quarto da Josie. Não sei onde está o meu neto. — Sobreveio-lhe nova onda de lágrimas.

— Precisamos ter certeza que a casa está vazia antes da entrada dos paramédicos — explicou o xerife, como quem pede desculpa. — Entende isso, não é, Matthew?

— Agora não tem muito o que possam fazer por eles.

Josie estendeu a mão e puxou a manga do avô.

— Não diga isso, vovô. Precisam tentar — insistiu ela. — Podem levar até o hospital e curar eles. — Estava aos prantos, as lágrimas esculpindo um caminho no rosto sujo.

— Deixa que agora cuidamos de tudo, querida — disse o xerife Butler em um tom de voz baixo e suave. — Agora preciso que se afastem da casa. Deixem a gente fazer nosso trabalho.

Levi e ele precisavam ver a cena do crime e então interditá-la. Até onde sabiam, o criminoso ainda estava dentro da casa. E havia a chance remota de que uma ou mais vítimas ainda estivessem vivas. Estavam perdendo segundos preciosos. Segundos que nunca seriam recuperados.

O sol já tinha consumido a umidade da manhã. Com uma mão suada, Matthew segurou Josie pelo cotovelo enquanto ela mancava até o velho bordo e se sentava para esperar sob a copa verde da árvore. O xerife e Levi entraram com cautela pela porta dos fundos, armas em punho.

Os momentos seguintes se passaram como em um borrão nebuloso. Chegaram mais delegados, e Matthew mais uma vez lhes contou o que sabia.

O grito de uma ambulância que se aproximava preencheu o ar, e o avô se juntou à Josie sob o bordo. Abraçou-a, tomando cuidado para evitar o braço machucado, e ela enterrou o rosto em seu ombro, inalando o cheiro de tabaco misturado com o forte detergente usado para lavar suas roupas de trabalho.

— Vamos fazer com que deem uma olhada em você, Xô, enquanto procuram Ethan, está bem? — falou Matthew, enxugando com os polegares as lágrimas sob os olhos dela.

A ambulância virou na trilha e parou um pouco além da fita que demarcava a cena do crime. Saíram dois paramédicos, um homem e uma mulher. Abriram as portas traseiras, avaliaram o cenário diante deles e esperaram pela orientação de um dos delegados.

Matthew acenou para que se aproximassem.

— Minha neta foi baleada — falou aos paramédicos, que rapidamente pegaram uma maca e correram na direção dos dois.

Puseram Josie na maca e a levaram para a traseira da ambulância, onde era possível examinar melhor os ferimentos.

— Não estão indo já, estão? — perguntou Matthew.

— Vamos examiná-la, mas, pelo estado deste braço, temos que levá-la ao hospital em Algona. Precisamos sair logo, mas te informarei antes de partirmos — assegurou a paramédica, esboçando um sorriso, para tranquilizá-lo.

— Já volto, querida — falou o avô, e Josie apertou-lhe a mão, não querendo que ele a deixasse. — Não vou sair de vista — prometeu ele.

Relutante, Josie soltou a mão do avô.

Atravessando a porta da frente destrancada, o xerife Butler tentou se lembrar de perguntar a Matthew Ellis se ele tinha simplesmente entrado ou se usara uma chave.

À luz fraca, a casa dava a sensação de estar vazia. Butler e Levi começaram na sala, olharam atrás das pesadas cortinas e dentro do armário, tudo limpo, e depois foram examinar o banheiro do primeiro andar.

— Ninguém aqui — declarou Levi —, mas parece que temos um pouco de sangue na pia.

O xerife Butler entrou com a cabeça no banheiro. Viam-se o fundo e os lados da pia de porcelana branca cobertos com um filme rosado. Butler fez que sim com a cabeça. Os dois passaram para a sala de jantar. No meio do cômodo, havia uma grande mesa de madeira de tábuas largas, seis cadeiras em volta. No centro, um arranjo de flores secas.

— Tudo certo — falou Butler, limpando o suor do rosto. A sala era mais quente que um fogareiro a carvão, mas ele observou que havia um aparelho de ar-condicionado instalado na janela. Era estranho que não estivesse ligado neste calor, especialmente porque as janelas estavam fechadas.

Levi assumiu a dianteira e entrou primeiro na cozinha. Também estava vazia. Uma cafeteira cheia de líquido preto. Ele estendeu a mão para tocar no bule de vidro — estava frio. Pendurados em um chaveiro ao lado da porta dos fundos, dois molhos de chaves, provavelmente dos veículos estacionados na frente da casa.

— Devemos verificar lá embaixo? — perguntou, acenando para a porta do porão.

Butler examinou a trava deslizante perto do topo da porta. Encaixada.

— A porta está trancada do lado de fora — comentou. — Checamos depois de subirmos. É lá que o Matthew disse estarem as vítimas.

Butler liderou o caminho até as escadas. O calor era sufocante. Gotas de suor pingavam dentro dos olhos dele. Conseguia sentir o cheiro do medo que emanava da pele do delegado mais jovem. Levi já tinha visto muitos cadáveres antes: as vítimas de acidentes com veículos motorizados, dois suicídios e o cadáver de um homem que havia tropeçado na própria arma e atirado em si mesmo enquanto caçava aves; mas nunca uma vítima de assassinato. Levi não fazia ideia de onde estavam se metendo. O xerife, por sua vez, já tinha visto de tudo, o que não facilitava em nada entrar em uma cena de crime. Será que foi um assassinato seguido de suicídio? Um agressor entrou na casa e começou a atirar? Se sim, por qual motivo?

Na subida da escada, havia uma curva cega logo à frente. Não faziam ideia de quem ou o que estaria ali ao virarem. Butler tentou ouvir qualquer som que viesse de cima, mas tudo o que escutava era a própria respiração. Precisavam ficar alertas. Sinalizou para que Levi parasse, respirou fundo e rapidamente contornou o canto com a arma de fogo apontada. Ninguém ali. Parou para estabilizar a respiração e continuou subindo.

Quando ele chegou ao patamar do segundo andar, o cheiro o atingiu com tudo no rosto. Ferrugem misturada com o odor de matéria fecal. Sangue e os intestinos relaxando logo após a morte.

— Cristo! — exclamou Levi.

— Respire pela boca — ordenou Butler enquanto avançava pelo corredor. Abriu a primeira porta. Um banheiro. Puxou de lado a cortina do chuveiro. Ninguém ali. — *Tá* limpo — falou por cima do ombro. Aproximavam-se.

Levi ficou diante da porta fechada de um quarto. Estava com medo de tocar na maçaneta. E se apagasse as digitais? Ele não queria ver o que havia atrás da porta. Virou um olhar rápido para o xerife, que lhe fez positivo com a cabeça. Tentando tocar o mínimo possível da superfície, girou a maçaneta, abriu a porta e entrou no quarto com a arma empunhada. O cheiro era nauseante, e Levi resistiu ao desejo de cobrir o nariz.

O sol da manhã penetrava pelos beirais das persianas. À primeira vista, o quarto parecia com qualquer outro. Havia uma cômoda encostada na parede, coberta de retratos emoldurados da família, uma cama desfeita, uma pilha de livros e um punhado de moedas sobre uma mesinha de cabeceira. Mas a carnificina ao lado da cama era inconfundível. Uma mulher. Seu corpo já se decompondo no calor sufocante do quarto.

Atrás dele, ouviu a voz de Butler:

— Tudo certo aí?

Demorou um segundo para Levi reagir, mas ele se abaixou, levantou a aba rendada da cama e olhou por baixo dela. Meio que esperava que alguém olhasse para ele ali de baixo. Não havia ninguém. Verificou o armário, também vazio.

— Tudo — falou Levi, passando a mão pelo cabelo úmido. — Primeira vítima — anunciou enquanto o xerife se espremia para atravessar a porta atrás dele.

— Ah, meu — disse Butler. — É a Lynne Doyle. Parece um tiro à queima-roupa no peito.

— O Sr. Ellis disse que tinha dois corpos — comentou Levi quando saíram do quarto.

— Sim, você me dá cobertura desta vez. Vou na frente. Você está bem? — Ele olhou preocupado para Levi: o rosto pálido, os olhos arregalados.

— Estou bem — respondeu o delegado.

O xerife liderou o caminho, parando no próximo quarto à esquerda. Esta porta estava escancarada, e a vítima do sexo masculino estava de bruços, no piso de madeira. Descalço, vestia apenas samba-canção e uma camiseta, mas onde seria o rosto abria-se uma grande ferida que expunha o osso e a massa cinzenta.

— Cacete! — exclamou Levi, arquejando. — Esse aí é o marido? — perguntou com o coração disparado.

— Aparentemente, mas precisamos confirmar — avisou Butler.

Levi olhou ao redor. Era notadamente o quarto de uma jovem adolescente. A menina que estava lá fora, sentada sob o bordo. Na parede, um pôster de um cavalo galopando por um prado amarelo e outro da banda NSYNC. Os rodapés decorados com adesivos de beisebol.

Havia uma cama de solteiro coberta por um edredom roxo e bichos de pelúcia. Ou fizeram a cama logo cedo ou ninguém dormiu nela. Via-se uma cômoda de madeira branca e, em cima dela, uma luva de *softball* e um vidro de esmalte rosa. Acima, na parede, um quadro de avisos coberto de prêmios: rosetas da associação rural para crianças. No chão, dois sacos de dormir desenrolados.

— Vamos — disse Butler. — Temos mais um quarto para olhar.

O último cômodo, um típico quarto de adolescente com pilhas de roupas sujas, latas de refrigerante e revistas de carro. Cheirava a meias suadas e desodorante Axe. Nenhum cadáver.

Os homens voltaram ao corredor e ficaram junto à porta onde estava a vítima.

— O que você acha? Assassinato seguido de suicídio? — perguntou Levi. — Ele deu fim na esposa e se matou aqui?

— Para mim não tem cara de suicídio, não — respondeu o xerife. — Nenhuma arma.

— Certo — disse Levi, assentindo com a cabeça. — Agora falamos com a garota lá embaixo e encontramos o irmão?

— E encontramos a outra garota — completou o xerife em tom sombrio.

— Outra? Como assim?

— Tem dois sacos de dormir no chão. A bolsa de ginástica cheia de roupas ao lado. Ela estava passando a noite aqui. — O xerife balançou a cabeça. — O que diabos aconteceu com a outra garota?

Na ambulância, o paramédico Lowell Steubens tentava distrair Josie Doyle da agitação oriunda das atividades logo além deles.

Com 39 anos, magro, pernas e braços compridos, olhos castanhos de *basset hound* e um sorriso fácil que punha à vontade os feridos que lhe encarregavam, tinha cursado o ensino fundamental com Lynne Doyle e lembrava-se dela como uma garota quieta e tímida. Contudo, nunca trocaram mais do que algumas poucas palavras de passagem. Apesar da pequena comunidade, frequentavam círculos diferentes.

— Você está gelada — observou Lowell. — Vamos te examinar rápido, e então te dou um cobertor.

Josie não respondeu. Fechou os olhos, mas isso não silenciava a conversação dos delegados e o clique e o zunido dos rádios de polícia, sons tão estranhos na fazenda.

A parte de trás da ambulância tinha cheiro de quarto de hospital. De álcool isopropílico.

Luvas de látex estalaram, e Josie se encolheu.

A paramédica gentilmente tirou uma mecha de cabelo de cima dos olhos dela.

— Meu nome é Erin — disse a mulher. — E este é o meu amigo Lowell. Vamos te examinar e, assim que o xerife Butler autorizar, vamos te levar ao hospital para os médicos examinarem o seu machucado. Tudo bem eu olhar o outro braço, para medir a sua pressão?

Josie ergueu o braço esquerdo para a mulher enrolar o manguito do aparelho em seu bíceps. Ela se retraiu com a pressão e a seguir relaxou.

— Eu te machuquei? — perguntou Erin. — Sinto muito.

— Não — respondeu Josie, apática. — Não dói. Só é estranho.

Houve uma enxurrada de atividades ao lado da casa. Josie tentou sentar-se ereta para ver o que estava acontecendo. Lowell a reposicionou na maca.

— Pode me dizer o que houve com o seu braço? — perguntou. Um entalhe irregular e sangrento tinha se descarnado do tríceps da menina, e um chumbo grosso se embutira na pele.

— A gente estava brincando na cama elástica e ouvimos os disparos. Fomos ver o que era, e alguém veio atrás de nós, e daí corremos. Consegui chegar no campo, mas a Becky, não. Então ele atirou em mim. A Becky está bem? Acharam ela?

Lowell e Erin se entreolharam.

— Com certeza um delegado virá logo falar com você — murmurou Erin. — Vou ver o que está acontecendo.

— Você sabe onde está o meu irmão? — perguntou Josie a Lowell. — Não consegui encontrar nem ele nem a Becky.

— Tente não pensar nisso agora — sugeriu ele, com ar sereno. — Vou deixar que o médico examine melhor o seu braço. — Sorriu para encorajá-la. — Isto pode doer um pouco — avisou, esfregando de leve a sola dos pés de Josie com um líquido frio. — É álcool. Para limpar os cortes. Não são muito profundos. Vamos limpar eles e te levar ao hospital, onde os médicos formados vão te examinar. — Josie estremeceu à queimação que sentiu.

— Não posso ficar com o meu avô? — perguntou. — Meu braço não está doendo tanto assim.

— Lamento, pequena. Precisamos te levar ao hospital, por ordens médicas.

— Eu não quero ir — insistiu Josie, tentando passar por Lowell.

— Ei, ei, calma — disse ele, pegando-a pela cintura. — Aguenta aí. Não quer me botar em apuros, *né*?

Matthew, vendo a desordem, foi até a ambulância.

— Vamos, Xô — disse ele. — Fica paradinha agora. Deixa eles te ajudarem.

Relutante, Josie se sentou.

— O senhor vem comigo, *né*? — perguntou ao avô.

Em vez de responder, Matthew pegou a mão da neta.

— Ouça — pediu ele. — A polícia vai querer falar com você por alguns minutos antes de te levarem *pro* hospital. Acha que consegue fazer isso, Josie? É muito importante. Precisamos fazer tudo ao nosso alcance para ajudá-los a encontrar o seu irmão e a sua amiga.

Tudo o que Josie queria fazer era esquecer. Esquecer o sangue e os corpos fraturados dos pais e o terror da perseguição no campo, mas as imagens haviam se incrustado em seu cérebro. Ela nunca seria capaz de esquecer, mas podia tentar ajudar. Manteria cada mínimo detalhe e contaria todos eles à polícia, então o autor deste crime seria pego, e o irmão e Becky voltariam para casa.

Em Burden, a mãe de Becky, Margo Allen, tinha acabado de iniciar o seu turno no supermercado e passava o avental verde pela cabeça, tomando sua posição atrás da caixa registradora, quando a primeira cliente passou na fila do caixa.

— Como vai, Bonnie? — perguntou Margo quando Bonnie Mitchell depositou os itens sobre o balcão.

— Ah, naquelas... Ficou sabendo do que aconteceu a oeste da cidade? — Bonnie se inclinou, sussurrando em tom conspiratório.

— Não, o quê? — perguntou Margo enquanto entregava o cupom a ela.

— Um alvoroço perto da antiga nogueira. Polícia de tudo que é tipo lá na frente, e deve ser por isso que pouquinho atrás ouvi o grito da ambulância na rua.

— Nogueira? Na Meadow Rue? — Sobreveio-lhe um breve instante de preocupação, mas ela logo a descartou. Os Doyles viviam na Meadow Rue. Mas o plano era que partissem para a feira em Des Moines horas atrás. Se houvesse algo errado, a esta altura já teriam entrado em contato.

— Aposto que é uma daquelas fabriquetas de metanfetamina — palpitou Bonnie, meneando a cabeça.

Margo passou os produtos ensacados à mulher e desejou-lhe bom-dia. Quantas casas havia na Meadow Rue? Repetiu na mente o trajeto de carro. Pelo menos quatro, talvez mais. Provavelmente não tinha nada a ver com os Doyles.

Ela olhou ao redor da loja. Havia apenas alguns clientes.

— Ei, Tommy — ela chamou o menino que colocava em exposição as espigas de milho recém-colhidas. — Consegue olhar o caixa por alguns minutos?

Margo foi até a sala de descanso e puxou a bolsa do armário onde a deixava no horário de trabalho. Dentro estava o caderninho vermelho no qual mantinha os números importantes. Pegou o telefone e discou para a casa dos Doyle. Tocou e tocou. Ela desligou. Claro que não atenderiam. Olhou para o relógio no pulso. Passava um pouco das 9h da manhã. Margo brincou com um fio de cabelo que lhe escapara da presilha.

O dono da loja, Leonard Shaffer, não se importaria se ela saísse um pouco. Tommy cuidaria das coisas por um tempo. O marido, quase ex-marido, corrigiu ela, pensaria que era boba, superprotetora. Becky estava crescendo tão rápido, mas ainda era a sua garotinha. Uma ponta de dúvida continuava cutucando. *Tem algo errado, tem algo errado.* Margo olhou para o relógio. Ela iria até lá e voltaria em cerca de quarenta minutos. E que prejuízo traria? Só daria uma passada pela fazenda Doyle e logo mais estaria de volta.

Alheio à multidão de policiais e de paramédicos, Levi explodiu da porta da frente e saiu trôpego da casa. Mãos nos joelhos, ele engolfou ar fresco, tentando limpar o nariz e a garganta do odor de sangue e de morte. Logo atrás veio o xerife Butler, encharcado de suor, o rosto sombrio.

— Xerife? — Um jovem delegado deu um passo à frente, o rosto reluzente de expectativa.

— Interditem a propriedade — ordenou Butler. — Ninguém entra ou sai sem a minha permissão.

O delegado fez positivo com a cabeça e correu para espalhar a notícia, pegando a fita amarela na viatura.

— Levi — chamou Butler.

Levi se endireitou e desejou que o estômago se acalmasse.

— Senhor?

Butler olhou para Matthew Ellis postado debaixo do bordo, observando-os cuidadosamente, chapéu na mão. O xerife fez um leve aceno de cabeça, e o rosto de Matthew desmoronou.

— Preciso que você ligue para a polícia estadual — pediu Butler, voltando a atenção para Levi. — Diga a eles que precisamos de alguns agentes aqui o mais rápido possível. — Esfregou a testa suada com a manga. — E peça que tragam os cães farejadores. Temos dois cadáveres e duas crianças desaparecidas. Vamos precisar de toda a ajuda que conseguirmos.

Dezoito

 **Dias atuais**

Depois de comer, Wylie e o menino voltaram para a sala e se sentaram diante do fogo. Ela não conseguia parar de olhar para ele. A irritação em torno da boca parecia estar amenizando um pouco. Ainda estava vermelho, mas não tão inflamado. Ela se inclinou para mais perto. Algo prata e brilhante reluziu. Wylie tocou-lhe de leve o rosto e esfregou. Surpreendentemente, o menino não se afastou. A pele se agarrou aos dedos dela e logo depois se despregou.

Cuidadosa, pegou o pequeno fragmento de prata do lábio inferior do menino e o rolou entre os dedos. Era pegajoso. Fita adesiva? Não era possível!

— Alguém colocou fita adesiva na sua boca? — perguntou num sussurro.

O menino piscou em sua direção. Não ficou chocado com a pergunta, tampouco reagiu com indignação. Simplesmente fez que sim com a cabeça.

— Quem? — perguntou Wylie, o peito se contraindo com algo que não conseguia nomear. Horror, raiva, tristeza. Todos os três, provavelmente. — Seu pai? Sua mãe?

Antes que o menino pudesse responder, ouviu-se um estrondo. E depois outro, e mais um. Wylie levantou-se num pulo, batendo a canela no baú de cedro.

— Ai, caramba — murmurou ante o que parecia vidro quebrando lá fora. As janelas estavam embaçadas, e ela esfregou os dedos na vidraça. Deste ponto de vista, não conseguia encontrar a fonte do ruído. Ainda nevava, o vento muito agitado, e ela mal podia ver poucos metros adiante.

Outro estrondo estilhaçou o ar. Tas choramingou.

— As árvores — disse Wylie. — Os galhos das árvores estão quebrando por causa do peso do gelo e da neve. Primeiro as árvores, depois serão os fios de energia. — O menino a olhou com ar interrogativo. — Quer dizer que vai ficar muito escuro e muito frio bem depressa — explicou ela, indo da janela até o armário.

Abriu a porta e pegou da prateleira superior uma lanterna industrial, pousando-a sobre o baú de cedro. Então, abriu a gaveta na mesinha de canto situada ao lado do sofá e achou outra lanterna, só que menor.

— Aqui — falou, entregando-a ao menino. — Aperta este botão aqui para acender. Vai, tenta aí. — O menino deslizou para cima o interruptor preto, e um feixe de luz apareceu. — Agora desliga. Só liga de novo se as luzes se apagarem.

Ele deslizou o botão para a posição de desligado.

— Fica aqui. Vou pegar as outras.

Wylie correu de sala em sala, pegando lanternas. Na chegada à fazenda, tinha guardado várias por toda a casa exatamente para uma ocasião como esta. Não tinha precisado delas antes, e sua pulsação acelerou com o pensamento de ser mergulhada na escuridão mesmo em um lugar que conhecia tão bem. Se houvesse luz, tudo ficaria certo, pensou.

Carregou as lanternas de volta ao menino e jogou-as no sofá.

— Vou subir para pegar mais. Já volto.

Ao ver a incerteza no rosto dele, Wylie parou. Não queria assustá-lo mais do que já tinha assustado. Ela que tinha problemas com a escuridão, não ele.

— Só mais algumas, e eu vou pegar umas pilhas extras — avisou.

Apanhando uma das lanternas do montinho, subiu correndo as escadas. Ela devia estar mais preocupada se teria madeira suficiente para a lareira. Racionalmente, sabia que o escuro não podia realmente feri-los, mas o frio, sim. Assim que estivesse com todas as lanternas a postos, pegaria mais madeira no celeiro.

No andar de cima, Wylie foi até o quarto que usava como escritório. Era onde passava a maior parte do tempo, de modo que era onde guardava sua lanterna de segurança. Podia durar 140 horas com um conjunto de pilhas.

Lá fora, continuava o estalar dos galhos das árvores. Maravilhada, Wylie observou um galho envolto de gelo se esticar pela janela, balançar e se desfazer em lascas como um palito de dente caindo no chão. Ela enfiou a mão na gaveta inferior da escrivaninha e pegou de lá vários pacotes de pilhas, quando um clarão alaranjado atravessou a tempestade.

Wylie se inclinou sobre a mesa, pressionando o rosto na janela para ver melhor. O vento enviava pelos campos nuvens ondulantes de neve. Mais uma vez, outro clarão alaranjado. Será que eram os faróis de um carro ou talvez de um veículo de emergência? Não sabia.

Ela desligou a luminária de mesa na esperança de enxergar melhor. A luz lá fora desapareceu, e, por um momento, pensou que não passava da própria imaginação, mas então o ar se estagnou como se a tempestade respirasse fundo. Partiu-se a neve, e, ao topo da trilha, uma bola laranja-ardente iluminou o céu.

Eram os destroços da caminhonete envoltos em chamas.

Talvez uma linha de energia tenha caído sobre os destroços, inflamando o tanque de gasolina? Só podia ser isso.

Não havia o que fazer senão deixar queimar.

A tempestade exalou, obscurecendo a estrada e envolvendo o fogo em uma espiral branca.

Outro clarão laranja rompeu o escuro. Wylie podia ouvir o crepitar das chamas através do vento. Pensou no porta-luvas e em qualquer papelada nele guardada que pudesse ter ajudado a identificar o proprietário da caminhonete, agora literalmente em chamas. Deveria ter reservado tempo para verificar quando encontrou os destroços.

Acima dela, piscaram as luzes. Ela prendeu a respiração, mas as luzes permaneceram acesas. Precisava de mais lanternas, de mais baterias.

Agora não havia nada que pudesse fazer com relação à caminhonete. Era preciso se preocupar com o que estava ao controle dela — como manter o menino e a si mesma aquecidos e mandar a escuridão para longe.

Wylie afastou-se da janela e conseguiu conciliar a lanterna e um punhado de baterias enquanto percorria o corredor até as escadas. Assim que pisou no primeiro degrau, a casa foi mergulhada na escuridão.

Ela paralisou. Formigou a ponta dos dedos, e o coração acelerou. Sentiu uma tontura e deixou cair as baterias, que desceram os degraus fazendo muito barulho, desaparecendo no escuro enquanto Wylie fitava o abismo negro que lhe ia abaixo. A mente racional sabia que não tinha nada a temer, mas ela não conseguia pensar. Gotas frias de suor surgiram-lhe na testa, e um leve zumbido assaltou-lhe as orelhas.

Sem muita firmeza, ela se sentou no degrau mais alto. Não conseguia recuperar o fôlego; o ar não entrava totalmente nos pulmões, bloqueado por algo há anos adormecido. Algo preto e oleoso deslizou no lugar e tomou posse.

Wylie pressionou os dedos na garganta como se pudesse se libertar das garras frias. A noite a encontrou despreparada, finalmente, e ela sentiu que poderia sufocar.

Até agora, ela aprendera a controlar a luz e a escuridão. Mas neste momento não tinha como correr. Fechou os olhos com força.

Uma torrente de tosse, aguda e áspera como gritos de foca, espalhou pela cabeça o zumbido de abelhas, e Wylie abriu os olhos.

— Ei?! — gritou. — Você está bem? — perguntou, tentando manter a voz firme e uniforme.

Um feixe de luz saltou contra as paredes, preenchendo a escada com um brilho frouxo e misterioso. A tontura diminuiu, e o mundo se recompôs. Havia luz. Ia ficar tudo bem.

— Estou indo — Wylie conseguiu dizer, esperando a respiração se estabilizar antes de se pôr de pé. Voltou a sentir os membros e a suavidade do corrimão de madeira sob os dedos. As pernas pareciam pesadas, mas, com o brilho da luz do menino, ela conseguiu descer a passos lentos.

Ao ver a preocupação no rosto da criança, murmurou:

— Estou bem, só não gosto muito do escuro.

O menino estendeu a mão e ligou o interruptor da lanterna nas mãos de Wylie, e uma luz suave inundou a sala. Tas, despreocupado, estava estirado diante da lareira. Desatou-se-lhe o nó negro na garganta.

Wylie pôs a lanterna sobre o baú de cedro.

— Pode levar uns dias até restabelecerem a energia, mas vamos ficar bem. Temos luz, comida e lenha — falou com convicção vacilante.

Ela olhou para a pilha cada vez menor ao lado da lareira e sentiu um aperto no coração. Lenha. Precisavam de mais lenha para o fogo, mas não havia nenhuma na casa. Precisava ir até ao celeiro. Esta era a última coisa que ela queria fazer, mas que escolha tinha? Precisavam de toras para o fogo.

— Precisamos de mais lenha. Você quer me ajudar? — O menino desceu os olhos para os próprios sapatos. — Meus braços vão ficar cheios de madeira, então talvez você possa abrir e fechar a porta dos fundos para mim. Mas, primeiro, precisamos ter certeza de que você está bem aquecido. Aqui dentro vai esfriar bem depressa, principalmente quando a gente abrir a porta. Que tal?

Finalmente, o menino fez que sim com a cabeça, e ela abriu um sorriso em gratidão.

Wylie teve vontade de acender todas as lanternas que havia juntado, mas sabia que seria um desperdício de pilhas. Teria que se contentar com a própria lanterna. Juntos, cada um segurando uma, ela e o menino se dirigiram para o vestíbulo dos fundos. Primeiro, testou as luzes externas, esperando que o quintal se iluminasse de repente. Nada aconteceu.

Encontrou um moletom velho e passou-o pela cabeça do menino. Caiu-lhe abaixo dos joelhos, e Wylie precisou enrolar várias vezes as mangas, mas dava para o gasto. Ela vasculhou uma cesta cheia de equipamentos desportivos e encontrou um gorro, puxando as abas até cobrir as orelhas do menino.

— Pronto — falou Wylie, recuando para avaliar o próprio trabalho. — Mantenha as mãos enfiadas nas mangas e você está pronto para ajudar.

Ela vestiu o próprio equipamento e saiu para pegar o trenó que deixara no degrau da frente. Faria uso dele a fim de transportar a lenha para a casa.

— Ei, você, tudo bem por aí? — gritou um homem lá do topo da trilha. — Vi o fogo de dentro da casa e montei na motoneve para ver o que se passa.

Ele parou no meio do caminho e tirou o capacete. Através da neve que caía, Wylie o reconheceu como um dos vizinhos do leste, Randy Cutter. De sua pesquisa para o livro, Wylie sabia que Randy e Deb Cutter haviam se divorciado, e ele se mudou para outra residência não muito longe.

— Vi por acaso os destroços — disse esbaforido. Por debaixo do gorro saíam fios grisalhos, e viam-se flocos de neve grudados nos cílios do homem. — Alguém ferido? A coisa foi feia.

— Sim! — gritou Wylie em resposta. — Coisa de louco. Achei um garoto. Ele está abalado, mas bem. Me preocupa é a mulher que estava na caminhonete. Ela desapareceu.

— Como assim "desapareceu"? — perguntou Randy.

— Depois que encontrei o garoto, fui ver se descobria de onde ele veio — explicou Wylie. — Encontrei a caminhonete e uma mulher. Ela estava presa em arame farpado, e eu não consegui soltar. Vim buscar umas ferramentas, e, quando voltei, nem sinal dela.

— Nem sinal dela? Caramba. Para onde ela teria ido?

— Boa pergunta. Não faz sentido. Parecia bem machucada. Não acho que tenha ido muito longe, mas não a encontrei. Nesta tempestade infernal.

— Sim, infernal — concordou Randy. — Eu até ofereceria a você e ao garoto uma carona para esperar a tempestade lá em casa, mas ela piora a cada minuto. É melhor ficarem onde estão.

— Acho que você está coberto de razão. Estamos nos virando bem aqui — garantiu-lhe ela. — Temos lenha, água e comida. Ficaremos bem. Estou mais preocupada é com a mulher. Tem jeito de você ir procurar por ela?

— Tem, sim. Não suporto a ideia de alguém estar preso neste tempo. Vou dar um giro e ver o que encontro. Que acha de eu passar amanhã para ver como andam as coisas, te informar sobre a busca? Com sorte, até lá já parou de nevar.

— Seria ótimo. Obrigada — agradeceu Wylie, hesitante em vê-lo partir. — Se cuida — desejou ela enquanto Randy se virava, dirigindo para o topo da trilha.

De volta na casa, ela retirou a neve, se sacudindo inteira, e carregou o trenó até o vestíbulo. Ficou indecisa se contava ao menino sobre a visita de Randy, mas achou que mencionar a mulher ferida entre os destroços fosse aborrecê-lo. Melhor esperar para ver se o vizinho a encontraria.

À porta, Wylie percebeu que, se saísse com uma lanterna, suas mãos não ficariam livres para transportar para a casa o trenó com o peso da lenha.

Plano B. Tinha uma lanterna de cabeça no carro. No celeiro, pegaria essa lanterna e teria luz sem precisar das mãos.

— *Okay* — disse, calçando as luvas —, você e o Tas esperam aqui, e, quando eu chegar na porta, gire a maçaneta, para me deixar entrar.

O menino fez que sim com a cabeça, e Wylie abriu a porta. O ar gelado atingiu a todos numa rajada. Ela saiu e inclinou a cabeça para o vento. O ar cheirava à gasolina. O fogo na caminhonete.

A lanterna que Wylie carregava para iluminar o caminho lhe permitia visualizar apenas poucos metros adiante. A neve recente cobrira o gelo, batia quase nos joelhos e fornecia tração para ela se mover mais depressa.

Quando chegou ao celeiro, puxou a porta. Abriu só alguns centímetros, a borda inferior ficando emperrada na neve. Chutou o gelo com a bota, tentando abrir caminho, depois enfiou o quadril pela abertura e abriu apenas o suficiente para entrar toda espremida.

Embora há muito já não houvesse o gado que ali se alojara um dia, ainda permaneciam os antigos equipamentos agrícolas: uma colhedora de forragens, grades, arados, uma pá carregadeira e muito mais.

Seguiu o caminho mais curto até o Bronco e vasculhou até encontrar a lanterna de cabeça. Ligou o botão e surgiu um feixe brilhante de luz. Prendeu-a sobre o gorro e olhou para a lenha empilhada no canto.

Faria várias viagens para entrar com madeira suficiente para sobreviverem à tempestade. Empilhou as toras em cima do trenó e depois o cobriu com uma lona de plástico.

Acima dela, Wylie ouviu um barulho. Um som seco e confuso. Havia algo no mezanino.

— Olá! — gritou apreensiva. Talvez a mulher dos destroços tivesse encontrado abrigo no celeiro.

Nutria sentimentos contraditórios pela mulher do acidente. Perturbavam-na os restos de fita adesiva no rosto do menino. Será que era uma sequestradora? Seria a mãe dele?

Wylie subiu a frágil escada que levava até o depósito de feno e olhou sobre a beirada. A lanterna de cabeça iluminou o espaço. O piso estava coberto de palha, e, nos cantos altos, viam-se teias de aranha congeladas se entrelaçando às vigas de madeira. Ela subiu os degraus superiores da escada e pisou no chão do mezanino.

Poeira subia à medida que Wylie arrastava os pés pela palha solta. De um canto, dois olhinhos dourados piscaram para ela e depois passaram correndo. Um guaxinim procurando abrigo do inverno.

Wylie fez uma rápida busca. A mulher não estava lá. Aproximou-se da porta trancada pela qual outrora se transportavam fardos de feno e olhou pela janelinha suja ao lado. Deste ponto do alto, não fosse pela nevasca, veria quilômetros de campo. A neve pesada tinha apagado as chamas da caminhonete, e agora sua visão se limitava ao raio de luz da lanterna de cabeça.

Através da pesada cortina de neve, Wylie viu de relance o halo suave da lanterna do menino dentro da casa. Estava esperando ela voltar.

Por um momento, acalmou-se o vento, a neve se reorganizou em uma chuva constante e brilhante de branco, e sua lanterna saltou da cabeça quando o feixe de luz mirou em uma forma escura que emergia das sombras do antigo galpão do jardim. A figura se esgueirava em direção à casa. Em direção ao menino.

Só podia ser a mulher da caminhonete. Ela devia ter encontrado abrigo no antigo galpão de ferramentas. Mas por que não fora direto para a casa? Wylie disse que a criança estava em segurança, que ela estava lá para ajudar. Não conseguia tirar da cabeça que a mulher não tinha boas intenções.

Desceu correndo a escada, empurrou a porta do celeiro, e, por um momento, nada aconteceu. *Alguém me trancou aqui*, foi seu primeiro pensamento apavorado. Wylie jogou o ombro contra a porta, e esta se abriu alguns centímetros, rangendo. No breve tempo em que esteve dentro do celeiro, a neve reunida pelo vento havia bloqueado a sua saída.

Wylie empurrou até que houvesse uma fresta suficiente para ela sair do celeiro. A nevasca era um turbilhão, e o vento soprava com força em seu rosto, fazendo-a lacrimejar. Semicerrando os olhos na tempestade, avistou a figura indo, ainda a passos lentos, rumo à casa.

Lutou contra o desejo de correr na direção dela, mas ainda precisavam de lenha para o fogo. Seria fundamental aquecer a mulher depois de tantas horas passadas na neve e no galpão sem isolamento térmico. Wylie forçou ao máximo a abertura da porta do celeiro, voltou para dentro, puxou o trenó com as pilhas de lenha e saiu para a tempestade.

Suas botas se afundavam na neve a cada passo. Era como caminhar a duras penas pela lama, mas estava se aproximando. Da luz da lanterna de cabeça, viu que era mesmo a mulher do acidente. Ela trazia na cabeça o gorro de Wylie e usava o casaco que ela lhe dera.

— Ei! — gritou Wylie, mas a mulher não parou, apenas continuou avançando.

À medida que se aproximavam da casa, o rosto do menino se assomou na janela, uma lua pálida na escuridão, e então desapareceu. Quando o vento se abrandou, lá estava ele novamente. As mãos no vidro, um semblante de medo estampado no rosto. A estranha estava quase à porta, e Wylie ainda estava a uns trinta metros atrás.

Ela largou a corda do trenó e começou a correr em direção à casa.

— Ei! — gritou. — Tranca a porta! — Mas o menino simplesmente ficou lá, hipnotizado pela forma que se movia na direção dele. A porta dos fundos se abriu, e a mulher entrou sorrateira. Pelo bramido do vento, Wylie pensou ter ouvido os latidos descontrolados de Tas.

O vento ascendeu, trazendo consigo uma nuvem ondulante de neve e obscurecendo toda a casa. Naquele momento, nem mesmo a luz da lanterna de cabeça perfurava a tempestade. Wylie avançou.

Quando finalmente chegou à porta dos fundos, se atrapalhou com a maçaneta para girá-la. A porta não se abriu. Trancada. Ela bateu com um punho na porta.

— Ei! — gritou. — Abra a porta!

Ela apertou o rosto contra a janela, a lanterna iluminando o vestíbulo.

Lá dentro, Tas latia e dançava em círculos alvoroçados ao redor da mulher, que chutava o cachorro. Tas emitiu um grito agudo de dor, esgueirando-se.

Ela estava de costas para Wylie, mas dava para ver claramente o rosto do menino. Coberto de lágrimas e de medo. Mas foi o que balançava na mão da mulher que fez Wylie arfar. Um longo cabo de madeira lisa terminando com uma cunha triangular de aço que brilhava à luz da lanterna: uma machadinha.

Com a arma na mão, a mulher puxou o menino do vestíbulo e penetrou nas sombras.

DEZENOVE

Quando a mãe da menina finalmente saiu do banheiro, ela murmurou:

— Acabou. — E seguiu até a cama, como se estivesse atordoada, deixando um rastro de pegadas de um vermelho tênue.

A menina correu até o banheiro. O chão estava coberto de toalhas ensanguentadas. A menina entendeu. A irmãzinha tinha morrido e jazia sob uma das toalhas de sangue. Grunhindo, ela logo fechou a porta.

O calor no porão estava ficando insuportável. O ar pesado e úmido e o sol quente tinham matado a grama que tentava crescer em volta da janela. Agora era um montinho mole e marrom. De vez em quando, um pássaro de peito amarelo-claro e asas negras pousava na janela a fim de escolher a palha mais perfeita para o seu ninho. A menina e o pássaro se entreolhavam através do vidro translúcido. Ele era sempre o primeiro a desviar o olhar. Tinha coisas a fazer, lugares a visitar.

A mãe dormiu e chorou. A menina precisava ir ao banheiro, mas não conseguia abrir a porta. Ela tentou se distrair folheando os livros, olhando pela janela o pássaro amarelo, vendo televisão, mas a urgência se fez insuportável.

Abriu a porta na esperança de que, por algum milagre, tivessem desaparecido as toalhas de sangue. Estavam lá. Na ponta dos pés, tentou evitar as manchas vermelhas e pegajosas no banheiro.

O pai logo chegaria, e o que faria quando visse a sujeira? Ele ficaria furioso. Diria palavrões, gritaria e depois agrediria a mãe, deitada na cama, já fraca demais para se mover, já triste demais para comer ou beber. Ela não seria capaz de suportar.

A menina encontrou um saco preto de lixo e começou a enchê-lo com as toalhas sujas.

— Não pense nisso — disse a si mesma.

Usou toalhas de papel para limpar o resto do sangue, jogando-as no saco de lixo até abarrotá-lo.

— Não pense nisso — repetiu vezes sem conta. Ao terminar, e já apagados todos os vestígios do bebê, ela entrou na cama e dormiu ao lado da mãe.

Quando o pai finalmente chegou, trazia um shake para a mãe. O saco de lixo transbordava no meio do quarto.

— O que aconteceu? — perguntou ele.

— Acabou — respondeu a mãe de debaixo das cobertas.

— Você vai ficar bem? — indagou o pai, mas ela não respondeu. — Foi melhor assim — falou, sentando-se na beirada da cama, a mão pousada no quadril da mãe. Ela se afastou.

— Você que limpou? — perguntou o pai à menina.

A menina fez que sim com a cabeça.

— Hum — emitiu o pai, como se impressionado. Ele foi até o lixo, espiou dentro, jogou o shake na sujeira e levou do quarto o saco de sangue.

Vinte

 Agosto de 2000

À frente da casa Doyle, meia dúzia de delegados vagava a esmo, esperando que o xerife Butler lhes dissesse o que fazer. Após o mês tranquilo em termos de crimes, Butler não devia ter ficado surpreso de que eles voltariam furiosamente ao Condado de Blake. Ele esperava uma invasão de domicílio, uma apreensão de metanfetamina ou, talvez, uma briga de bar entre bêbados; isto, porém, não. William e Lynne Doyle eram boas pessoas. Nunca haviam dado problema de nenhum tipo. Sim, o filho adolescente entrou em uns entreveros, mas nada muito grave.

A única testemunha era uma menina de 12 anos com um ferimento à bala. Precisava ser levada ao hospital, mas, primeiro, Butler queria falar com ela. Pelo visto havia uma hóspede passando a noite com a família, e ele precisava descobrir quem era.

— Minha nossa — murmurou para si mesmo. Dois mortos e dois desaparecidos. Era necessário falar com a testemunha antes dela ser transportada.

O xerife Butler caminhou em direção à ambulância, onde dois paramédicos cuidavam da garota. Matthew Ellis estava por perto, observando com ansiedade.

— Ela ainda está tremendo — comentou ele. — Consegue outro cobertor?

A paramédica enfiou outro cobertor em torno de Josie e perguntou:

— Aguentando firme, querida?

Josie anuiu com a cabeça, a mandíbula cerrada como se tentasse evitar bater os dentes.

— Olá, Josie, sou o xerife Butler — falou, entrando com o corpo na ambulância. — Erin e Lowell estão cuidando direitinho de você? — Ele tocou de leve na canela de Josie, que contraiu como se queimasse. — Opa, sinto muito por isso — falou, afastando a mão. — Está sentindo muita dor?

— Um pouco — admitiu a menina.

— Demos a ela uma coisinha que vai ajudar — comentou Lowell, indo para o fundo da ambulância.

— Só tenho algumas perguntas — disse Butler, oferecendo à Josie um sorriso solidário. — E lamento ser tão direto, mas queremos te levar logo ao hospital. Você viu quem feriu os seus pais?

Josie olhou para o avô, que acenou positivamente com a cabeça.

— Eu não cheguei a ver — respondeu em um fio de voz. — A gente estava do lado de fora. Becky e eu. Ouvimos a arma, mas não vimos quem atirou.

— Qual é o sobrenome da Becky? — perguntou Butler.

— Allen — respondeu Josie. — Becky Allen.

— A mãe dela trabalha na mercearia do Shaffer — acrescentou Matthew, e Butler se virou para um delegado.

— Preciso que encontre os pais da Becky e os informe sobre o que se passa. Apenas o essencial — advertiu. — Diga que houve um incidente na casa Doyle e que estamos tentando localizar a menina. Não mais do que isso, entendeu?

O delegado assentiu com a cabeça e saiu em disparada.

— *Okay*, você está fazendo um ótimo trabalho, Josie — asseverou Butler. — Chegou a ver quem atirou em você?

Josie negou com a cabeça.

— Estava muito escuro. Só vi alguém vindo na nossa direção. Ele tinha uma arma. Perseguiu a gente.

— Então era *ele*? — perguntou Butler.

— Acho que sim.

— Ele era jovem ou era um homem adulto?

Uma onda de dúvidas atravessou o rosto de Josie.

— Acho que era um adulto, mas não tenho certeza — disse ela com voz pastosa, os olhos se fechando. — Não deu para ver a idade dele.

— Tudo bem, Josie. — O xerife Butler soltou um suspiro. Ele não se antecipou ao efeito dos analgésicos ministrados pelos paramédicos. — Viu ou ouviu algo estranho ontem à noite?

— Uma caminhonete. Tinha uma caminhonete — respondeu Josie, grogue.

— Ontem à noite? Viu uma caminhonete na sua propriedade? — perguntou Butler. Já era alguma coisa.

— Não. Na estrada. Vi mais cedo, na estrada. Duas vezes. Era branca.

O xerife soltou um suspiro. Caminhonetes brancas no Condado de Blake viam-se aos montes. Sempre foi assim. Não era exatamente uma informação útil.

Levi Robbins se aproximou do xerife.

— A polícia estadual está a caminho. Informaram que pode levar um tempo até trazerem os cães aqui.

O xerife fez positivo com a cabeça e voltou a atenção para Josie.

— Percebeu algo incomum recentemente. Pessoas estranhas circulando por aí?

Josie esfregou a cabeça como se pensar doesse.

— Isso, não. Vimos o Cutter logo depois do jantar.

— Cutter? — perguntou Levi com ar surpreso.

— Brock Cutter. Ele é amigo do meu irmão.

— Viu mais alguém? — perguntou o xerife. — Qualquer pessoa?

— A minha vó e o meu vô quando deixamos a torta na casa deles, e depois eu e a Becky fomos procurar o Roscoe. Paramos naquela casa, aquela com todo o entulho.

O xerife Butler sabia de quem Josie estava falando. June Henley e o filho, Jackson Henley, viviam a uns três quilômetros dali, na Oxeye Road. Corria a notícia de que a mulher estava muito doente. Câncer.

Jackson operava uma atividade atrapalhada vendendo peças de carro, sucata e itens coletados da fazenda. Era um veterano da Guerra do Golfo, com transtorno de estresse pós-traumático e problemas com a bebida. Já tendo perdido há algum tempo a licença para dirigir, ele circulava pelas estradas secundárias montado em um quadriciclo. Era estranho, sem sombra de dúvida, mas não tinha fama de violento.

O xerife anotou o nome no bloquinho.

— Mais uma pergunta por ora — disse. — Becky Allen. Quando foi a última vez que você a viu?

Josie fechou os olhos na tentativa de lembrar. Elas ouviram os tiros. Ouviram alguém chamando o nome dela. Quem será que foi? Ethan? O seu pai? Não, não fazia sentido. Agarraram as mãos uma da outra e correram. Ouviram mais disparos. A mão de Becky se desgarrou da sua. Mas ela continuou correndo.

O rosto de Josie estava encharcado de lágrimas.

— Eu não sei — respondeu aos prantos, buscando apoio no olhar do avô. — Sinto muito.

— Ei, aí — disse Lowell. — Acho que basta por enquanto. — Pousou a mão fria na testa de Josie. — Ainda terá muito tempo para perguntas. O que precisamos mesmo é que um médico examine esse braço aí. Não queremos que uma infecção se instale. Alguém vai nos encontrar no hospital?

— Minha esposa. Ó, céus, preciso ligar para a minha esposa. — Matthew cobriu os olhos. Soluços secos e silenciosos sacudiram-lhe os ombros.

— Por que não vai com a Josie? — sugeriu o xerife Butler. — Passo lá mais tarde, e conversamos melhor.

Matthew fez que não com a cabeça e passou a mão trêmula pelos bigodes grisalhos.

— Não posso ir — teimou ele. — Não até encontrarmos o Ethan e a garota... e não até que retirem a minha filha.

O xerife Butler desviou o olhar para Josie. A garota estava de olhos fechados.

— Serão removidos assim que analisarem a cena do crime e quando o médico legista do condado chegar.

Dois delegados saíram do celeiro, e, com eles, vieram os balidos impacientes das cabras, ansiosas pelo alimento e pela ordenha.

— Nada no celeiro! — gritou um dos delegados.

— Sabemos quantos veículos deveria ter aqui? — perguntou Butler.

— Dois — respondeu Matthew. — O carro da Lynne e a caminhonete do William. — Matthew olhou ao redor do pátio. — Três, na verdade. O Ethan tem uma caminhonete. Uma Datsun velha. Não está aqui.

Dois adolescentes desaparecidos com uma caminhonete. Os pais mortos, a irmã baleada. Butler puxou Levi de lado, fora do alcance da voz, a boca uma linha sombria.

— Dê no rádio que a caminhonete do Ethan Doyle é procurada pela polícia.

Na ambulância, Matthew beijou a testa de Josie.

— Seja boazinha. Ouça os médicos — aconselhou, enxugando os olhos, a voz áspera. — Logo a sua avó chega lá.

— Ei! — veio um grito da beira do milharal. — Encontramos algo aqui!

Todos os olhos se voltaram para o milharal. Matthew não sabia se ficava esperançoso ou aterrorizado. Descobriu que sentia as duas coisas. Antes que alguém pudesse se mover, uma voz esbaforida veio por detrás:

— O que aconteceu? O que se passa? — Matthew se pôs de lado, e uma mulher se assomou.

— Senhora, não pode ficar aqui — informou o xerife Butler.

— Minha filha está aqui? Becky Allen? — Margo pegou no braço dele.

— Você é a mãe da Becky? — perguntou Butler em tom vacilante. — Por que não vem aqui para a gente conversar?

— Xerife, precisamos de você! — gritou novamente um delegado. — Encontramos algo. — Butler se sentiu dividido. Ele precisava descobrir o que haviam encontrado no campo, mas não podia abandonar a mãe da menina desaparecida.

— Cadê ela? Ouvi que algo aconteceu. — Margo olhou em volta, atordoada. Perdida. — Cadê ela?

Josie usou os cotovelos para se erguer, o cobertor caindo no chão da ambulância. Ninguém falou nada.

Margo olhou de rosto em rosto. Sentiu um nó frio se formar no peito, ramificando-se pelos membros.

— Por favor — implorou com uma voz débil —, você precisa me dizer o que aconteceu.

Ela fixou o olhar em Josie. Reparou no braço e nas roupas ensanguentados da garota.

— Ai, meu senhor! — exclamou. — O que aconteceu? Cadê a Becky?

O xerife Butler colocou a mão no cotovelo de Margo, mas ela se desvencilhou. Josie fitou seus olhos arregalados.

— Cadê a Becky?! — gritou ela.

— Eu não sei, não sei — respondeu Josie choramingando. As palavras saíram em arquejos curtos.

— Josie, onde está a sua mãe? — perguntou Margo. Ela olhou em volta como se Lynne Doyle fosse repentinamente se materializar. — Diga para mim onde ela está. Quero falar com ela agora.

— Agora me acompanhe, senhora — falou Butler, pegando novamente no braço da mulher.

— Não — respondeu Margo, agarrando-se à lateral da ambulância. — Josie, onde está a sua mãe?

O ruído de pneus no cascalho fez desviarem todos os olhos. Assomou-se na trilha um SUV preto no qual se lia, plotado em branco, na lateral: *Médico Legista do Condado de Blake*.

— Ó, Deus! — Dobraram-se as pernas de Margo, e ela quase caiu de joelhos não fosse pelo amparo do xerife Butler. — Não, não, não, não — repetiu ela infinitas vezes.

— Ainda não sabemos ao certo o que aconteceu aqui — murmurou o xerife Butler, conduzindo-a para longe da ambulância enquanto os paramédicos fechavam as portas.

— Tente não pensar nisso, Josie — recomendou Lowell em tom calmo. — Eles cuidarão dela. Vai ficar tudo bem. Agora, vamos iniciar uma terapia intravenosa, injetando uma medicação em você. Vai sentir uma picadinha, tudo bem?

Josie fechou os olhos quando Lowell penetrou a agulha no braço dela. Na partida da ambulância, o barulho da sirene se misturou aos gritos de Margo Allen.

Era uma viagem de trinta minutos até o hospital de Algona, e Josie conhecia de olhos fechados essas estradas. Conhecia cada curva, virada, buraco e declive da estrada. Mas andar na parte de trás de uma ambulância era diferente de andar na caminhonete do pai ou na minivan da mãe. Desorientada, ela continuava perguntando para onde estavam indo.

— Para o hospital — respondia Lowell. — Lá os médicos vão te examinar.

— Eles vão levar a minha mãe e o meu pai para lá também? — perguntou Josie. Se levassem os pais ao hospital, os médicos poderiam consertá-los, pensou. Era o que faziam lá. Recompor as partes das pessoas. Ela tentou esquecer as imagens sangrentas e incompletas de seus pais que, num clarão, continuavam surgindo atrás de seus olhos.

— Todos farão tudo o que puderem para ajudar os seus pais — assegurou ele.

— Minha vó vai estar lá? — Por garantia, Josie olhou bem nos olhos castanho-claros de Lowell. — Acha que encontraram o Ethan e a Becky?

— *Shh* — emitiu ele, para tranquilizá-la. — Não se preocupe com isso agora. Sua avó vai nos encontrar no hospital. Prometo, Josie. Agora você está em segurança.

Ela se distraiu das palavras do homem e pensou no céu noturno repleto de esferas de ouro branco, pensou nela e em Becky pulando na tentativa de arrebatá-las lá do alto.

Antes que percebesse, chegaram ao hospital. Abriram-se as portas traseiras da ambulância, e ergueu-se a maca na qual ela estava deitada. Acima dela, Josie viu um breve fragmento de céu azul-escuro e ouviu Lowell dizer:

— Ferimento à bala no braço direito. Cortes e contusões nos pés e nos braços. A pressão arterial e a frequência cardíaca estão abaixo do normal. Cuidado com o possível choque.

— Esta é a garota que mora na fazenda perto de Burden? — perguntou uma mulher de jaleco.

— É — respondeu Lowell, apertando a mão de Josie. — A avó dela deve chegar a qualquer momento.

— Alguém mais de lá dando entrada no hospital?

O ar estava frio, e um forte cheiro antisséptico chegou ao nariz de Josie enquanto percorriam o corredor.

Ela olhou esperançosa para Lowell; tremulava em seu peito uma pequena centelha de esperança.

— Não temos certeza — respondeu o paramédico concisamente.

— Sou a Dra. Lopez — apresentou-se a mulher, inclinando-se sobre Josie. — Vou cuidar de você. Pode me contar o que aconteceu?

— Levei um tiro — respondeu Josie. Mais uma vez, ela olhou para Lowell. — Você pode ficar comigo? — perguntou enquanto a levavam a uma sala de exames.

— Receio que não, Josie — respondeu ele, como se pedindo desculpa. — Preciso voltar ao trabalho, mas venho mais tarde para ver como você está. O que acha?

Josie fez que sim com a cabeça, e Lowell desapareceu da sala.

Assumiram a médica e os enfermeiros.

— Pelo visto tem um pouco de chumbo incrustado aí. Mas você é uma garota de sorte — comentou a Dra. Lopez enquanto examinava a ferida com os dedos gentis e enluvados.

Josie não se sentia uma garota de sorte.

— Felizmente, a bala passou apenas de raspão. Não parece ter lesionado nenhum tendão ou osso, mas vamos tirar algumas radiografias e limpar o ferimento — informou Lopez.

Josie foi levada para o raio-x, e depois voltaram com ela à sala de exames. Dra. Lopez desinfetou a ferida com soro, o tempo todo dizendo à Josie exatamente o que estava fazendo.

— Vamos anestesiar muito bem o seu braço e então desbridar a ferida, dar alguns pontos e você sairá daqui como nova. — Quando Josie olhou com nervosismo para ela, a médica sorriu. — Só quer dizer que vou remover o chumbo que ficou alojado no seu braço. Não se preocupe, você não sentirá nadinha.

Ela estava certa. Exceto pela picada do anestésico local, Josie não sentiu nada. Ainda assim, porém, manteve a cabeça virada e os olhos fechados, para não precisar ver o que estava acontecendo. A Dra. Lopez então examinou os cortes nos seus pés e os arranhões nos seus braços.

— São apenas superficiais. Nada com o que se preocupar, mas vão doer por um tempo. Mantenha a limpeza, e vamos te dar um creme antibacteriano para passar aí.

Josie cochilou. Ao abrir os olhos, estava em uma sala diferente e a avó, sentada em uma cadeira disposta no canto. Os cabelos longos e grisalhos iam puxados para trás e presos em um rabo de cavalo. Vestida com o que ela chamava de *jeans de ficar em casa* e uma camisa de mangas curtas e colarinho, ela amassava, nervosa, a alça de sua grande bolsa preta de couro que estava pousada no colo.

— Vovó — sussurrou Josie.

— Josie — respondeu Caroline Ellis, levantando-se num pulo só. — Como você está? — A voz tremia.

Josie examinou o próprio corpo. Não sentia nenhum real desconforto. A língua grossa e pesada na boca pedia um copo de água. Ela tentou se sentar, mas um choque de dor atravessou o braço direito.

— Mãe, pai? — chamou Josie, choramingando.

A avó se inclinou sobre ela, a tristeza crua gravada no rosto.

— Sinto muito, querida. Sinto muito, muitíssimo.

Josie gemeu e tentou se virar de lado e se enrolar inteira, mas doía muito. Em vez disso, deitou-se de costas e chorou. Lágrimas quentes escorreram-lhe pelas faces, e muco encheu o nariz e a garganta.

— Por quê? — perguntou com voz pastosa.

— Não sei, querida. A polícia quer saber do que você se lembra. Sei que é assustador — acrescentou Caroline depressa, vendo o medo no rosto de Josie —, mas eles precisam fazer algumas perguntas. Acha que consegue falar com eles?

— Mas eu já conversei com um policial.

— Imagino que vão querer que você repasse várias vezes a história, Josie — avisou Caroline, pegando a mão da neta.

Josie podia repassar mil vezes a história, mas isso não mudava o que ela sabia. Não havia visto nada. Nada de concreto. Os acontecimentos da noite passada já se dissipavam em uma névoa nebulosa, mas alguns detalhes permaneciam claros: os disparos agudos de uma espingarda, a figura na escuridão vindo na direção das duas, Becky ficando para trás.

— Ethan? Becky? — perguntou.

A avó fez que não com a cabeça, e, por um momento, Josie achou que ela quisesse dizer que eles também estavam mortos. Ela inalou bruscamente, e o ar na garganta seca resultou em um ataque de tosse.

Josie ergueu a mão para cobrir a boca, mas sentiu o puxão da injeção intravenosa na pele macia da dobra do cotovelo e logo abaixou o braço.

A avó tratou de agir. Pegou um copo de água ao lado da cama e pôs o canudo entre os lábios da neta, que tomou um gole.

— Ainda não encontraram o Ethan ou a Becky — explicou Caroline. — Seu avô acha que eles podem estar escondidos no campo, assim como você fez. O pessoal está fazendo a busca agora.

A água fria acalmou o fogo que sentia na garganta.

— Posso ajudar? — perguntou Josie. — Posso sair procurando também?

— Agora, não — respondeu a avó em tom de desculpa. — Seu trabalho agora é descansar e responder às perguntas da polícia. É a coisa mais importante que você pode fazer. — Caroline raspou os dentes no lábio inferior e soltou um suspiro trêmulo. — Faz ideia de quem pode ter feito isso?

Mais uma vez, lágrimas se reuniram nos olhos de Josie.

— Eu acho — começou ela num sussurro quase imperceptível —, achei, a princípio, que podia ter sido o Ethan. — Vendo o horror no rosto da avó, Josie logo voltou atrás: — Mas eu sei que não foi. Ele nunca machucaria a gente.

— Não, é claro que não — asseverou Caroline, agarrando a mão da neta. — Ele é um bom menino — murmurou como se tentasse convencer a si mesma. — Ele é um bom menino.

VINTE E UM

O pai da menina continuava com a promessa de lhe trazer um cachorrinho qualquer dia, mas nunca trouxe. Ele fazia muitas promessas.

— Um dia vamos ver o oceano. Vamos caminhar na praia e pegar conchas e pedrinhas. — A garota falou disso durante dias. Desenhou imagens do litoral e leu sobre o Oceano Pacífico e todos os tipos de criaturas marinhas da coleção de enciclopédias disposta na estante.

— Você sabia que a baleia-azul é o maior animal do mundo, mas a garganta dela é menor que a minha mão? — falou, demonstrando com o punho.

— Ele está mentindo, você sabe — comentou a mãe, folheando uma revista. — Ele faz isso o tempo todo. Nunca vai acontecer.

Quando a menina pensou nisso, soube que ela tinha razão. O pai sempre dizia coisas assim. Dois anos atrás, ele prometeu levá-las à Disney, mas sempre a cortava quando tocava no assunto.

— Acha que dinheiro dá em árvore? — explodiu ele. — Não quero ouvir nem mais um pio sobre isso.

E, no ano passado, ele começou a falar sobre fazer uma viagem a Wisconsin Dells, que tinha um hotel com parque aquático. Parecia que dessa vez eles iam mesmo, mas então o pai chegou em casa e disse:

— Lamento, preciso trabalhar.

Ainda assim, porém, a garota estava esperançosa de que ele lhe trouxesse um cachorro... até mesmo um gato. Começou a subir na cadeira que ficava debaixo da janela para ouvir o barulho dos pneus da caminhonete. Toda vez que ele entrava pela porta, ela olhava para os bolsos da jaqueta na esperança de ver um movimento. Isso acontecia às vezes na televisão: o pai chegava em casa com um filhotinho enfiado no bolso. Mas nunca houve cachorro nenhum.

Ela finalmente desistiu quando, certo dia, o pai chegou carregando uma grande caixa de papelão. O coração da menina disparou. Finalmente, pensou. Ele pousou a caixa na mesa, e a garota correu toda cheia de expectativa.

— Te trouxe algo — falou ele.

— Posso abrir? — perguntou a menina, e o pai fez que sim com a cabeça. Até a mãe ficou intrigada e foi ver o que ele havia trazido.

A menina levantou uma dobra da caixa e esperou ver despontar um narizinho. Em vez disso, subiu um cheiro seco e mofado. Ela levantou a segunda dobra. Dentro, havia livros. Dezenas de livros. Pelo cheiro e pelas capas surradas, livros antigos.

A menina olhou para o pai e se esforçou ao máximo para esconder a decepção. Livros eram legais. Ela adorava livros, mas não havia um filhotinho na caixa, e esses livros tinham orelhas e não estavam bem cuidados.

— Que foi? — perguntou o pai em tom áspero. — Não gostou? Me dei ao trabalho de parar para escolher esses livros para você e eu nem sequer recebo um obrigado em troca?

A menina fungou e esfregou os olhos.

— Obrigada — falou, piscando para deter as lágrimas e enfiando a mão na caixa. Ela retirou um livro com uma mancha de café na capa.

— Nem sei por que ainda me esforço — comentou o pai, derrubando o livro da mão dela. Assustada pelo gesto, a menina enfiou os dedos na boca. — Sua merdinha ingrata — murmurou o pai, empurrando da mesa a caixa de papelão. Os livros se espalharam pelo chão com um estrondo, e a menina viu o pai subir as escadas, batendo os pés, e trancar a porta atrás de si.

Mais tarde, depois que ele saiu, a mãe puxou a garota para o colo.

— Viu só? — falou, acariciando os cabelos da filha. — Eu te disse que ele mente. É melhor não ter esperanças.

Vinte e dois

Dias atuais

— Me deixa entrar! — gritou Wylie enquanto esmurrava a porta dos fundos. A mulher com a machadinha tinha arrastado o menino para onde não era possível ver. Agora a casa estava completamente escura, todas as lanternas desligadas, e o fogo apagara ou fora apagado. Tas tinha parado de latir, e os únicos sons eram a respiração inconstante de Wylie e o gemido do vento cortante, que penetrava suas roupas como uma faca.

Ela não podia ficar lá fora por muito mais tempo, mas não tinha nenhuma arma. Considerou as opções. Dava para voltar ao celeiro, procurar algo com que se proteger e depois retornar à casa.

Sabia que não havia tempo para isso. Ela precisava entrar, precisava alcançar o menino. Virou a cabeça para o outro lado, protegeu o rosto e sentou o cotovelo no vidro, criando uma fina teia de rachaduras. Ainda assim, porém, a janela se manteve. Sabendo que mesmo o rugido da nevasca não abafaria o som de vidro se quebrando, ela bateu de novo, e desta vez a janela cedeu, lançando estilhaços aos ares. Prendendo a respiração, Wylie passou o braço e girou a trava.

Ela abriu a porta e entrou no vestíbulo, quase esperando a vinda de uma machadinha balançando em direção à sua cabeça, mas não havia ninguém lá. Nenhuma maníaca agitando machadinha, nenhum garotinho. Nem mesmo o Tas.

Wylie foi até a cozinha e fechou a porta do vestíbulo atrás de si. Depressa vasculhou as gavetas à procura de uma arma até encontrar uma faca de açougueiro enterrada debaixo de um mundo de talheres. A lâmina de aço tinha quase vinte centímetros de comprimento, mas estava cega e embotada por anos de uso. Daria para o gasto.

Mesmo no breve tempo em que ela esteve lá fora, a temperatura dentro da casa despencou. Usando a lanterna de cabeça para guiar seu caminho adiante, Wylie atravessou a cozinha a passos curtos e hesitantes. Ela tinha grande vantagem sobre a invasora: conhecia esta casa. Conhecia a planta baixa e conhecia os recuos mais profundos e os cantos mais escuros e secretos. No meio da cozinha, ela viu. Tão imperceptível que quase lhe escapou: a porta do porão. Apenas uma fenda por cuja abertura mal dava para deslizar um pedaço de papel.

O porão? Perguntou-se Wylie. Tomado de caixas de papelão e móveis antigos, havia muitos esconderijos, mas por que uma invasora levaria o menino para lá? Estremeceu só de pensar. Com cuidado, fechou a porta e trancou quem estivesse do outro lado.

Se o menino e a mulher estivessem no porão, ao menos ela poderia contê-los lá, por um tempo.

Com as pernas fracas, percorreu o corredor, passando pela sala de jantar vazia e parando na sala de estar. O fogo se extinguira; brilhavam apenas algumas brasas alaranjadas. Ela examinou lentamente o cômodo, sentindo um baque no coração quando o feixe de luz da lanterna pousou sobre o sofá. Lá estava sentada a mulher, com a machadinha nos braços.

Mal se atrevendo a respirar, Wylie avançou, os olhos fixos na arma que a outra segurava.

— O que você quer? — perguntou, a faca em punho armado.

Não houve resposta, e Wylie ergueu os olhos, para encarar o rosto da intrusa.

Era, sem sombra de dúvida, a mulher do acidente. Vestida com o casaco de Wylie, ela trazia um inchaço grotesco em um lado do rosto, o outro enegrecido de sangue seco. Tinha um ar de desprezo. Wylie manteve a faca erguida e o estreito feixe de luz direcionado para ela. Eram 2h00 da madrugada. Como será que tinha sobrevivido a todas essas horas na tempestade? Era impossível.

— Não se aproxime — ordenou a mulher, balançando a machadinha na direção dela.

— Meu santo Cristo! — exclamou Wylie, recuando um passo. — Mas que diabos?

Sentiu no corpo uma crepitação de raiva. A mulher tinha trancado-a para fora de casa, teria tido prazer em deixá-la congelando até a morte e agora estava lá, balançando uma machadinha ameaçadora. Tudo o que Wylie fez foi tentar ajudá-la. O que será que ela estava tramando?

E onde estava o menino? E o Tas? Sentiu o medo endurecer-lhe o estômago.

Atrás dela, ouviu um pequeno grunhido. Com medo do que iria encontrar, ela se virou lentamente, bem a tempo de ver o menino, o rosto pálido e determinado, vir para cima com um atiçador de lareira. Conseguiu se desviar do golpe, e o menino, levado pelo peso do atiçador, caiu no chão.

— Ei! — gritou. — O que você está fazendo?

O menino a olhou com ar desafiador. Ela estendeu a mão e arrancou-lhe com facilidade o atiçador.

A mulher tentou se levantar do lugar no sofá, mas Wylie a empurrou para trás e pegou a machadinha. A outra arquejou de dor, e Wylie observou incrédula o menino se erguer do chão e se jogar no sofá, protegendo-a com o próprio corpo.

A primeira vontade de Wylie foi expulsar a mulher da casa, mas dava para ver o medo estampado no rosto do menino. Não era da mulher que ele tinha medo... era dela.

— Eu não vou te machucar — falou exasperada. — Eu não vou machucar ninguém. A mulher a fulminou com os olhos, e o menino enterrou o rosto no peito dela. — Minha nossa — murmurou Wylie. — Olhem para mim. Olhem para mim — repetiu com mais força. O menino olhou ressabiado. — Vejam, vou largar o que estou segurando. Veem? — Ela se moveu, ficou na ponta dos pés e colocou as armas no topo de uma estante de livros.

Quando voltou, mostrou as mãos vazias para os dois. Ela ainda não confiava na mulher, mas estava certa de que poderia dominá-la se ela tentasse outro ataque.

— Percebo como você está tentando proteger ela. É a sua mãe, *né?* — O menino fitou Wylie por um longo momento e depois fez com a cabeça um sim quase imperceptível.

— *Shh* — sibilou a mulher. — Não fale.

— Você tem é que calar a boca — vociferou Wylie para ela. — Eu não sei quem diabos é você e por que raios sentiu a necessidade de vir até mim com uma machadinha, mas está ferida e precisa de ajuda. Vou te ajudar, mas, se pegar de novo essa porcaria, eu te atiro num banco de neve lá fora. — Então, Wylie falou com o garoto: — Você quer que eu ajude a sua mãe? — Desta vez, não esperou pela resposta dele. — A primeira coisa que precisamos fazer é aquecer ela. Está gelado aqui dentro. Me ajude a cobrir ela com mais cobertores.

Ela deu um passo rumo ao sofá, e o menino se levantou, bloqueando o caminho. Wylie fechou os olhos e, mentalmente, contou até dez. Ao reabri-los, certificou-se de que a voz estivesse calma e comedida.

— Eu não cuidei bem de você até agora? — perguntou. — Eu te tirei do frio, te mantive aquecido, te alimentei. Vou fazer o mesmo pela sua mãe, prometo.

Reluziu nos olhos do menino um lampejo de incerteza.

Wylie pegou uma lanterna da mesinha de canto, acendeu e estendeu para ele, esperando que não decidisse usá-la como uma arma contra ela. O menino arrebatou a lanterna de suas mãos, segurando-a junto ao peito.

— Envolva ela nestes cobertores — pediu Wylie, apontando a cabeça na direção das cobertas que tinham caído no chão. — Vou pegar mais algumas colchas. Precisamos aquecer ela o mais rápido que pudermos.

Por um momento, ela observou o menino arrumar com carinho os cobertores ao redor da mãe. A mulher não reclamou, mas não desviou dela o olho que não estava inchado.

Wylie não fazia ideia da gravidade dos ferimentos desta mulher. Tudo o que podiam fazer era mantê-la confortável e esperar que a tempestade passasse logo e a ajuda chegasse rápido.

— Onde está o Tas? — perguntou subitamente, se lembrando do cachorro.

Acanhado, o menino apontou para a cozinha. Wylie correu até a porta do porão, abriu a trava e gritou para o escuro abaixo.

— Tas, aqui! Está tudo bem, pode subir — persuadiu. Tas subiu com cautela as escadas, depois foi direto para sua caminha e se deitou. — Ele não vai machucar ela — garantiu Wylie ao menino. — Eu prometo.

Ela subiu correndo as escadas e foi até o quarto. Não conhecia esta mulher. Não podia confiar nela. Tateou a prateleira superior do armário até encontrar sua arma, carregá-la e enfiá-la no bolso.

No corredor, abriu o armário de roupa de cama onde estavam guardadas pilhas de colchas empoeiradas que cheiravam levemente a mofo. Abraçou um punhado e voltou para a sala, onde as estenderam sobre a mulher até que tudo o que se via era o rosto machucado. O menino se aconchegou ao lado dela.

— Quem é você? — perguntou Wylie. — Para onde você tentava ir? — Resoluta, a mulher permaneceu calada. — Ouça, estamos juntos, presos aqui, até que esta tempestade acabe. O mínimo que você pode fazer é me dizer quem é você e o que fazia em plena nevasca.

— Vamos embora assim que pudermos — respondeu a mulher em tom seco.

— E como é que acha que vai fazer isso? Sua caminhonete já era, as estradas estão intransitáveis, e você, ferida.

— Damos nosso jeito — retrucou a mulher, curta e grossa.

— Bem, assim que o telefone voltar a funcionar, ligamos para o 190. Eles virão em socorro assim que puderem.

— Não, polícia, não — implorou a mulher, e, pela primeira vez, Wylie viu o verdadeiro medo estampado no rosto dela. — Se você fizer isso, a gente vai embora. A gente vai embora agora. — Ela empurrou os cobertores de lado e tentou se levantar, mas estava fraca demais.

Frustrada, Wylie meneou a cabeça.

— Que seja. Não dá mesmo para ligar para ninguém agora. Depois a gente se preocupa com isso.

Tudo o que podiam fazer era esperar a tempestade. Mas de jeito nenhum Wylie confiava na mulher. Havia muitas perguntas sem resposta. Jogou na lareira os últimos restos de lenha e sentou-se no chão, de frente para o sofá no qual estavam encasulados os dois. Ela os observou, a mão enfiada no bolso, os dedos cingidos na arma carregada.

Vinte e três

 Agosto de 2000

Três horas depois que o departamento do xerife do Condado de Blake solicitou ajuda, a agente Camila Santos acelerou pelo cascalho poeirento, mas pisou no freio quando, subindo uma colina, se deparou com uma árvore que crescia no meio da estrada.

— Mas que diabos! — exclamou enquanto o colega no banco do passageiro, o agente John Randolph, apoiava as mãos no painel.

O sedã preto derrapou bruscamente até parar. Os dois membros do Departamento de Investigação Criminal de Iowa olharam para a enorme árvore.

— Caramba! — exclamou Randolph. — Isso não é algo que se vê todos os dias.

Santos contornou devagarinho o tronco escamoso e verde-acinzentado da árvore de uns 25 metros de altura.

— Precisam instalar uma placa de aviso ou algo assim — concordou ela.

Atravessaram um pequeno riacho, fizeram uma curva, e a casa ficou à vista. A princípio, se parecia com dezenas de outros sobrados brancos de fazenda que viram no percurso de Des Moines até o condado rural de

Blake, mas a intensa atividade à frente comunicou aos agentes que estavam no lugar certo.

Santos dirigiu lentamente por dezenas de veículos estacionados e pequenas equipes de busca que atravessavam o mato nas valas que ladeavam a estrada. O pessoal da busca, com o rosto sombrio, parou para vê-los passar.

— Espero que não tenham bagunçado toda a cena do crime! — exclamou Randolph, preocupado.

— Duplo assassinato, duas crianças desaparecidas, todo mundo só pode estar em pânico — comentou Santos quando parou atrás de um Bonneville enferrujado estacionado à beira da estrada. — Me garantiram que o xerife local tem tudo sob controle.

— Por que está parando aqui? — perguntou Randolph, não gostando de ter de subir a pé, sob este calor, o longo caminho até a cena do crime.

— Quero sondar o terreno — respondeu Santos ao sair para o brilho quente do sol, observando os arredores.

No campo de visão, havia tão somente as construções da propriedade Doyle: uma casa, um silo, um grande celeiro que perdia espirais vermelhas de tinta e algumas outras dependências. Rodeada de milharais amadurecidos por todos os lados. Remotos, isolados.

Santos, corpo forte e compacto como o de uma ginasta, era uma veterana de duas décadas a serviço da força policial. Ingressando em 1995 no Departamento de Investigação Criminal de Iowa depois de se mudar de Kansas City para Des Moines, logo subiu de posto e foi a principal investigadora em muitos casos emblemáticos que iam desde assassinatos até o desaparecimento de pessoas. Este trazia ambos.

Randolph era o mais novo dos dois. Vestia um paletó e uma gravata com listras vermelhas e azuis. Os sapatos sociais vinham polidos e traziam um brilho intenso que não duraria muito nessas estradas empoeiradas.

Ele era muito mais alto que a sua homóloga feminina, tanto que a mulher precisava esticar o pescoço para olhá-lo. Mas havia algo imperioso na forma como a agente Santos se impunha; o arrebitar do queixo, o gesticular da boca. Claramente era ela que estava no comando.

Todas as cenas de crime têm uma pulsação própria e, quando bem gerenciadas, palpitam num ritmo constante e revelador. Todos, desde o delegado até o investigador da cena do crime, passando pelo detetive, pelos especialistas forenses, pelo legista... sabiam o seu papel.

Santos estava certa de que a cena principal do crime — a casa, as dependências e o milharal da família Doyle — estava interditada e a busca vinha sendo conduzida apenas pela força policial. Eis o ponto fundamental. Mas a área externa ao perímetro da cena do crime também era importante.

Normalmente, as buscas voluntárias não eram acionadas tão logo, fornecendo às autoridades mais tempo para raciocinar sobre o acontecimento e reduzir ao mínimo a distração de lidar com as pessoas bem-intencionadas.

Sim, os moradores se organizaram rapidamente, mas Santos também sabia o valor inestimável da busca voluntária em situações como essas, especialmente quando a área de busca era vasta, e o efetivo, limitado. Os habitantes locais conheciam o terreno, conheciam os cantos e os recantos desconhecidos dos forasteiros.

Ciente dos olhos que seguiram curiosos a sua caminhada em direção à casa, ela estudou os rostos, a linguagem corporal. Não era incomum que um criminoso se inserisse no meio de um caso, na esperança de se antecipar à investigação.

Grupos de homens de macacão e botas empoeiradas meneavam a cabeça, desapontados. Mulheres de camiseta e bermuda usavam óculos escuros para esconder as lágrimas. Ninguém notoriamente suspeito, mas nada disso garantia que ele não estivesse aqui, observando.

Santos voltou a atenção para a casa. Era velha e precisava de uma demão de tinta. O calor do dia já exercia pressão sobre as flores roxas e brancas que murchavam nas cestas penduradas na varanda da frente. Um balido arrepiante vinha do celeiro.

Embora a casa não fornecesse nenhuma indicação externa de que algo terrível acontecera aqui, Santos podia sentir uma sensação de pavor que se ascendia da terra, reluzindo ao calor.

Alguém distribuía fotos dos adolescentes desaparecidos. A agente Santos pegou um folheto para analisar. A foto de Ethan Doyle era boa. Um sorriso aberto e olhos azuis com a travessura de um bom rapaz.

Santos voltou a atenção para a foto de Becky Allen. Menina bonita. Embora a maioria das meninas dessa idade tivesse aparência desengonçada, sem ter ainda as feições muito bem delineadas, Becky transmitia ar de maturidade, confiança.

— Olá — falou a mulher que distribuía os panfletos. — Obrigada por terem vindo. Por favor, se puderem assinar aqui, vamos...

— Somo da polícia estadual — avisou Santos.

— Ó. Eu estava contando ao subdelegado que uma noite dessas vi uma caminhonete desconhecida estacionada bem ali, adiante, na estrada de cascalho. — Virou-se e apontou para lá do milharal dos Doyles.

— Qual é o seu nome? — perguntou a agente Santos.

— Abby Morris. Eu moro naquela direção. — Voltou-se e apontou para o norte.

— Sou o delegado Robbins. Anotei aqui o relato dela — avisou Levi, dando um tapinha no bolso da camisa, que trazia um bloquinho.

— Garanta uma cópia disso aí para nós — disse Santos. — Procuro o xerife Butler.

Levi acenou com a cabeça e disse:

— Vai uma caminhadinha, hein.

— Ainda bem que vim de tênis — comentou Santos. Levi esboçou um sorriso hesitante, sem saber ao certo se tinha ofendido a agente. Como ela não sorriu de volta, ele recolheu o sorriso da cara.

— Ele está por aqui — disse Levi, caminhando em direção aos fundos da casa. — Um delegado encontrou aquilo uns dez metros dentro do milharal.

— Alguém tocou?

— Disseram que não. Correram até mim, e fui logo até o campo para tirar todo mundo da área.

— Excelente — disse Santos. O celeiro vermelho se destacava da propriedade. Dava fácil para enfiar nele três das casas onde ela morava. Era uma mulher da cidade, cresceu em Kansas City, e agora morava no coração de Des Moines, mas sabia que endereço algum escapava da morte e da violência. Aqui só havia menos concreto e mais terra.

Ao se aproximarem do milharal, sua pulsação se acelerou. Estivera em casas de metanfetamina e embrenhara-se nos becos mais escuros, mas, à medida que entravam no milho, os altos caules se encimavam sobre ela. No topo de cada pé, um pendão pontiagudo perfurava o céu. Em poucos passos, o campo a engoliu inteira. Santos sentiu uma onda de apreensão.

Enquanto abriam passagem pelo milho, imaginava o terror que Josie Doyle devia ter sentido ao se esconder do atirador. Não importava em que direção olhasse — esquerda ou direita —, via-se outro caule idêntico na frente.

Santos levantou o pescoço e semicerrou os olhos para o alto. O céu era tão vasto e infinito quanto o campo. Insetos passavam-lhe zumbindo pelas orelhas; o cheiro doce do milho assaltava-lhe o nariz.

Logo o murmúrio da brisa por entre os caules foi substituído por uma tosse seca. A poucos passos além, apareceu o uniforme cáqui do xerife Butler.

— Xerife — falou a agente Santos como forma de saudação. Butler se virou e deu passagem, revelando o que fora descoberto pelos voluntários.

Uma espingarda camuflada, a boca para cima, recostada em um caule grosso.

— A impressão é que alguém só colocou ela aí — observou o delegado.

A agente Santos se agachou e examinou a coronha da arma que repousava sobre a terra seca.

— Talvez. Pegadas?

— Nem uma sequer. O solo está muito duro — comentou o xerife Butler. — Mas tem bastante caule pisoteado. Bate com o que a Josie falou sobre a perseguição pelo campo.

A agente Santos pegou uma pitada de terra do chão, esfregando-a entre os dedos.

— Por que ele deixaria a arma para trás?

— Tentava se livrar dela? — sugeriu Levi. — Ele tinha pressa em esconder.

— Quem é *ele*? — perguntou Butler. — Um estranho? Então, onde estão Ethan Doyle e a menina dos Allen? Se levasse os dois junto, não precisaria da arma para controlar eles? Mesmo caso se a suspeita recair sobre o Ethan. Ele não ia precisar da arma para fazer a Becky de refém?

A agente Santos se levantou com leveza.

— Precisamos nos organizar aqui. Descobrir o que sabemos e o que precisamos saber. Monte um posto de comando. A que distância daqui fica o gabinete do xerife?

Butler meneou a cabeça.

— Fica a quase cinquenta quilômetros. É longe. O departamento tem um posto de comando móvel, mas está sendo usado lá no extremo do condado, num caso de descarrilamento de trem. Eu estava pensando... que tal a velha igreja na saída da Highway 11? Fica a poucos quilômetros daqui.

— Ótimo. Precisamos conversar com a sobrevivente e com os pais da garota desaparecida.

— Sabemos o básico da Josie Doyle. Ela mencionou uma caminhonete estranha circulando mais cedo.

— Surgiu algum nome? — perguntou Randolph.

— Nada muito suspeito... apenas umas pessoas com quem as garotas tiveram contato ontem — explanou o xerife. — Brock Cutter, um garoto local. E os Henleys... eles moram a uns três quilômetros daqui, na Oxeye Road.

— Está bem — disse Santos. — O agente Randolph pode ajudar na instalação do centro de comando. Xerife, peça a alguém que fale com os Henleys e com este tal Brock Cutter. Vou me encontrar com os Allens. Assim que a Josie Doyle for liberada pelos médicos, precisamos interrogá-la mais a fundo. Vamos marcar uma reunião na igreja — Santos olhou para o relógio no pulso — às 16h00.

Todos concordaram com a cabeça.

— Ensaca a espingarda e inclui entre as provas, depois vai conversar com o Brock Cutter — ordenou Butler a Levi, entregando-lhe a câmera do departamento para o registro fotográfico.

— Sim, senhor — respondeu Levi enquanto o xerife Butler e os agentes desapareciam por entre os caules.

Levi ficou para trás, tirou várias fotos da espingarda e desenhou no bloquinho um diagrama da localização da evidência. Calçou um par de luvas e pegou cuidadosamente a espingarda. Abriu a abertura do carregador, expondo o cano. O depósito de munição estava vazio. Não estava carregada.

Talvez Brock Cutter fosse testemunha do que havia acontecido na casa Doyle. Levi lembrou-se do azedo de suor emanando do adolescente quando o fez encostar a caminhonete. Será que era apenas o calor? Talvez fosse medo. E ele, sem pensar duas vezes, tinha deixado o garoto ir embora.

Atravessou-lhe uma corrente de raiva. Será que o maldito tinha mentido? Talvez ele soubesse algo que pudesse solucionar este caso. Segurando a arma de lado, com cuidado para não borrar nenhuma possível impressão digital, ele caminhou de volta para a fazenda. Precisava encontrar Brock Cutter.

A agente Santos precisava ver os corpos.

— Tudo bem a gente entrar? — perguntou ela ao delegado estacionado à porta dos fundos da casa da fazenda.

Ele fez positivo com a cabeça e entregou aos agentes um par de botas descartáveis de papel para cobrir os sapatos. A primeira coisa que Santos notou ao sair do vestíbulo para a cozinha foi o calor opressivo. Todas as janelas estavam fechadas, e os ventiladores e aparelhos de ar-condicionado, desligados.

— Deve estar mais de quarenta graus aqui dentro — comentou Randolph, afrouxando a gravata.

— Vamos lembrar de perguntar à Josie Doyle se a casa estava esta clausura ontem à noite — comentou Santos enquanto se dirigia para a sala de estar. — Pelo calor que fez durante a semana, não dá para imaginar que não tivessem ligado o ar-condicionado ou pelo menos aberto as janelas.

— Talvez o assassino estivesse tentando alterar a cena do crime. Garantiu que as janelas estivessem fechadas e desligou o ar-condicionado para acelerar a decomposição dos corpos. Isso dificultaria o trabalho do legista em determinar a hora em que morreram.

— Pode ser. Não parece que houve arrombamento. Precisamos descobrir se os Doyles trancavam as portas de noite.

Eles continuaram adiante. Era uma casa típica e muito bem cuidada.

— Sabemos quantas armas guardavam aqui? — perguntou Santos a um delegado que estava perto.

— Segundo o Matthew Ellis, o avô, os Doyles tinham várias armas na casa — respondeu o delegado. — Como a maioria das famílias da região. Matthew acha que umas três ou quatro.

— Sabe que tipos de arma são? — questionou o agente Randolph.

O delegado verificou o bloco de notas.

— De acordo com ele, tinha uma espingarda de bombeamento para caçada de cervos, uma espingarda calibre vinte e uma arma BB. Possivelmente uma calibre doze também.

— Descubra se a espingarda calibre vinte encontrada no campo pertencia aos Doyles — pediu Santos ao delegado.

Subiram lentamente os degraus, tomando cuidado para não tocar em nada. Randolph notou as manchas de sangue espalhadas pela parede que ladeava a escada.

— Podem ser de uma das vítimas ou do próprio agressor. Ou do braço ferido da Josie quando ela veio procurar a família.

Santos e Randolph entraram no quarto principal. Os olhos se detiveram no corpo de Lynne Doyle. A ferida no peito era enorme.

— À queima-roupa — comentou Randolph.

O suor escorria pelo rosto de Santos, mas ela resistiu à vontade de tirar o paletó. Estava ainda mais quente no quarto do que no andar de baixo.

— O aquecedor está ligado? — perguntou Santos, dirigindo-se a um respiradouro instalado no chão. Sentiu ar quente soprando de leve nos dedos. — Você tinha razão — falou a Randolph. — O filho da mãe ligou o aquecedor.

Seguiram ao quarto de Josie, em cuja soleira se encontrava o corpo de William Doyle.

— Achou algo interessante? — perguntou Santos a um técnico da cena do crime.

— Aplicamos o pó para identificar digitais — respondeu o homem. — Encontramos várias diferentes. Muitas fibras... por ora não dá para saber nada importante.

Não era muita coisa.

— Nada mais? — questionou Randolph.

— Eu estava guardando o melhor para o fim — respondeu o técnico com um sorriso. — Encontramos aqui dois tipos diferentes de cartucho. Dois projéteis de espingarda calibre vinte e um de uma arma nove milímetros. Quase nos escapou o cartucho da de nove milímetros.

Santos se inclinou sobre o corpo de William Doyle e processou essas informações enquanto Randolph se dirigia ao quarto de Ethan. Duas armas. Dois invasores, então? Eles teriam de esperar pelo laudo do legista para ver exatamente quantos tiros foram disparados contra os Doyles e os tipos de arma usados.

Não saquearam a casa. Aparentemente não levaram nenhum objeto de valor depois dos assassinatos, então roubo não era uma provável motivação.

— Ei — disse Randolph, interrompendo os pensamentos da colega. Entregou-lhe um retrato cinco por sete, moldura dourada, que trazia uma foto de Ethan Doyle ao lado do avô. Ethan exibia, orgulhoso, uma espingarda camuflada.

A perícia precisaria confirmar, mas tudo levava a crer que a espingarda encontrada no milharal pertencia ao menino. Mas onde ele estava agora? E o que havia acontecido com Becky Allen?

Vinte e quatro

 **Dias atuais**

Wylie manteve uma lanterna focada na mulher e fez o possível para avaliar os ferimentos enquanto ela cochilava. Um olho estava completamente fechado pelo inchaço; a bochecha, protuberante e roxa como uma berinjela; o lábio, precisando de pontos; e o nariz, deslocado do centro. Viam-se bolhas pontilhando a ponta das orelhas. Queimadura de frio. A mulher tinha dado um jeito de chegar ao galpão de ferramentas e depois à casa — já era um bom sinal, mas ela necessitava de socorro médico.

O frio e o escuro abrangiam tudo, mas o menino não saía do lado da mãe. Ele se enrolara perto dela, de quando em quando murmurando baixinho algo em seu ouvido. Então a criança falava, pensou Wylie. Tinha feito o possível para tirar mais informações do menino com uma saraivada de perguntas. *Como se chama a sua mãe? Como você se chama? Estão fugindo de alguma coisa?*

Ela apontou a lanterna para o próprio rosto.

— Olha para mim. É sério, olha para mim. — Relutante, o menino ergueu os olhos. — Eu te machuquei? — Ele não respondeu. — Mesmo depois que você apontou uma arma para mim e me bateu com um atiçador, eu fiz algo que te levasse a pensar que ia machucar você?

Depois de um momento, o menino negou, balançando a cabeça, com cautela.

— Certo. E eu também não vou machucar a sua mãe. Juro para você.

Ele permaneceu de bico fechado, e, depois de um tempo, Wylie largou de mão e foi para a cozinha. O frio era congelante. Ela colou papelão sobre a vidraça quebrada e juntou a lenha que tinha largado lá fora. Adicionou à lareira vários pedaços de lenha até crescerem as chamas. Levaria um tempo até a sala esquentar novamente. Ela sentou-se de frente para o menino.

Tentou ignorar o assobio agudo e o estalo dos canos velhos congelando. O vento continuava a uivar, sacudindo as janelas.

— Eu realmente preciso da sua ajuda — falou em tom de voz suave. — Você precisa me dizer quem é você, de onde você veio.

Por um momento, eles permaneceram em silêncio, ambos ouvindo a respiração irregular da mulher e observando as baforadas de ar branco que surgiam e logo depois desapareciam de seus lábios inchados.

— Se estão fugindo de alguém, posso ajudar vocês... posso protegê-los, mas você tem que falar comigo — implorou.

A mulher abriu o olho.

— Se você quer falar com alguém, fale comigo — disparou ela.

— Boa ideia — devolveu Wylie. — Fale. — A mulher permaneceu em silêncio. — Tudo bem — disse Wylie, jogando as mãos para o alto. — Espero que a ajuda chegue rápido e você não seja mais problema meu.

Uma onda de medo atravessou o rosto da mulher.

— Não precisamos de ajuda.

— Não é o que me parece.

— Meu bem — disse a mulher à criança —, ainda estou com frio. Pode me buscar outro cobertor?

— Você sabe onde eles estão — acrescentou Wylie, então o menino pegou uma lanterna e subiu correndo as escadas.

— Ouça — disse a mulher quando já era impossível que o menino escutasse —, vamos esperar a tempestade passar e depois a gente toma nosso rumo. É isso, a gente se manda. Sem mais perguntas. Entendeu?

— Lamento. — Wylie meneou a cabeça. — Receio que não funciona bem assim. Além do mais, a única pessoa com quem me preocupo neste cenário é aquela criança lá no segundo andar. E nem por cima do meu cadáver você sai daqui sem eu saber para onde planeja levar o menino e sem eu ter certeza que ele vai ficar bem.

A mulher olhou para ela e depois para o topo da escada.

— O homem que está atrás de nós fará de tudo para nos levar de volta. — Endireitou-se um pouco mais e fez uma careta de dor ao mudar de posição. — E eu farei de tudo, e quero dizer de tudo mesmo — falou sussurrante e ameaçadora —, para garantir que isso não aconteça. Até mesmo passar por cima do seu cadáver.

Uma corrente fria de pavor percorreu Wylie, que tocou a arma no bolso. Acreditava na mulher.

O menino desceu as escadas, os braços cheios de cobertores.

— Toma, mamãe — disse ele orgulhoso. — Te trouxe dois cobertores. Acha que dá?

— Obrigada, amor — disse ela, ainda olhando para Wylie. — Está perfeito.

Vinte e cinco

Agosto de 2000

Margo Allen sentou-se em uma cadeira na cozinha de sua casa enquanto o ex-marido, Kevin, andava de um lado para o outro. O delegado que a trouxe à casa sugeriu que ela pedisse a um vizinho para ficar com os filhos mais novos enquanto esperavam por notícias. Margo fez que não com a cabeça. Não havia chance de ela deixar os filhos longe da vigia dos seus olhos. Toby, 4 anos, estava no colo, brincando com a cruz de prata do seu colar, enquanto Addie, 10 anos, se sentava de frente para eles, os olhos colados no *minigame*.

Ao avistar o médico legista parando na propriedade dos Doyles, Margo quase desmaiou. Nunca tinha sentido tanto medo na vida. Era como se tivessem pegado sua garganta e esmagado até ela perder o fôlego. O xerife não dizia quem havia morrido, só que não era a Becky. Depois murmurou um punhado de promessas e a entregou nas mãos de outro delegado, que foi de pouca ou nenhuma ajuda.

Quando ela implorou ao delegado que a levasse até Becky, ele precisou admitir que não faziam a menor ideia do seu paradeiro, apenas que todos estavam fazendo todo o possível para encontrá-la. Então, Margo perdeu a cabeça e tentou entrar correndo na casa dos Doyles. Foram necessários três oficiais para detê-la. Ela não pretendia fazer uma cena; só queria ver com os próprios olhos que a filha não estava ali.

Um delegado a conduziu para casa enquanto outro oficial seguiu atrás, levando seu carro. Quando chegaram à casinha cinza na Laurel Street, encontraram o marido sentado à mesa da cozinha; a babá tinha sido dispensada.

— Por que não ouvimos nada? — quis saber Kevin. Como Margo, ele trazia os olhos vermelhos de tanto chorar. Alguém estava morto, Josie fora levada para o hospital, e Becky tinha desaparecido.

— Sinto muito, Sr. Allen. Logo o xerife entrará em contato. Certeza que não tem ninguém para quem o senhor queira que eu ligue? Um membro da família ou um amigo?

Margo fez que não com a cabeça. Sabia que devia ligar para os pais, mas eles moravam em Omaha e insistiriam em fazer as quatro horas de viagem. Ela não estava pronta para isso. O desejo era que Becky aparecesse saltitante pela porta, esbaforida e se desculpando pela preocupação que havia causado. Daí, sim, Margo ligaria para a mãe, reclamando de como a filha vinha se transformando em uma *daquelas* adolescentes.

Ouviu-se uma batida na porta da frente, e Margo depressa se levantou e depois se sentou de novo. Becky não teria batido. Posicionou-se à porta da cozinha enquanto o delegado Dahl ia atender a porta. Ele saiu e ficou lá fora por vários minutos. Depois, entrou com uma mulher que Margo não reconheceu. Ela se apresentou como a agente Camila Santos, do Departamento de Investigação Criminal de Iowa.

— Encontraram ela? — perguntou Kevin Allen.

— Infelizmente, não — respondeu a agente Santos, olhando para o garotinho que Margo segurava no colo. Ele ficava dando tapinhas no rosto da mãe, enxugando-lhe as lágrimas. A outra criança estava absorta em um videogame, a todo o tempo lançando olhares furtivos para os adultos na sala.

— Senhora — disse a agente Santos, com gentileza na voz —, nestas situações, achamos fundamental ter alguém aqui como apoio às famílias. Tem um parente ou amigo para quem possamos ligar?

Talvez por ser uma mulher, ou talvez pelo status de agente, agora Margo estava ouvindo. Fez que sim com a cabeça e anotou num pedaço de papel um nome e um número de telefone. A agente Santos entregou o papel ao delegado.

— Addie, vá com o seu irmão para o nosso quarto e ligue a TV.

— Está bem, mamãe — falou Addie, com um fio de voz, deslizando da cadeira e pegando Toby pela mão para levá-lo até o quarto.

— Ai, meu Senhor. — Margo ia e vinha sentada na cadeira. — Ai, meu Senhor. — Tranquila, a agente Santos observou Kevin ir para trás de Margo e pousar-lhe as mãos nos ombros, mas ela se desvencilhou e pigarreou. — Pode me dizer o que está acontecendo? O delegado não nos contou muita coisa.

— Sr. e Sra. Allen... — A agente Santos tomou o assento diante dela. — Eis o que sabemos: William e Lynne Doyle foram assassinados ontem à noite. A filha do casal, Josie, foi baleada. Quando a polícia chegou ao local, Ethan Doyle e a filha de vocês já não estavam lá.

Margo apertou as mãos uma na outra, com muita força, enterrando as unhas de modo que se gravaram meias-luas na pele.

A agente Santos continuou:

— Pelo que Josie Doyle conseguiu nos contar, ela perdeu a Becky de vista. Agora, então, trabalhamos com duas possibilidades. Primeira, Becky fugiu e está escondida em algum lugar; e, segunda, o assassino a levou com ele.

Atrás de Margo, Kevin continuou de um lado para o outro. Ela queria gritar com ele e mandá-lo parar quieto no lugar por uma vez na vida. Em vez disso, mordeu o lado de dentro das bochechas até provar do próprio sangue.

— Já emitimos alerta máximo na busca pela caminhonete desaparecida da cena do crime, e o retrato da Becky que a senhora forneceu está sendo divulgado em todos os canais de mídia do país. Os oficiais continuarão a busca na área circundante, e amanhã incluiremos cães farejadores.

— Cães farejadores? — Kevin estacou no lugar. — Usam esses cães para localizar corpos, não é? Acha que a Becky pode estar morta? — Sua voz estava falhando.

— Cala a boca, Kevin — disparou Margo num sussurro.

Ele começou a andar de novo, indo de uma ponta à outra da cozinha estreita, para lá e para cá, para lá e para cá.

— É para isso que usam os cães. Encontrar corpos. Tem algo que não está nos contando? Acha que ela está morta?

— Cala a boca, Kevin — repetiu Margo, batendo com as mãos na mesa. O estalo agudo reverberou na cozinha. A dor irradiou-se pela palma das mãos e nos pulsos. Ela sentiu um alívio no peito ao descarregar a dor nas mãos. Bateu com elas de novo, e de novo, e de novo. *Pá, pá, pá.*

A vontade de Margo era que a mesa de madeira compensada se quebrasse em mil pedacinhos, mas ela ainda se mantinha. *Pá, pá, pá.* Enrolou as mãos em punho e tentou mais uma vez. Sentiu um osso ceder no mindinho esquerdo, mas ainda assim esmurrava a mesa barata. Kevin finalmente parou de andar e paralisou no lugar, olhando para a esposa como se esta fosse uma estranha. Addie entrou correndo na cozinha para ver o que estava acontecendo, os olhos arregalados de medo.

A agente Santos pôs as mãos sobre as de Margo, de modo que elas se assentassem na mesa. Sentiu a própria pele fria ao contato com o calor da de Margo.

— Eu sei — disse em um fio de voz. — Eu sei.

Margo olhou dentro dos olhos escuros da agente Santos e soube que esta mulher tinha visto muitas coisas na vida. Coisas terríveis. Mas havia algo mais: uma ínfima centelha de esperança. Ela se agarrou com tudo a esse brilho e continuou olhando para a agente. Ia ficar tudo bem. Tinha que ficar.

De volta ao gabinete do xerife, o delegado Levi Robbins incluiu a espingarda entre as provas e emitiu um *procura-se* pela caminhonete Datsun de Ethan Doyle, mas outra coisa lhe atazanava os miolos.

Brock Cutter e Ethan Doyle eram amigos. Segundo Josie, eles tinham visto Brock mais cedo, naquela noite. Foi depois da 1h00 da manhã que ele parou Cutter por excesso de velocidade, e ele vinha do sentido da fazenda Doyle. Levi sabia que devia ter falado que o parara, mas decidiu esperar até ouvir a versão do garoto. A esperança era não ter deixado escapar por entre os dedos algo de suma importância.

Levi tomou o rumo da fazenda Cutter, mas teve a sorte de avistar o que era, aparentemente, a caminhonete de Brock estacionada no posto de gasolina. Ele entrou no posto e parou numa vaga situada no canto mais distante. O calor subia em ondas do concreto e havia putrefeito o conteúdo da lata de lixo, de maneira que esta emitia um odor fétido e desagradável. Levi se recostou na caminhonete de Brock e esperou.

O menino saiu do posto com um Gatorade debaixo do braço, seguiu lento em direção ao veículo e hesitou ao avistar Levi. Pelo modo como os olhos dardejaram da esquerda para a direita, ele pensou que o garoto fosse fugir como um relâmpago.

— Por que você está tão nervoso? — perguntou Levi. — Só quero fazer algumas perguntas.

— Sobre o quê? — retrucou Cutter desconfiado. Ele não parecia bem. Desalinhado e de aspecto cansado. Bem como se sentia o próprio Levi.

— Sobre os assassinatos na fazenda Doyle — emendou, observando atento a reação de Cutter.

Seus ombros caíram.

— Sim, eu ouvi. É muito triste — falou Cutter. — Já encontraram o Ethan e aquela garota lá?

— Então você conhece o Ethan Doyle?

— Bem, sim — respondeu o menino, dando uma golada do Gatorade. — A gente frequenta a mesma escola.

— Quando foi a última vez que você o viu? — perguntou Levi, esfregando o pescoço. A mão voltou melada de suor.

Cutter olhou para o céu.

— *Humm*, já faz um tempo. A gente se meteu em uns apuros no começo do verão por causa de umas brigas...

— Entre você e ele? — interrompeu Levi.

— Não, juntos. A gente topou com uns idiotas, trocamos uns socos. Não foi nada. — Pesaroso, Cutter meneou a cabeça. — Nossos pais nos proibiram de andar juntos.

Ou o garoto mentia, ou mentia Josie Doyle. Levi não conseguia pensar em uma razão pela qual a garota mentiria sobre ter visto Brock no dia do assassinato dos próprios pais.

Levi queria ver até que ponto ele iria com a mentira.

— Mas ontem à noite eu te parei não muito longe da casa dele. O que você estava aprontando? Certamente estava indo bem rápido.

— Eu te disse, estava atrasado, voltando para casa. Meu pai ia ficar puto da vida — falou Cutter na defensiva.

— Você estava em um cinema, correto? Que filme era?

— *Todo Mundo em Pânico*. Fui com o meu primo, Rick. Pode ligar para ele.

Levi fez que sim com a cabeça.

— Vou ligar, sim. E aí, faz ideia do paradeiro do Ethan?

Cutter fez não com a cabeça.

— Nem, cara. Como eu te disse, a gente já não se vê faz muito tempo. Na última vez fiquei sabendo que ele estava de castigo.

— Ah, chuta aí para onde acha que ele foi.

— Sei lá... ele gostava de ir pescar. O lago, talvez. Ele namorou a Kara Turner por um tempo, talvez lá — respondeu Cutter, dando o último gole da bebida. — É tudo o que me vem agora.

— Está certo — disse Levi, por ora deixando por menos a mentira. Amanhã conduziria o rapaz até a delegacia para um interrogatório formal e então o apertaria mais. Enquanto isso, ficaria de olho, seguiria o rapaz. Talvez o caminho levasse direto a Ethan Doyle.

— Se pensar em mais alguma coisa, me ligue, entendeu? — falou, contundente.

— Pode deixar — disse Cutter, jogando a bebida na lata de lixo. — Espero que encontrem ele.

— Eu também — falou Levi enquanto o menino se afastava. *Ele está mentindo*, pensou. Mas por quê? Estava protegendo Ethan Doyle ou a si mesmo?

A quase 500 quilômetros dali, não muito longe de Leroy, Nebraska, o policial estadual Phillip Loeb viajava a oeste, na I-80. Ele tinha recebido um alerta de procura-se relacionado a uma caminhonete prata, modelo Datsun, ano 1990, e não é que uma porcaria dessas estava no seu retrovisor?! Era uma bomba e tanto sobre Iowa. Dois mortos, dois desaparecidos.

Ele precisaria, obviamente, de uma visão melhor para comparar as placas. Tinha tudo para ser um alarme falso — normalmente era.

Loeb desacelerou a viatura na esperança de que a caminhonete entrasse em paralelo para ele olhar dentro dela, mas, ao reduzir a velocidade, a caminhonete também o fez. Vários veículos ultrapassaram o policial, mas a Datsun prata ficava cada vez mais para trás. Interessante.

De seu ponto de vista, Loeb não conseguiu entrever os ocupantes, mas dava para dizer que havia duas pessoas na cabine. Sua pulsação acelerou. Precisava ficar atrás daquela caminhonete. Pediu envio de reforço, mas o policial mais próximo estava a uns sessenta quilômetros de distância. Loeb não queria esperar tanto pela chegada de reforços, mas também sabia que a vida de dois adolescentes estava em jogo.

Mais uma vez, desacelerou, mas assim também o fez a caminhonete, permitindo que vários veículos os intercalassem. Era nítido que o motorista tentava evitá-lo.

Assim que Loeb foi para o acostamento, a fim de permitir a ultrapassagem da Datsun, o motorista pisou no acelerador. Ao passar pela viatura que estava em marcha lenta, o policial relanceou o passageiro: uma jovem que olhou aterrorizada para ele.

Loeb voltou para a estrada e começou a perseguir a caminhonete, agora correndo a mais de 130 quilômetros por hora.

— Caramba — murmurou. Ele ligou a sirene e acendeu as luzes, mas precisou esperar vários veículos saírem do caminho para retornar com segurança à estrada. Acelerou, o ponteiro vermelho do velocímetro atingindo 140 por hora.

Os carros à frente estavam rapidamente saindo da estrada para deixá-lo passar até que restou apenas um veículo entre a viatura e a caminhonete. O carro, dirigido por um jovem absorto, não estava desacelerando, não abria passagem.

Loeb mudou para a faixa da esquerda a fim de ultrapassá-lo, e foi aí que percebeu seu erro. O motorista da caminhonete guinou o volante para a direita, pegando a saída no último instante.

Sem ter como fazer o mesmo, Loeb assistiu, impotente, a entrada passar por ele. Praguejando baixinho, desacelerou e, no cruzamento seguinte, fez um retorno.

Quando chegou à rampa de saída, a caminhonete prateada já tinha desaparecido fazia tempo.

O HÓSPEDE NOTURNO **173**

A agente Santos se posicionou no meio do pequeno quarto de Becky Allen e tentou entrar na mente de uma criança de 13 anos. Bagunçado, havia uma cama desfeita e roupas jogadas no chão. No revestimento de madeira das paredes, viam-se alfinetados cartazes de Christina Aguilera, de Mandy Moore e dos Backstreet Boys.

Ela olhou nas gavetas, debaixo da cama, no armário — todos os lugares óbvios —, mas não encontrou nada de particular interesse. No canto do quarto havia uma mochila nova, ainda com a etiqueta, ao lado de duas sacolas do Walmart cheias de material para o próximo ano letivo: cadernos, pastas, fichários, marcadores, canetas e lápis.

Pelo que Santos podia ver, Becky ouvia música pop, lia livros da série *Goosebumps* e *The Baby-Sitters Club* e, pelas embalagens amassadas debaixo da cama, tinha afinidade com Laffy Taffy e chupa-chupa de maçã caramelizada. Nada que indicasse uma vida secreta. Ainda assim, ela estava desaparecida com um menino de 16 anos. A pergunta era: tinha ido por livre e espontânea vontade?

Santos sentou-se na beirada da cama e pegou do chão uma das sacolas do Walmart. Dentro havia cadernos de uma infinidade de cores e um pacote de canetinhas de ponta fina que tinha sido aberto. Santos puxou a pilha de cadernos. Abriu o de cima, e, de fato, Becky tinha escrito, no lado de dentro da capa, o próprio nome, usando letras gordas e arredondadas. Folheou as páginas vazias até que um brilho colorido chamou sua atenção.

Santos examinou a página cheia de rabiscos de flores, corações, estrelas e letras aleatórias. Entre o frenesi de cores, seus olhos pousaram em uma série de letras calcadas em tinta azul. BJA + ED. Becky Jean Allen. Ethan Doyle.

Talvez ela tivesse ido com ele por espontânea vontade. Amor jovem que se corrompeu? Mais um casal Bonnie e Clyde ou Charles Starkweather e Caril Fugate? Amantes desafortunados que cometeram crimes mortais. Santos tinha mais algumas perguntas para Margo e Kevin Allen.

Nem um pouco ansiosa para ter essa conversa, Santos levou o caderno à cozinha. Cotovelos na mesa, Margo descansava a cabeça nas mãos, e Kevin falava ao telefone, a voz falhando de emoção. Ele rapidamente desligou a chamada e, enxugando os olhos, disse:

— Minha irmã. Eu estava contando o que se passa.

— Precisamos manter as linhas desocupadas — avisou Margo. — Para o caso da Becky ligar.

Ele começou a discutir, mas Santos interveio, segurando o caderno de Becky aberto na página dos rabiscos, colocando-o diante de Margo na mesa. Kevin olhou por cima do ombro de Margo para visualizar melhor.

— O quê? — perguntou Kevin. — É só um monte de rabiscos.

A agente Santos tocou as iniciais com o dedo.

— BJA + ED. Becky e Ethan tiveram algum tipo de relacionamento?

— Relacionamento? — repetiu Margo, indignada. — Ela tem apenas 13 anos! Crianças de 13 anos não têm relacionamentos. Elas têm paixonites.

— Perdão, preciso perguntar — falou Santos. — Chances do Ethan Doyle ter correspondido? Ter sentido o mesmo pela Becky?

— Ethan Doyle tem o quê? 16 anos? — perguntou Kevin, enojado. — Por que um jovem de 16 ia sair com uma criança da oitava série?

— Não ia — disse Margo, a voz trêmula. — Não um jovem normal de 16 anos. Está dizendo que o Ethan Doyle fez isso? Que ele matou os pais e levou a Becky?

— De maneira nenhuma — afirmou Santos. — Mas é preciso olhar por todos os ângulos. Todas as possibilidades. Preciso saber se vocês têm conhecimento de algum relacionamento... qualquer ligação entre Becky e Ethan além de o Ethan ser o irmão da melhor amiga.

— Não, nada — respondeu Kevin imediatamente, mas a policial observava Margo. Sua expressão transmitia algo diferente.

— Sra. Allen? — incitou Santos, mas, antes que ela pudesse responder, o delegado entrou na cozinha, puxando-a de lado.

— O quê? — perguntou Margo, aterrorizada. — O que foi?

— Preciso sair por um momento — avisou Santos. — Já volto.

— O que aconteceu?! — gritou Margo. — Encontraram ela? Ai, meu Deus. Por favor, eu não aguento. Precisa me dizer.

Kevin se agachou ao lado de Margo e cingiu os braços nela. Desta vez, ela não os afastou.

— Prometo aos dois que, assim que eu tiver informações confirmadas, compartilho com vocês — afirmou Santos. — Muitas pistas que chegam se mostram irrelevantes. É nosso trabalho averiguar todas. Sei que é difícil, mas, por favor, sejam pacientes. Vou mantê-los informados. Eu prometo.

A agente Santos deixou a cozinha ouvindo os soluços de Margo Allen e saiu para ligar para Randolph.

— O que está acontecendo? — Ela olhou em volta, para garantir que a voz não alcançava ninguém.

— Acabei de saber que uma caminhonete que corresponde com a descrição da do Ethan Doyle foi vista seguindo para oeste, na I-80, em Nebraska — declarou Randolph. — Confirmação ainda pendente.

— Entendido. Só preciso fazer mais algumas perguntas aos Allens e depois sigo para a igreja.

— Bem que podia ser.

— Sim, bem que podia. Até mais.

Encontrar a caminhonete seria um grande passo, mas quem encontrassem dentro dela é que seria a chave de tudo.

Com sorte, Ethan Doyle e Becky Allen estariam a salvo, e o assassino, capturado. Ela orava para que os dois não tivessem nada a ver com os assassinatos — Josie Doyle e as duas famílias precisavam de um final mais feliz do que esse. Entretanto, Santos sabia que crimes tão horríveis quanto este deixavam para trás mais do que somente a carnificina física. Independentemente do que encontrassem naquela caminhonete, os Doyles e os Allens nunca mais seriam os mesmos.

VINTE E SEIS

A menina olhou pela janela e viu as árvores balançando ao vento, varrendo do chão as folhas douradas, vermelhas e amarelas. Voavam pela grama, correndo umas das outras até descansarem em pilhas diante da janela.

O quarto estava frio, e ela, inquieta. Não passava nada de bom na televisão, e estava cansada de desenhar. Ela olhou para a caixa de livros que ficava no canto ao lado da cama. Não tocava neles desde o dia em que o pai os havia trazido. Ainda estava com raiva por ele não ter trazido um cachorro como prometera. Agora, porém, estava entediada, e até mesmo uma caixa de livros antigos era melhor do que apenas olhar pela janela.

Mais uma vez, ao abrir a caixa, subiu um cheiro de mofo. Embora não quisesse admitir, ela sentiu um alvoroço animado no estômago. A garota gostava de livros. Gostava de escapar entrando em histórias e imagens, e aqui estava uma caixa inteira de histórias que ela nunca tinha visto antes. Derreteu-se um pouco do frio glacial que sentia pelo pai.

— Estamos quase sem comida — veio a voz da mãe lá do outro lado da sala.

A garota continuou a explorar a caixa. Havia livros ilustrados. Um com o desenho de um homem segurando um guarda-chuva para cobrir a cabeça enquanto comida caía do céu e outro com dois hipopótamos chamados George e Martha.

— É isto — disse a mãe. — É tudo o que resta. Isto e um pouco de pasta de amendoim.

A menina levantou o olhar de um livro que mostrava um garotinho sujismundo segurando um lápis roxo. A mãe segurava uma lata de sopa e um pacote de bolachas de água e sal.

— Logo ele vem com mais — falou a menina. Não estava preocupada. O pai sempre vinha com mantimentos. Ela nem sempre gostava do que ele trazia para casa, mas sempre tinham algo para comer.

Para o jantar tinham a sopa. A mãe deixou a filha abrir a lata usando o abridor, e despejou a sopa na tigela de vidro, adicionando a água. Até deixou a menina apertar os botões do pequeno micro-ondas para esquentá-la.

— Vamos guardar as bolachas para mais tarde — avisou a mãe.

Comeram. A menina voltou para a caixa de livros.

Na manhã seguinte, no café da manhã, cada uma comeu três bolachas. Na hora do almoço, cada uma comeu duas com pasta de amendoim. Ainda assim, o pai da menina não apareceu.

— Talvez ele não volte — disse a garota, tomando outro gole de água. A mãe falou que ajudaria a encher o estômago.

— Ele vai voltar — falou a mãe, mas a menina sentiu a preocupação no tom de sua voz. — Ele tem que voltar.

Para o jantar, ela comeu duas bolachas com pasta de amendoim, e a mãe, uma. O pote de pasta de amendoim ficou vazio. Beberam mais água. Naquela noite, a menina teve dificuldade para dormir. O estômago roncava, e ela continuava pensando nas duas bolachas restantes. O que fariam quando não houvesse mais nada? E se o pai não voltasse? Elas morreriam de fome.

Ela saiu rastejando da cama, tomando cuidado para não acordar a mãe, e verificou se as bolachas ainda estavam lá. Estavam. Queria tirá-las da embalagem plástica e comê-las, mas isso não seria justo. Voltou para a cama e tentou dormir.

Na manhã seguinte, a mãe lhe deu as duas bolachas.

— Não estou com fome — disse ela.

A menina não acreditou, mas ainda assim comeu as bolachas em farelinhos, na tentativa de fazê-las durar ao máximo. Passaram a hora do almoço e a do jantar também. O pai não apareceu.

Ela ficou irritada. A água dava voltas no estômago vazio, e se sentia enjoada.

— Estou com fome — reclamou. — Quando é que o pai vem?

— Acabou a comida — finalmente falou a mãe, o tom rude. — Acabou tudo. Não tem mais nada.

— Então você tem que ir lá fora e arranjar um pouco.

A mãe ficou calada.

Lá Fora. É assim que chamavam. Não vá Lá Fora, dizia a mãe, o pai vai ficar bravo, lá não é seguro.

O pai dizia:

— Tem pessoas más Lá Fora. Elas vão te tirar de nós, e você nunca mais verá a sua mãe de novo.

Então elas nunca saíram. Ficaram no porão com seu piso de concreto e suas paredes de cimento.

Mas, para a surpresa dela, a mãe subiu as escadas e parou diante da porta fechada. Como se para testar, estendeu a mão e torceu a maçaneta. Trancada. Desceu as escadas e ficou no centro da sala.

— O que você está fazendo? — indagou a menina, mas a mãe a ignorou. Ficou lá por um longo tempo e, depois, pediu a ela que encontrasse uma caneta. — Uma caneta? — perguntou a garota, confusa.

— Me busca uma caneta — mandou de novo, em tom áspero.

A menina correu até o estojo de artes, encontrou o que procurava e depois a entregou à mãe. Para sua surpresa, ela torceu a caneta até soltar a cobertura de plástico. Jogou na mesa e examinou o que restava: a ponta afiada e o tubo cheio de tinta. Voltou a subir as escadas. A menina seguiu. A mãe se agachou diante da porta e começou a pressionar a ponta da caneta dentro da fechadura da maçaneta.

— O que você está fazendo? — perguntou a menina, mas a mãe a silenciou e continuou cutucando a fechadura da porta.

Ficou lá pelo que pareceu uma eternidade, mas de repente ouviu-se um clique suave, e a porta se abriu. Aconteceu tão rápido, tão fácil.

A mãe mandou a menina ficar ali, mas esta não deu ouvidos. Juntas, as duas entraram direto no Lá Fora.

A garota ficou maravilhada com a visão. A cozinha tinha uma geladeira grande, um fogão, um micro-ondas e uma lava-louça como ela já tinha visto na televisão. Havia uma mesa redonda de madeira com quatro cadeiras combinando e uma longa fileira de armários acima de uma bancada reluzente.

A menina olhou para a mãe, buscando uma explicação. Por que elas precisavam ficar no porão, onde comiam sentadas em uma mesinha de plástico e onde não havia fogão, apenas uma geladeirinha menor do que ela?

Mas a mãe não olhava ao redor. Ela começou a andar, como que hipnotizada, atravessando a cozinha e a sala de jantar, onde havia outra mesa e mais cadeiras. Foi até outra sala. Esta não tinha apenas um, mas dois sofás e uma cadeira no mesmo estilo, uma televisão e um relógio alto e esguio que quase batia no teto. Todas as janelas desta sala estavam cobertas com persianas pesadas.

A mãe também não olhava para todas essas maravilhas. Seu foco estava em uma grande porta com três janelas quadradas perto do topo. O sol brilhante atravessava o vidro, e, por um momento, as duas se posicionaram no raio solar, sentindo o calor penetrar-lhes na pele.

A mãe estendeu a mão para a maçaneta, mas a porta se recusou a abrir. Dedilhou a trava de latão abaixo da fechadura, depois a torceu para a direita. Tentou mais uma vez a maçaneta, e a porta se abriu com um rangido.

Era como olhar para um livro de gravuras. Havia tantas cores e aromas e visões que a menina nunca viu antes que, por um momento, ela ficou atordoada. Sem pensar, saiu da casa e pisou nos degraus de concreto da frente. O ar estava frio, mas era mais quente que o porão. O céu era azul, e o sol, quente da cor do mel. Havia árvores forradas de folhas coloridas como joias e, ao redor, campos dourados até o alcance da vista. E via-se uma trilha que subia da casa até a estrada, e da estrada até algum lugar. Para as montanhas, para o oceano, para o deserto — para algum lugar longe dali.

O mundo lá fora era mais silencioso do que ela imaginava. Ouviam--se o farfalhar ameno dos caules de milho enquanto uma brisa varria os campos, o zumbido abafado de gafanhotos verdes e o chiar e gorjeio das andorinhas-de-bando. Ela se abaixou para pegar uma linda flor amarela quando foi puxada pelo braço.

Puxada de volta para a casa. A mãe fechou a porta e trancou a fechadura.

— A gente não pode ir lá fora — falou a mãe. Ela parecia assustada; a respiração, rápida e superficial.

De mãos dadas, elas voltaram pelas salas e entraram na cozinha.

— Estou com muita fome — falou a garota, com vontade de arran-car uma banana da bancada. A mãe abriu um armário cheio de latas de sopa, feijão e milho. Abriu outro que guardava caixas de cereais, bola-chas e biscoitos.

— Não podemos levar muito — avisou a mãe, avaliando as es-colhas. — Se notar que algo está faltando, ele vai saber que subimos até aqui.

Hesitante, ela se decidiu por duas latas de sopa, uma laranja e uma maçã da geladeira.

— Vamos — falou. — Ele pode chegar a qualquer momento.

A menina pegou na maçaneta da porta do porão, mas a mãe não a acompanhou. Ela parou junto ao telefone fixado na parede da cozinha.

A menina observou quando, com as mãos trêmulas, ela pegou o aparelho, colocou-o no ouvido e começou a apertar os números.

A garota queria perguntar para quem ela estava ligando. Elas não tinham um telefone lá embaixo; tinha visto um apenas na televisão, mas a mãe parecia saber o que fazia. Um trim suave veio do aparelho, e depois a voz de uma mulher.

— Alô? — falou. — Alô?

Uma profunda tristeza se gravou no rosto da mãe, e, silenciosa, ela desligou o telefone. Carregando o pequeno estoque de comida, elas atravessaram a porta do porão, a mãe parando para travar a fechadura. Depois desceram, e, já na base da escada, a mãe se sentou no último degrau e começou a chorar. A menina se sentou aos seus pés.

Quando finalmente parou de chorar, a mãe enxugou os olhos e pediu:

— Não conte nada disso ao seu pai, está bem? Será um segredo só nosso.

A garota gostou da ideia de ter um segredo com a mãe, então fez que sim com a cabeça, e elas fizeram a jura dando os mindinhos. Mas duas perguntas ficaram na ponta de sua língua, sem resposta. Por que elas nunca saíram antes? E o que impedia as duas de saírem de novo?

Vinte e sete

 Dias atuais

Então a mulher e o menino fugiam de um homem abusivo. Fazia sentido. Em fuga no meio de uma nevasca, o desespero para se esconder, a paranoia.

— A polícia pode ajudar vocês — falou Wylie, sentando-se de frente para eles. — Assim que a tempestade parar, vamos até o xerife.

— Não! — exclamou a mulher, sentindo muita dor ao se deslocar no assento. — Você não entende. Ele virá atrás de nós. Não sabe como ele é.

Wylie não podia discordar. Ela não sabia o que esta mulher tinha passado, com que tipo de homem ela era casada. Seu próprio ex, apesar de todos os defeitos, não era um homem abusivo. Apenas um idiota teimoso e egocêntrico.

Ao longo da pesquisa para seus livros, Wylie se deparou com alguns dos tipos mais possessivos e abusadores de cônjuges e de parceiros. Não, não sabia o que esta mulher havia aguentado no relacionamento, mas podia ter empatia.

— Por que não me fala o nome de vocês? Por que não me fala o nome dele? — perguntou. — Daí, quando a tempestade parar, te acompanho até a polícia, e eles podem dar proteção.

— Não posso. — A mulher fez que não com a cabeça. — Eu não posso dizer nada. Não até a gente estar bem longe daqui.

— Mais cedo ou mais tarde você vai ter que confiar em alguém. Por que não confia em mim?

A mulher se levantou.

— Vamos — falou ao filho. — Já vamos indo.

Wylie riu, mas depois viu que a mulher falava sério.

— Para onde acha que está indo? — perguntou, incrédula. — A caminhonete pegou fogo, você está ferida e acha que vai arrastar o seu garotinho para esta tempestade? Sem chance.

— Eu não sou um garoto — veio uma voz pequena e desafiadora.

— O quê? — perguntou Wylie, olhando para a criança. — O que você disse?

— *Shh* — falou a mulher, olhando fixamente para a criança. — Não fale.

— Eu sou uma garota — repetiu a criança, com mais força, passando a mão sobre a cabeça raspada.

Wylie ficou estupefata. Ela pressupôs ter encontrado um garoto deitado na neve.

— Qual é o seu nome? — perguntou.

A menina parecia prestes a falar, mas a mãe a impediu.

— Não diga a ela. Falo sério — ordenou com veemência, lágrimas vindo-lhe aos olhos.

— Sinto muito — disse a menina, inclinando-se para a mãe. — Sinto muito.

— Vê agora? — perguntou a mulher. — Acha que eu cortaria o cabelo da minha filha assim só porque eu queria largar o meu marido? Acha que se trata apenas de uma batalha por custódia, algo que fugiu do controle?! — Agora a mulher gritava. — Se ele nos encontrar, vai nos matar. — Parou, tentando se recompor. — Ou pior. Ele nos leva de volta para casa. — Arregaçou as mangas do moletom. Uma coroa de escaras circundava cada pulso.

Wylie ficou sem palavras. Pelas feridas nos pulsos, a mulher parecia ter sido amarrada: uma corda, ou abraçadeiras, ou algemas.

Claramente, as duas estavam aterrorizadas e em desespero. Literalmente correndo para salvar a própria vida. Quem era Wylie para arrancar os detalhes desta pobre mulher?

Aqui elas estariam seguras. Por mais horrível que fosse o marido, Wylie não achava que ele fosse invadir a casa de uma desconhecida para reaver a esposa e a filha. Não seria tão perturbado a este ponto, seria?

Wylie daria espaço a ela. Deixaria que descansasse. E, passada a tempestade, colocaria as duas em seu Bronco e as levaria direto até o gabinete do xerife.

Quanto à criança, o comportamento anterior fazia muito mais sentido agora. Finalmente, estava se abrindo com Wylie. Finalmente confiava nela. E, talvez, ainda que a mãe não lhe contasse seus nomes, e de onde vieram, a garotinha cedo ou tarde compartilharia sua história.

Vinte e oito

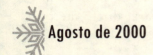
Agosto de 2000

O xerife Butler estacionou em frente à residência Henley e examinou o pátio tomado de mato e os degraus em ruínas. O exterior cinza da casa estava esburacado e precisava de uma demão de tinta. Butler subiu os degraus quebrados até a varanda, a madeira podre rangendo aos pés. Bateu. Ninguém atendeu.

Ao longo dos anos, viu June Henley apenas algumas vezes. Ele sabia que ela e o falecido marido haviam cultivado plantações por décadas, mas que June vendera tudo logo após a morte do marido, vários anos atrás. Ele se lembrava dela como uma mulher simpática e sociável e não gostava da ideia de interrogá-la sobre a visita que Josie e Becky haviam feito à propriedade no dia anterior. Mas era preciso.

O casal tinha um filho, Jackson, que era um jogador de beisebol bastante aceitável naquela época, alistou-se no exército depois do ensino médio e então passou um tempo na força militar. Sua última participação havia sido na Guerra do Golfo, em 1990.

Finalizado o serviço nas forças armadas, ele voltou para casa e empreendeu o seu desorganizado comércio de itens recuperados. Foi quando se iniciaram os seus muitos desentendimentos com a polícia — principalmente relacionados ao consumo excessivo de álcool, além de uns pequenos delitos. Parecia haver também algo mais grave na ficha de Jackson, mas Butler não lembrava o que era.

Bateu na porta novamente. Mais uma vez, ninguém atendeu. Eles não tinham tempo para isso. Cada minuto que passava era tempo desperdiçado na busca daquelas crianças e do assassino dos Doyles. Sabia que precisava falar com June e Jackson Henley, mas ele seria mais útil fazendo outra coisa nesse meio-tempo. Mandaria um delegado voltar mais tarde.

Entrou de novo no veículo e dirigiu lentamente até onde a trilha se expandia e era possível fazer o retorno. Passou por filas de veículos quebrados e equipamentos agrícolas empilhados uns sobre os outros como carcaças. Era fantasmagórico, pensou enquanto virava o veículo e contornava uma montanha de pneus pretos que assavam sob o sol.

A casa se assomou de novo, e Butler viu uma picape branca estacionada na frente. Pisou nos freios e semicerrou os olhos ao sol ofuscante para entrever um homem alto e de cabelos bem curtos e grisalhos ajudando uma mulher idosa a subir os degraus da varanda.

June e Jackson Henley.

Quando Jackson abriu a porta da frente, olhou para trás e viu o carro do xerife entrando em marcha lenta. Alarmados, seus olhos se arregalaram.

— E aí, Jackson — falou Butler em tom casual. — Esperava que você e a sua mãe me ajudassem com uma coisa. — Ele não respondeu e olhou com suspeita para o xerife. — Tenho certeza que você ouviu falar sobre todos os acontecimentos na fazenda Doyle noite passada. Estamos tentando recriar uma linha do tempo da movimentação de Josie Doyle e Becky Allen durante o dia de ontem e sabemos que as meninas passaram aqui. Seria muito útil se você me contasse sobre essa visita. Que horas elas apareceram e sobre o que vocês conversaram?

— Eu não fiz nada — declarou Jackson, lambendo os lábios nervosamente. — Elas estavam procurando um cachorro. Não encontraram ele e tomaram o rumo delas.

— Vem ao encontro da versão da Josie — falou Butler. Ele queria ter certeza de que Jackson soubesse que a outra garota estava em segurança e falava. — Que acha de me acompanhar pela propriedade e me mostrar por onde elas procuraram o cachorro?

— Não sou obrigado a permitir a sua entrada na minha propriedade — falou Jackson, se aproximando da caminhonete. — Não sou obrigado a falar com você.

— Bom, Jackson — disse Butler em tom de conversa —, eu não acredito que esta seja realmente sua propriedade. Creio que pertença à sua mãe.

— Deixa a minha mãe fora disso. Ela está doente — retrucou ele, olhando para a casa. — Não tem por que incomodar ela com todo esse assunto.

— Receio que tem, sim — declarou Butler, a voz tomada de arrependimento. — São dois mortos e dois adolescentes desaparecidos. Preciso falar com todo mundo que tenha visto ontem qualquer um dos Doyles ou a Becky Allen. — Ele tentou esboçar um sorriso amigável. — Que acha? Vamos dar uma andada e conversar.

Butler viu no rosto de Jackson a mesma indecisão que tinha visto em centenas de pessoas ao longo dos anos — será que ele ia entrar na caminhonete e se mandar ou ia esperar para ver o que o xerife queria?

Na verdade, não fez nem uma coisa nem outra. Largou a caminhonete ali mesmo e partiu a pé. Butler observou o homem correr para trás da casa, as botas levantando poeira cinza e grossa pelo caminho. Foi então que, em uma fração de segundo, Jackson Henley passou de testemunha a suspeito.

Agitação percorreu o xerife. As pessoas corriam quando eram culpadas ou estavam com medo. No veículo, Butler contornou a caminhonete de Henley e estacionou. Ligou o rádio da polícia e chamou reforços. Através da estática crepitante, pediu que ficassem de prontidão e puxassem a ficha completa de Jackson Henley.

Butler sabia que ainda não tinha o poder legal para fazer uma busca, então era necessário obter de outra maneira tal permissão.

Saiu do carro em alerta máximo. Havia muitas incógnitas: por que Henley havia fugido feito relâmpago, onde ele estava escondido, a que armamentos tinha acesso.

Mão apoiada na arma do coldre, ele subiu os degraus que se decompunham e bateu na porta. June Henley atendeu, o chapéu cor-de-rosa torto na cabeça. Butler ficou impressionado com o aspecto frágil da mulher — como se ela pudesse ruir a qualquer momento.

June lhe lançou um olhar cansado.

— Imagino que o senhor esteja aqui para falar sobre aquelas duas garotas. Entre.

A quase 500 quilômetros dali, o policial estadual Phillip Loeb ainda estava na caçada à caminhonete prateada. Ele tinha tomado a saída para McCool Junction, uma vilazinha a uns oito quilômetros da I-80. Outros policiais também se juntaram à busca e estavam de olho caso a caminhonete retornasse à interestadual. Loeb, porém, teve a sensação de que o motorista tinha entrado em McCool para se esconder. Passou lentamente pelas ruas pacatas, procurando o carro. Todos tinham uma caminhonete, dificultando ainda mais a busca. Passou a escola, um banco e um restaurante *drive-in*.

Pegou a Road 4 da McCool Junction, foi para a pista e parou no estacionamento. E lá estava ela. A caminhonete prata e seus dois ocupantes, apenas ali, sentados. Loeb informou sua posição, puxou a arma do coldre e saiu com cautela do carro, protegendo-se atrás da viatura.

A caminhonete não tinha placa: outro sinal vermelho. Era isso. Ele podia sentir.

— Mãos no volante! — gritou. — Mãos no painel! — Metade dele esperava que o motorista saísse acelerando, mas a caminhonete ficou parada.

Em poucos minutos, chegaram mais dois policiais estaduais, assim como três delegados do departamento do xerife do Condado de York. Usando os veículos como bloqueio, eles encurralaram a caminhonete. Não havia para onde escapar. Os policiais saíram das viaturas, armas em punho.

— Motorista! — gritou Loeb. — Abra a porta. — Abriu-se a porta do lado do motorista. — Mostre as mãos, mostre as mãos! — Apareceram mãos trêmulas. — Motorista, saia devagar do veículo.

Um tênis e então outro tocaram o concreto, e uma figura alta se desdobrou da caminhonete.

Era um jovem, os olhos alucinados de terror.

— Sinto muito — gaguejou. — Sinto muito.

— No chão! — gritou outro policial, e o menino se abaixou até o concreto, as mãos estendidas. Logo os oficiais já estavam sobre ele, as armas apontadas para a cabeça, puxando-lhe os pulsos para trás das costas.

Loeb voltou a atenção para o passageiro da caminhonete.

— Passageiro, abra a porta, mãos para cima! — Uma figura pequena se abaixou da caminhonete, as mãos acima da cabeça.

— Está ferida? — perguntou Loeb. — Ele te machucou?

Aos soluços, a menina fez que não com a cabeça.

— Becky Allen? — indagou ele. — Você é a Becky Allen?

Ela olhou confusa para o policial.

— Não — falou, meneando a cabeça. — Meu nome é Christina.

O xerife Butler tirou o chapéu ao entrar na sala de June Henley. O ar estava frio e tinha cheiro de eucalipto, e o sol quente, afastado por cortinas pesadas. O cômodo tinha poucos móveis, mas era limpo e arrumado. Via-se uma mesinha cheia de frascos de comprimidos bem alinhados a um copo de água. Em um canto, uma televisão sintonizada em uma novela.

— Sim, senhora — disse ele. — Vim por causa das duas meninas.

June acomodou o corpo frágil em uma cadeira estofada com um tecido coberto com rosas de maio desbotadas. Butler sentou-se de frente para ela na namoradeira do mesmo estilo.

— Relataram que a Josie Doyle e a Becky Allen estiverem aqui ontem à noite — começou, indo direto ao ponto.

— Sim, é verdade — respondeu June. — Conversei com elas por volta das 19h00, mais ou menos. Procuravam um cachorro. Falei que podiam procurá-lo na propriedade. — Ela pegou da mesa um frasco de comprimidos e pelejou com a tampa.

O xerife estendeu a mão, e ela entregou-lhe o frasco.

— Por quanto tempo elas ficaram? — perguntou Butler, rosqueando a tampa.

— Foi pouco. Obrigada — agradeceu ela quando Butler lhe passou o frasco aberto. — Vinte minutos? Talvez menos. Acenaram quando foram embora.

— Sabe se o seu filho teve qualquer interação com as meninas?

June pousou dois comprimidos na palma da mão, colocou-os na boca e deu um gole no copo situado ao lado.

— Não que eu saiba — respondeu depois de engolir. — Ele não mencionou nada.

— Faz ideia por que o Jackson sairia que nem um tiro ao me ver?

— Como assim? — questionou June, com ar circunspecto.

— Ele me viu depois de deixar a senhora na porta e saiu correndo. Agora, por que ele faria isso?

June dissipou a preocupação do xerife.

— Da última vez que falou com um de vocês, ele foi preso. Não pode culpá-lo por ser um pouco relutante.

De repente, o xerife Butler se lembrou do incidente a que June se referia. Há cerca de seis meses, Jackson tinha sido detido depois de uma moradora de Burden ligar dizendo que um homem tinha entrado em sua casa, mais bêbado que um gambá, e tentado deitar na cama com ela.

Jackson acabou passando algumas noites na prisão do condado e foi declarado culpado por invasão e conduta desordeira por embriaguez.

— Quem dirigia a caminhonete que trouxe a senhora para casa hoje? — perguntou o xerife.

Os olhos de June se estreitaram.

— Eu mesma — respondeu convicta. — Jackson me acompanhou na quimioterapia, mas fui eu quem dirigiu.

O xerife fez que sim com a cabeça, mas tinha lá suas dúvidas. Há muito Jackson perdera a carteira de motorista em decorrência da bebedeira, mas, provavelmente, sempre que dava, ainda saía dirigindo pelo condado.

— A senhora se importaria se eu desse uma voltinha pela propriedade? — perguntou Butler. — Sabe que não temos tempo a perder. Precisamos encontrar aquelas crianças.

— Então é melhor o senhor não perder o seu tempo inspecionando aqui — respondeu June em tom brusco. A custo, levantou-se da cadeira e ficou de pé. — Falei que as meninas vieram à procura de um cachorro. Procuraram e foram embora. É tudo o que sabemos.

Ao chegar à porta da frente, ela já estava ofegante. Butler acompanhou.

— Agora, Sra. Henley, sabe que precisamos fazer tudo o que pudermos para encontrar aquelas garotas. Por favor, pode dizer ao Jackson que preciso conversar com ele? — June abriu a boca para discutir, mas Butler levantou um dedo. — Apenas conversar. Sei que o Jackson está ressabiado com a polícia e não tenho motivos para pensar que ele saiba o que aconteceu com a Becky Allen depois que ela deixou esta propriedade. Mas ela esteve aqui, e preciso conversar com todos que tiveram contato com ela. Entende isso, não entende?

June pressionou os lábios finos um no outro e fez que sim com a cabeça.

— Direi que o senhor deseja conversar, mas já adianto que ele não dirá mais do que eu.

Butler saiu da frieza da casa para o calor forte e opressivo. Cometera um erro colocando June Henley na defensiva. Ele voltaria, porém, e, se Jackson se recusasse a falar, viria munido de um mandado de busca. Talvez, assim, obtivessem algumas respostas.

Vinte e nove

No fim, o pai da menina acabou aparecendo, embora tivesse levado mais três dias. Entrou pela porta, trazendo um balde de frango e um saco plástico cheio de caixinhas com purê de batata, milho, salada de repolho e molho de carne.

O cheiro da comida deixou a garota desorientada. Estava com muita fome. Ela olhou para a mãe, para ver se não havia problema de ir até o pai, mas o rosto dela estava severo. Furioso. Então ela ficou parada. Trêmula, a mãe se levantou e se postou diante dele, as mãos nos quadris.

— Você nos abandonou — disse. — Deixou a gente sem comida. Não comemos tem três dias.

— Bom, agora você tem comida. — Passou roçando na mulher e colocou a comida na mesa.

A mãe o seguiu.

— Você não pode fazer isso. — Ela agarrou o braço dele. — Você não pode nos abandonar assim.

O pai se virou e lhe lançou um olhar fulminante. As mãos no cotovelo se afrouxaram, mas ela olhou para ele, destemida.

O golpe veio sem aviso. O punho atingiu o plexo solar, arrancando o ar dos pulmões da mãe. As pernas se curvaram, e ela caiu de joelhos, arquejando, para tomar ar. A menina fez menção de ir para o seu lado, mas parou quando o pai levantou um dedo.

— Vá se sentar — ordenou ele, apontando para uma cadeira.

Ela se sentou à mesa. A mãe permaneceu de joelhos, ainda lutando para respirar. O pai pegou dois pratos de um armário e talheres da gaveta. Ele levantou as tampas de cada uma das caixas e começou a empilhar comida no prato dela e depois no dele mesmo. Frango frito crocante, um monte de batata e milho, molho de carne bem condimentado, marrom.

— Coma — mandou, sentando-se em uma cadeira de frente para ela.

A menina lançou um olhar furtivo para a mãe, que agora estava enrolada no chão.

— Não olhe para ela — falou o pai, com uma boca cheia de biscoito. — Coma.

A menina pegou um pedaço de frango e deu uma mordida. Apesar de fria, a comida estava uma delícia. Ela se sentiu péssima por comer na frente da mãe, mas não conseguiu parar. Diante dela, o pai dava colheradas com exagerado prazer.

— Que delícia — falou com a boca cheia de purê. Depois de pegar toda a carne de um pedaço de frango, ele jogou os ossos no chão, ao lado da mãe.

A garota sentia ódio dele, mas ainda assim comia. A comida desapareceu do prato, até mesmo a salada de repolho, que ela achou amarga. Sentiu o estômago cheio e empanzinado, mas ainda não conseguia parar. Comeu um biscoito, depois dois, e não reclamou quando o pai reabasteceu seu prato. Quando ele não estava olhando, ela escondia punhados de comida no colo sob a mesa.

Finalmente, a menina pousou o garfo, e a vergonha, quente e azeda, tomou-lhe a garganta. Os dedos, escorregadios de gordura e migalhas oleosas, grudavam na camisa. O pai riu.

— Gostoso, né?

Era tudo o que a menina podia fazer para manter a comida no estômago. A mãe encolhida no chão, fraca de fome e de medo, e ela tinha comido sem ela. Sentiu-se desleal, perversa.

O *pai se afastou da mesa, levantou-se e começou a recolher as caixas quase vazias. Em vez de guardar as sobras na geladeirinha, jogou-as com movimentos exagerados na lata de lixo.*

— Como se diz, pequena? — perguntou.

— Obrigada — respondeu a garota em um fio de voz.

Ele encimou a mãe, olhando para ela, enojado. Ela se preparou para outro golpe. A menina não se atreveu a se mexer, por medo de derrubar no chão a comida que tinha escondido no colo.

— Gra-ti-dão — falou, alongando a palavra. — Um pouco seria bom de vez em quando. — Ele esperou, mas a mãe permaneceu enrolada no chão. Ele retrocedeu o pé, como se para chutá-la, e a garota soltou um gemido. Em vez disso, ele usou o dedo do pé para tocar de levinho. — Como se diz? — perguntou ele como se falasse com uma criança.

— Obrigada — respondeu a mãe, mas ela não parecia grata de jeito nenhum. A palavra "obrigada" trazia algo novo. Uma frieza que nunca se mostrara.

— De nada — respondeu frívolo, passando por cima dela. A garota prendeu a respiração até ele atravessar a cozinha, subir as escadas e sair pela porta.

Esperou um pouco mais e, então, pegou do colo os restos de comida e colocou na mesa antes de ir para o lado da mãe.

— Sinto muito — sussurrou ao ouvido dela. — Sinto muito. Eu não devia ter comido sem você.

A mãe sorriu.

— Está tudo bem. Ainda bem que você comeu.

— Separei um pouco para a senhora — falou a garota. — Quer que eu te leve?

A mãe fez que não com a cabeça, os braços cingidos na barriga em gesto protetor.

— Acho que vou ficar aqui por mais alguns minutos — avisou, a voz contraída de dor.

A menina foi até a cama e pegou um travesseiro para enfiar por baixo da cabeça dela.

Sentia o estômago embrulhar, agitado. Estava enjoada, mas não queria vomitar. Ela nunca mais queria sentir aquela fome de novo. Foi até a lata de lixo e começou a retirar as caixas de comida descartadas. Usando uma colher, raspou os restos, por menores que fossem, e pôs em um prato.

Ao terminar, havia uma miserinha de frango, biscoitos, batatas e salada de repolho. A menina levou o prato até a mãe e sentou-se ao lado dela, no chão.

— Aqui, mamãe, você tem que comer.

A mãe fez que não com a cabeça.

— Não, coma você.

— Eu já comi — insistiu. — Estou cheia. Isto é para a senhora. Por favor, coma.

Estremecendo de dor, a mãe se soergueu do chão de concreto e se sentou de pernas cruzadas, as costas apoiadas na parede fria. A menina colocou o prato nas mãos dela.

— Apenas uma garfada — pediu.

A mãe levou o garfo até os lábios e, com lágrimas escorrendo pelo rosto, começou a comer.

Trinta

 **Agosto de 2000**

Às 16h00, a agente Santos entrou no estacionamento da Igreja de St. Mary. Ao longo dos anos, muitos locais inusitados tinham sido usados como centros de comando, mas uma igreja era a primeira vez.

Santos atravessou as portas principais e a entrada, sendo recebida pela familiar essência das paróquias de sua infância: o aroma esfumaçado de incenso e resina de mirra que permeava o tapete vermelho e as paredes de pedra.

Em vez de seguir até a nave, desceu as escadas que levavam até o porão. Em apenas algumas horas, Randolph tinha conseguido instalar um posto de comando impressionante: computadores, impressoras, telefones, rádios e mapas da região.

Viam-se o xerife Butler e vários delegados sentados em cadeiras dobráveis a uma mesa montada de frente para um quadro branco. O agente Randolph estava de pé, pincel marcador na mão, fazendo anotações com a sua letra elegante.

— O que temos? — perguntou Santos, puxando uma cadeira. — O que deu o possível avistamento em Nebraska?

— Pista falsa — respondeu Randolph, balançando a cabeça em negativa. — Dois adolescentes. O rapaz pegou a caminhonete dos pais para passar o dia em Lincoln com a namorada. Ele entrou em pânico quando viu a polícia e fugiu em disparada. Não teve outros avistamentos da caminhonete.

— *Okay*. O que mais temos?

Um delegado chamado Foster abriu o jogo:

— Informações sobre Kevin e Margo Allen vieram à tona. Eles não têm antecedentes criminais. A mãe disse que estava em casa com seus dois filhos mais novos durante os assassinatos, e o pai, que estava na casa dele, com a namorada. A namorada confirmou.

— Nenhuma disputa de custódia no divórcio? — questionou Randolph.

Foster fez que não com a cabeça.

— Os dois pareciam genuinamente perturbados — concordou Santos. — E eles estão sendo muitíssimo cooperativos. O que mais?

— Temos uma lista de delinquentes sexuais habitantes daqui, e dois delegados estão localizando eles — respondeu Randolph. — Também temos vários oficiais indo de porta em porta nas proximidades da casa Doyle e interrogando os moradores para descobrir se viram ou ouviram alguma coisa.

— E você, xerife? — perguntou Santos.

Butler descreveu sua conversa com June Henley e o comportamento curioso de Jackson.

— Acho que vale a pena interrogar de novo, mas o Jackson Henley é só um bêbado perturbado. Não vejo violência partindo dele, e, até onde sei, não teve nenhum tipo de conflito com os Doyles.

— Isso nos leva de volta aos dois adolescentes desaparecidos — declarou Santos. — O que sabemos sobre Ethan Doyle? Como era o relacionamento dele com os pais?

— Nunca nos chamaram por causa de violência doméstica — disse Butler —, mas Ethan foi interrogado pela polícia sobre uma briga que teve com outros adolescentes.

— E teve aquela ligação do Kurt Turner sobre o Ethan estar perseguindo a filha dele — acrescentou Foster.

— Sim, isso mesmo — disse Butler. — O pai estava furioso porque o Ethan não ficava longe da filha. Ele continuou aparecendo na casa, ligando. Enviaram um delegado para pedir ao menino que mantivesse distância. Não entraram com nenhuma acusação.

Santos compartilhou o que havia encontrado no quarto de Becky Allen.

— Pode ser apenas uma paixão colegial, mas ela nutria algum tipo de sentimento pelo Ethan. Será que podem ter fugido juntos?

— A Josie Doyle não disse muita coisa — declarou o xerife Butler. — Ela ainda está no hospital, passando por exames. Mas, pelo que nos contou na cena do crime... a Becky estava tão assustada quanto ela. As duas corriam na direção do milharal quando foram separadas.

Ouvindo passos, o grupo se virou para ver chegar o delegado Levi Robbins.

— Perdão pelo atraso — murmurou ele, sentando-se.

— Então, talvez o Ethan Doyle e os pais tenham brigado — sugeriu Randolph. — Ele matou os pais, atirou na irmã e depois matou a Becky ou sequestrou ela.

— Eu odiaria se isso fosse verdade, mas soa plausível — comentou o xerife. — O que você descobriu sobre o Brock Cutter? — perguntou ele a Levi.

Levi meneou a cabeça.

— Precisamos intimá-lo para um interrogatório formal. — E explicou como ele tinha parado o Brock não muito longe da casa Doyle por volta da 1h00 da manhã. — Falou que vinha de um cinema com o primo. Localizei o primo, e, a princípio, a história bate com a do Cutter. Mas, quando apertei ele, buscando detalhes, a versão não se sustentou. Ele nem chegou a ver o Brock ontem à noite. O garoto mentiu.

— Pode ser que esteja protegendo o amigo — comentou o xerife Butler, esfregando os olhos cansados.

— Não quero visões limitadas aqui — falou Santos, empurrando a cadeira da mesa. — Mas parece que o Ethan Doyle está no topo da nossa lista de suspeitos. Levi, fica de olho no Brock Cutter, veja se ele não nos leva até algo. — Ela se virou para o xerife Butler: — Precisamos extrair mais informações do Jackson Henley, mas, no meio-tempo, você pode me apresentar à Josie Doyle, ver se ela não tem algo novo para nos contar.

A porta se abriu, e a Dra. Lopez entrou na sala com o xerife Butler e dois desconhecidos.

— Josie — falou a médica —, como você está?

— Bem — respondeu Josie, olhando incerta para o homem e a mulher que acompanhavam o xerife.

— Seu braço vai ficar dolorido por um tempo. Vamos te dar uns analgésicos, e você precisará manter o seu ferimento seco. Mas a boa notícia é que você não precisa passar a noite aqui. Logo mais pode ir para casa, com a sua avó.

Josie olhou para a avó, assustada. Eles estavam voltando para casa? Ela não sabia se jamais botaria os pés lá novamente. Josie pensou no próprio quarto e em todos os bens valiosos. Seu *discman* e seus CDs. Seus prêmios e sua coleção de estatuetas de animais de vidro que perfilavam o peitoril da janela. Uma imagem do pai deitado no chão do quarto, sem o rosto, passou-lhe como um clarão atrás dos olhos. Pesarosa, olhou para a avó.

Caroline deu-lhe um tapinha na mão, como se lesse a sua mente.

— Você vai para a nossa casa — esclareceu.

A garota concordou com a cabeça, assimilando a informação. Obviamente, ela não voltaria para casa. Os pais estavam mortos. Ethan e ela não podiam viver sozinhos em casa — eram órfãos.

O xerife limpou a garganta e tirou o chapéu marrom e rígido. Ele olhou para ela por sobre o nariz aquilino.

— Josie, fico feliz de ver que está passando bem. Esta é a agente Santos, e este é o agente Randolph do D.I.C. de Des Moines. Estão investigando... o que aconteceu na sua casa ontem à noite. Gostariam de falar com você por alguns minutos.

Para Josie, eles não pareciam policiais. Não usavam uniformes. A mulher usava calças pretas e uma jaqueta combinando.

Josie olhou para a avó, que aprovou com a cabeça.

— Tudo bem — respondeu a menina, mudando o apoio de peso na cama do hospital.

A Dra. Lopez saiu do quarto, e a agente Santos puxou uma cadeira e se acomodou ao lado da cama, tão perto que Josie sentiu o cheiro do óleo usado para limpar a arma. O xerife Butler e o outro agente ficaram recostados na parede, para observar. Caroline permaneceu onde estava, ao lado da neta.

— Sei que você passou por muita coisa, Josie — falou a agente Santos gentilmente. — Não estaríamos aqui se não fosse importante. Só tenho algumas perguntas para você, está bem?

Josie fez que sim com a cabeça.

— Me conta sobre o seu irmão, Josie — pediu.

— Ethan? — perguntou surpresa. — Sabe onde ele está?

— Infelizmente, não — falou a agente Santos, enfiando atrás da orelha um fio de cabelo rebelde. — Mas é aí que precisamos da sua ajuda.

— Da minha ajuda? Eu não sei onde ele está. Talvez tenha ficado assustado e se escondido, igual eu fiz. Minha avó comentou que tem pessoas procurando no milharal.

O Hóspede Noturno **203**

— Sim, sim, é verdade — respondeu a agente Santos. — Tem pessoas à procura, mas queremos garantir que não nos escape nenhum lugar onde o Ethan possa estar. Quais os lugares favoritos que ele frequentava?

— Eu não sei. — Josie deu de ombros. — Ele passa muito tempo no quarto.

— Nenhum outro lugar? — perguntou o agente Randolph da posição que ocupava junto à porta. — A casa de algum amigo? Uma namorada, talvez?

— O Ethan não tem namorada — respondeu Josie de imediato, ignorando Kara Turner. Aquilo não tinha acabado bem.

— Já sabemos sobre a Kara — afirmou Santos, e Josie ruborizou ao ser pega em uma mentira. — Onde o Ethan passa o tempo?

— Ele gosta de ir pescar no lago do vovô e no riacho. É o que ele faz na maioria dos dias.

A agente Santos anotou a informação num bloquinho que ela tirou do bolso.

— Algum amigo com quem ele anda junto?

— Cutter. Ele sai com o Cutter às vezes.

— O Ethan e o Brock são bons amigos?

— Mais ou menos. Minha mãe e meu pai não gostam que o Ethan saia com o Brock. Ele é meio rebelde.

— Rebelde de que maneira? — indagou a agente Santos.

Josie ergueu os ombros.

— Ele falta à aula e bebe muito, eu acho — explicou. — Ele é meio assustador.

— Assustador como? — A agente quis saber.

Josie mastigou a unha do polegar. A maneira como Cutter olhou para Becky, a maneira como ele tocou nela. Era difícil colocar em palavras.

— Ele ficava tocando na Becky, tentando chegar perto dela. Ela não gostava.

— Ela te disse isso?

— Isso, não. Mas dá para afirmar.

— Ouvi dizer que a Becky tinha uma queda pelo Ethan.

— Não — disse Josie automaticamente. — Acho que não. Ela nunca me disse nada.

— Você está indo muito bem, Josie — falou Santos. — Apenas mais algumas perguntas por ora. Consegue pensar em alguém que estivesse com raiva dos seus pais? Que quisesse machucá-los?

O primeiro pensamento de Josie foi negar. Todos gostavam da mãe e do pai. Ela nunca tinha ouvido a mãe bater boca com ninguém, e o pai fazia as pessoas sorrirem com seu jeito brincalhão. O olhar direto da agente Santos a fez se contorcer na cama do hospital.

Na verdade, Josie só conseguia pensar em uma pessoa que estava tão zangada, tão enfurecida com os pais, mas não dava para pronunciar o nome de Ethan em voz alta.

— Meu pai não gostava do pai do Brock Cutter — respondeu Josie abruptamente.

— Por causa da encrenca em que o Brock e o Ethan se meteram? — perguntou Santos.

Josie fez que sim com a cabeça.

— Eles simplesmente não se gostavam. — Ela não sabia bem como explicar. Josie queria a mãe. A mãe saberia o que fazer, ajudaria Josie a encontrar as palavras certas.

Sentindo a angústia da neta, a avó se intrometeu na conversa.

— Randy Cutter estava bem zangado com a minha filha e o marido por causa de uma porção de terra. A coisa ficou feia na época. William comprou um terreno cultivável que o Randy achava que devia ter ido para ele. A situação desandou, envolveram advogados. Quando vários de seus animais foram encontrados mortos, William teve certeza que Randy Cutter tinha algo a ver com isso. Mas nunca conseguiu provar. Nos últimos anos, as coisas pareciam ter se acalmado, mas nada mais foi o mesmo entre eles desde então.

— E tudo por causa de terra? — perguntou Santos.

— Não temos muitos homicídios por aqui — explanou o xerife Butler —, mas, quando temos, geralmente são motivados por uma das duas coisas: infidelidade ou disputa por terras.

Isso era interessante, pensou Santos. O nome de Cutter vinha sempre à tona.

— Esta manhã encontramos a arma do seu irmão no milharal, Josie — falou Santos em tom de voz baixo e sério. — Não muito longe de onde você disse que ficou escondida. — Josie olhou para o braço enfaixado. — Imagina por que a espingarda dele estaria lá? — A menina deu de ombros. — Josie, eu sei que é duro. Mas há alguma chance de o seu irmão ter machucado os seus pais e perseguido você no campo?

— Não! — exclamou Josie, os olhos cheios de lágrimas. — Ele não faria isso, ele não faria.

— Nós temos testes para mostrar se uma arma foi disparada recentemente. O que acha que esse teste vai nos dizer sobre a arma do Ethan?

— Ele não tinha intenção! — gritou Josie. — Ele não estava mirando na gente. Ele atirou para o alto.

A agente Santos e o agente Randolph se entreolharam.

— Ontem você viu o seu irmão atirar com a arma? — perguntou Randolph.

— Sim, mas ele não estava atirando em ninguém — insistiu Josie. — Meu braço dói — disse ela, olhando para a avó em busca de socorro.

— Chega por enquanto — disse Caroline com firmeza. — O médico falou que ela podia ir para casa.

— Conversamos mais depois — avisou a agente Santos. — Descanse um pouco, Josie.

Santos e Randolph saíram para o corredor e encontram o xerife Butler à espera.

— Dois pais mortos, uma menina com ferimento à espingarda e o menino desaparecido junto com a sua caminhonete e uma menina de 13 anos — resumiu Santos. — Não parece nada bom para o Ethan Doyle.

Xerife Butler meneou a cabeça.

— Conheço essa família há muito tempo e sei como é, mas estou penando muito para acreditar que foi o Ethan que fez isso.

— Com quantos assassinatos você disse que lida em um ano? — perguntou o agente Randolph. Não havia rancor na voz, mas Butler sabia quando estava sendo diminuído.

Com a menor taxa de homicídios do estado de Iowa, seu condado tinha pouca experiência em se tratando de crimes da natureza do da noite passada, mas seu departamento trabalhava duro e exercia as suas funções.

— Não muitos, mas eu conheço as pessoas neste condado e não tacho o Ethan Doyle de assassino — respondeu Butler. Esfregou os olhos enquanto se dirigiam para a saída do hospital. O agente Randolph foi buscar o carro enquanto Santos desacelerava o passo.

— Você está bem? — perguntou Santos enquanto se punham sob o sol ofuscante.

— Sim — respondeu Butler. — Não é que não vemos coisas hediondas por aqui, mas quando crianças estão envolvidas... — Ele parou subitamente.

— Eu compreendo. Se o Ethan Doyle fez isso... esta comunidade nunca mais será a mesma.

O rádio no coldre de Butler chamou. Ele segurou o microfone.

— Butler aqui. Pode falar.

Ouviu-se uma voz abafada, mas a mensagem era clara:

— Xerife, acabei de receber um relatório da casa Allen. Margo disse ter recebido um telefonema de uma pessoa que afirma estar com a filha dela.

Butler olhou para Santos.

— Vamos mandar alguém para lá imediatamente, para ver se é possível rastrear o número caso liguem de novo — avisou ela. — Faça o mesmo com os avós da Josie.

Butler transmitiu a mensagem de reforços enquanto Santos pedia mais ajuda técnica.

— Pode ser um trote — disse Butler enquanto Randolph parava o carro.

— Sim, mas não podemos arriscar — falou Santos. — Se não é o assassino, pegamos ao menos o babaca doentio que está brincando com a família.

Butler verificou o relógio no pulso.

— Ethan e Becky já estão desaparecidos por dezoito horas.

— Vamos encontrar os dois — afirmou Santos. — Só espero que estejam vivos.

— O que vem agora?

— Continuamos as buscas, os interrogatórios, desvendamos todas as pistas que chegam. E, amanhã, incluímos os cães.

A viagem de Josie do hospital para a casa dos avós foi feita em silêncio. O braço doía, e ela sentia um embrulho no estômago. Imagens dos corpos da mãe e do pai apareciam feito clarão atrás dos olhos. Vinham-lhe em instantâneos; breves, mas vívidos. Em Technicolor. Josie implorou à avó que parasse o carro, e Caroline encostou na beira da estrada.

Josie abriu a porta do veículo, atravessou com cautela o cascalho até o limite da vala e ficou embalando o braço ferido. Respirou fundo até que a náusea passou. A cenoura-brava balançava seus botões brancos, e Josie arrancou uma do caule piloso, esfregou-a entre os dedos e pressionou no nariz as florzinhas esmagadas. Cheiravam como as cenouras que cresciam no jardim da mãe.

Josie voltou ao carro, e a avó vasculhou a bolsa até encontrar um docinho de hortelã-pimenta embrulhado. Ela o entregou à neta e procurou outro.

— É bom para estômago indisposto — falou.

Juntas desembrulharam os doces vermelhos e brancos, deslizando-os por entre os lábios. O desdobrar do celofane e o chupar de doce preencheram o silêncio do carro. Passados alguns minutos, Caroline voltou para a estrada. Ela estava certa; o doce havia ajudado, mas apenas um pouco.

Quando chegaram em casa, era quase 20h00, e o sol se derretia no horizonte. Pôr do sol sorvete de laranja, como chamava a mãe de Josie. A uns dois quilômetros estrada abaixo, via-se a própria casa, tão próxima; mas sabia que nunca mais seria o seu lar novamente.

A noite caiu rapidamente, e a casa mergulhou na escuridão. Caroline contornou o carro até o lado do passageiro, abriu a porta e estendeu a mão. Josie aceitou-a com gratidão. Juntas atravessaram a porta dos fundos e entraram no vestíbulo. Os sapatos e as botas de Matthew estavam organizados em fila sobre um tapete de borracha, e ganchos de latão presos na parede seguravam sua jaqueta de trabalho e um cardigã folgado que Caroline usava nas noites frias de verão.

Uma onda de desespero se instalou nela, que começou a chorar. Soluços imensos que vinham lá do fundo, de um lugar inominável. Assustada, Caroline puxou Josie para o colo, embora ela já fosse muito grande. A menina pressionou o rosto contra o ombro dela e chorou. Ficaram sentadas ali, por muito tempo, a avó balançando a neta no colo, vaivém, como fazia quando Lynne era uma garotinha.

Quando Josie parou de chorar, Caroline a ajudou a subir penosamente as escadas.

— Você vai dormir aqui — disse, abrindo a porta. Era um quarto aconchegante, pintura recente cor de sálvia, suave, e havia uma cama de solteiro e uma mesa sobre a qual se via sua máquina de costura.

Cortinas brancas e leves emolduravam a janela, e Caroline foi descer a persiana de plástico, mas não antes de Josie avistar um carro estranho estacionado diante da casa.

— Quem é aquele? — perguntou ela.

— Apenas um delegado. Vai vigiar a casa esta noite — respondeu Caroline sem nem pensar quando começou a se atarantar com as roupas de cama. — Por precaução, querida. Às vezes fazem isso.

— Mas por quê? Temem que o bandido volte? Por que ele viria até aqui? — perguntou Josie, puxando a cortina de lado para olhar de novo.

Como não houve resposta, ela se virou da janela. Quando viu o olhar no rosto da avó, Josie entendeu. O delegado estava lá por causa dela. A preocupação era que o assassino dos pais fosse atrás dela.

— Não se preocupe. Você está segura aqui — asseverou Caroline.

Josie entrou na cama. Os lençóis cheiravam a alvejante e estavam frios ao toque. A sensação era boa sobre os pés doloridos.

A mente de Josie vagou, então, para lugares escuros e solitários. Os pais estavam mortos. O que podiam estar pensando? Será que estavam felizes por ela estar segura na casa dos avós ou achavam que ela devia ter se esforçado mais para salvá-los? Será que achavam que ela devia estar com Ethan e Becky, fosse lá onde estivessem?

Ocorreu-lhe, então. Daqui em diante, pelo resto da vida, estariam lá em cima, olhando por ela. Conheciam cada movimento da filha, cada pensamento. Eles sabiam o que ela estava pensando naquele exato instante: que se sentia grata por haver o delegado de vigia lá fora, no escuro; que uma pequena voz na cabeça de Josie continuava a sussurrar: *foi o Ethan*; que ela achava que o próprio irmão tinha assassinado os pais e provavelmente Becky por causa de uma besteira de castigo; que Josie também estaria morta, não tivesse sido mais rápida que Becky e chegado ao campo.

Ela abriu os olhos. Sombras negras dançavam pelo teto, e ela ouviu os estranhos chiados e rangidos da casa se preparando para dormir enquanto esperava o sono chegar. Ele não veio. Josie ouviu a chiadeira da porta quando os avós espiaram de fora. E, mais tarde, pensou ter ouvido o choro de alguém, mas podia ser o vento quente que uivava nos campos.

Depois de um tempo, Josie deslizou da cama e espiou pela janela. O delegado ainda estava lá. Mas havia outra coisa. Fitou atentamente o escuro. O que era? Um lampejo de luz? Um deslocamento das sombras?

Estava no escuro, pensou Josie, onde aconteciam coisas ruins.

Acendeu o pequeno abajur ao lado da cama e se arrastou de novo para baixo das cobertas. O sono veio, então, inquieto e repleto de pesadelos.

Trinta e um

Agosto de 2000

A agente Santos bateu na porta do quarto de Randolph pouco antes do alvorecer de sábado, dia 14 de agosto. Ela e o agente Randolph estavam hospedados no Burden Inn, uma cadeia de hotéis baratos de beira de estrada tão sinistra quanto seu nome. Era limpo, pelo menos.

Vestido de terno e gravata, pronto para o dia, ele atendeu a porta.

Santos entrou no quarto e foi recebida pelo ar quente e velho. Era como um forno.

— Caramba! — exclamou. — O ar-condicionado deu pau?

— Deu — respondeu Randolph, mas ele nem suava.

— Recebi uma mensagem pedindo para ligar para a legista no laboratório estadual. Espero que ela já tenha alguns resultados. — Santos sentou-se a uma mesinha e pegou o telefone enquanto Randolph tentava um macete para fazer o ar funcionar. — Sim, é a Camila Santos. Dra. Foster, por favor. Estou retornando a ligação dela.

O ar-condicionado tremeu e sacudiu, mas, seja lá o que fez, Randolph o colocou para funcionar. Santos sentiu o ar gelado na testa e se endireitou ao ouvir uma voz do outro lado da linha. O colega observava enquanto ela fazia umas anotações.

— Você tem certeza? — perguntou a agente, pousando a caneta. — Por que alguém faria isso? — À resposta, ela deu uma risadinha. — Não, acho que é por isso que eles pagam os salários altos para *você*. Obrigada por nos informar... Vamos adicionar à lista de coisas que não fazem nenhum sentido neste caso. — Santos desligou o telefone e olhou para Randolph, que a observava com expectativa. — Os Doyles foram baleados com mais de uma arma — falou ela, levantando-se.

— Encontramos dois tipos de cartucho na cena do crime, então isso não é uma surpresa — comentou o colega. — Logo, temos dois atiradores e duas armas.

— Ou um atirador, duas armas. O mais interessante é onde os Doyles foram baleados. William levou um tiro na garganta com uma nove milímetros e outro no mesmo lugar com uma espingarda. Foi igual com a Lynne Doyle, só que no peito.

— Talvez para dissimular o tipo de arma de fogo usada — refletiu Randolph. — Sabemos que o Ethan Doyle tinha acesso a uma espingarda. Será que também tinha uma pistola? Mas deveriam saber que, no fim, descobriríamos os tipos de arma usados. Parece muito calculista para um jovem de 16 anos.

— Concordo, mas é possível. Se for um crime à la Bonnie e Clyde, talvez o Ethan e a Becky tenham ambos atirado nos Doyles. Meio que um pacto... meio que faço-se-você-fizer.

— Talvez. Mas, se não for esse o caso, por quê?

Santos pensou por um minuto antes de responder:

— Se eu matasse alguém com a minha nove milímetros, talvez me beneficiasse se pensassem que foi uma espingarda. Faz um buraco maior, causa mais danos. Eu ganharia mais tempo, pelo menos.

— Espingarda ganha de nove milímetros — comentou Randolph, dirigindo-se para a porta.

— Toda santa vez.

A morte não punha fim aos trabalhos no campo. Matthew Ellis precisava cuidar dos animais na fazenda da filha e do genro. Embora Caroline e ele hesitassem em permitir que Josie fosse junto, ela implorou. Não queria nem chegar perto da casa, mas queria visitar as cabras e ver se Roscoe tinha dado as caras.

Era cedo, e o sol apenas nascia, mas o calor era tão implacável quanto o do dia anterior. A previsão era de que as temperaturas chegassem a quarenta graus.

Fizeram a curta viagem até a casa sem avistar nenhum outro veículo. Ainda não havia chegado nenhum voluntário das buscas, e via-se apenas um delegado no topo da trilha.

Quando Matthew desacelerou a caminhonete para embicar na entrada, o delegado fez sinal para impedi-lo de seguir.

— Ei! Você não pode entrar aqui.

No banco do passageiro, Caroline endireitou a coluna.

— Esta é a casa da minha filha — disse pelo vidro aberto. — Quero falar com quem está no comando.

— Sim, é claro — desculpou-se o oficial. — Minhas condolências. Prossigam. Podem entrar direto. Outro delegado vai recebê-los lá.

Matthew estacionou na frente da casa, e eles saíram da caminhonete. Josie ergueu os olhos para o sobrado. Lares deviam ser refúgios seguros, destinados a proteger. Eram para ser um abrigo contra os elementos naturais, uma fortaleza contra o mal, e a casa de Josie a traíra da pior maneira possível.

— Vamos cuidar dos animais — avisou Matthew. — Certeza que quer entrar na casa? — perguntou ele à Caroline.

— Eu vou ficar bem — respondeu ela com espírito estoico. — Só vou pegar uns pertences da Josie.

Matthew e a neta observaram Caroline e o delegado entrarem na casa.

Josie imaginou a avó tendo que andar pela casa, subir as escadas, passar pelo cômodo onde a filha havia morrido, depois ter que atravessar o tapete ensanguentado do quarto dela. Não sabia como iria suportar, sabendo de tudo o que havia acontecido com eles. Prometeu a si mesma nunca, jamais, pisar naquela casa.

De trás veio o som de passos. Viraram-se, e Margo Allen vinha na direção deles.

Matthew ficou surpreso. Depois do que acontecera ontem, ele não esperava que Margo voltasse lá, mas entendia. Era aqui que haviam visto a filha dela pela última vez. Quando deixou Becky, ela estava feliz, saudável, segura. E agora se fora.

Ele estendeu a mão, mas ela não retribuiu o gesto.

Apesar do calor, Margo usava um moletom e jeans folgados. Trazia os olhos inchados e a pele manchada do choro. Josie se perguntou se ela mesma estava assim também. Como se uma palavra errada, ou um olhar enviesado, fosse capaz de estilhaçá-la em um milhão de pedacinhos.

— Eu só queria falar com a Josie por um minuto — disse Margo, os lábios trêmulos. — Tudo bem? Se falarmos um minuto?

— Eu não sei. — Matthew hesitou, procurando alguém que lhe dissesse o que fazer.

— Eu só quero saber o que aconteceu. A polícia não me conta nada. — Virou-se para Josie e pegou a mão da menina, que tentou soltar, mas Margo segurou firme. — Só quero saber como você conseguiu fugir, e a Becky, não.

Josie olhou para o avô.

— Olha, Sra. Allen... — começou ele.

Margo concentrou a atenção em Josie.

— Não, não, tudo bem. Fico feliz por você estar a salvo. Tinha saído para o quintal na hora, *né*? Disseram que você não estava lá dentro, mas e a Becky? Ela estava na casa? — Margo subiu o tom de voz. — Você largou ela lá dentro com ele ou ela escapou também? Não sei por que não me contam nada. Mas você vai contar, não vai? Você vai me contar o que aconteceu.

— Sinto muito pela Becky — falou Matthew. — Todos estão fazendo de tudo para encontrar ela.

— Nem todos — emendou uma Margo estridente. — Eu, não. Disseram que eu não devo. Disseram que é melhor que eu fique em casa e espere. Mas não dá. Preciso saber o que aconteceu.

Desesperado, Matthew olhou em volta, à procura de alguém que o ajudasse a confortar a pobre mulher, mas não havia ninguém.

— Acham que a Becky talvez tivesse uma queda pelo Ethan — comentou Margo, apertando a mão de Josie com ainda mais força. — Acha que ele pode ter levado ela?

— Não! — exclamou Josie. — Ele não faria isso — retrucou, tentando livrar a mão.

— Ela tem apenas 13 anos — disse Margo em tom lamentoso. — Por que ele se interessaria por uma menina de 13 anos? Ela é só uma criança. — Seu rosto estava pálido e desesperado de sofrimento.

— Ei, espera aí — disse Matthew em tom brusco. — O Ethan não fez nada. Ele também está desaparecido. Solta ela — pediu, tirando os dedos de Margo dos da neta.

A mulher finalmente soltou, deixando marcas de meia-lua na pele de Josie.

— Só quero saber cadê a minha filha! — gritou, as lágrimas escorrendo pelo rosto. — Ficam ligando *pra* gente! Sabia disso? Alguém liga dizendo que é o Ethan e que ele está com a Becky. Sabe o que é passar por isso? Sabe?

— Meu neto nunca faria isso — asseverou Matthew, a voz embargada de emoção. — É outra pessoa. Agora, preciso pedir que a senhora vá. Sinto muito, mas não devia estar aqui.

As vozes elevadas ressoaram longe, e o delegado e Caroline saíram correndo da casa.

— Senhora — falou o delegado —, venha cá, vamos conversar.

— Quero saber cadê a minha filha — implorou Margo. — Por favor. — Os olhos buscaram os de Josie. — Por favor, eles não nos dizem nada. Por favor, Josie, você é a melhor amiga da Becky. Não quer ajudar ela?

A menina não conseguiu responder. Sua avó armou os braços como se tentasse ser uma barreira entre Josie e Margo. O delegado tentou gentilmente levar a mulher embora.

Ela contornou Caroline e agarrou o pulso do braço ferido de Josie. A menina gritou de dor.

— Seu irmão fez isso, não foi? — perguntou de novo por entre dentes cerrados. — Por quê? Por que ele levaria a minha filhinha?

O delegado entrou no meio das duas e arrancou os dedos de Margo do pulso de Josie.

— Pare. Você está machucando ela — disse em um tom de voz baixo e firme.

— Eu só quero falar com a Josie por um minuto. Por favor. Preciso que ela me diga o que aconteceu.

O delegado postado no topo da trilha veio a passos firmes.

— Senhora, não pode permanecer aqui. — Ele se pôs entre Margo e Josie enquanto o outro oficial tratava logo de levar a menina para longe, que só foi se dar por si quando já estava sentada no banco de trás da viatura policial estacionada junto à tenda.

— Você vai ficar bem aqui — assegurou o delegado, ligando o carro e o ar-condicionado para o ar morno soprar das aberturas. — Ela não quer causar problemas, só quer encontrar a filha.

Josie sabia que era verdade. Também queria encontrar a Becky e o irmão, apesar das suspeitas que continuavam a vicejar seus pensamentos.

Observou os delegados conversarem com Margo e a avó, as vozes se exaltando, ainda mais frustradas.

Finalmente, Margo jogou a mão para o alto e correu na direção do carro.

— Josie, cadê a Becky?! — gritou enquanto tentava, sem sucesso, abrir a porta do veículo. Pressionou as mãos no vidro. — Abra a porta! Onde. Está. A. Minha. Filha?! — Ela esmurrava a janela a cada palavra, e o vidro estremeceu sob a força do seu punho.

Josie deslizou para o chão e cobriu a cabeça com os braços.

— Senhora, se afaste do carro — mandou o delegado.

Houve silêncio por um momento, depois veio um grito agudo e ferido que fez correr o pavor pela espinha de Josie.

Eu quero morrer, pensou quando os gritos de Margo Allen se enfraqueceram. Contudo, se ela não pudesse morrer, era aqui o seu lugar, no chão do carro de um delegado, o rosto pressionado no tapete, sujo da poeira de ébrios, bandidos e pessoas maldosas.

Levi Robbins bateu com impaciência no volante. Estava agitado. Não se livrava da sensação de que Brock Cutter sabia muito mais do que havia revelado.

Cada vez mais parecia que Ethan Doyle matara os pais e levara Becky consigo. Ou talvez a tenha matado também, largado o corpo e fugido. As evidências contra ele aumentavam: a tensão com a própria família, o suposto assédio à ex-namorada, a espingarda encontrada no campo. E agora ele tomou conhecimento de que a família Allen recebia telefonemas de alguém que afirmava ser Ethan Doyle.

E, à medida que cresciam as evidências contra Ethan, também crescia a sua suspeita em relação a Cutter. Ele estava com Ethan Doyle no dia dos assassinatos, perto da cena do crime logo depois e havia tentado salvar a própria pele, mentindo para a polícia.

Levi não tinha grandes esperanças de encontrá-lo em casa. Brock não estaria ansioso para falar agora que havia sido pego na mentira sobre seu paradeiro na noite dos assassinatos.

Ele estava tão cansado. Cansado de pedra, como o avô costumava dizer. Se fosse inteligente, iria para casa e dormiria umas horas, mas, a cada segundo que passava, as chances de encontrar Becky Allen viva se mostravam menos prováveis.

Em sua viagem até a casa de Cutter, passou por três bloqueios de estrada e o que parecia ser uma dupla de cães farejadores e seu condutor. A polícia estadual estava utilizando todos os recursos possíveis. A exaltação floresceu na barriga de Levi. Ele sabia que estava na pista certa com Brock.

A família Cutter vivia a cerca de um quilômetro e meio da fazenda Doyle, e o delegado estava ciente de que havia ressentimento entre as duas famílias. Ao longo dos anos, foi chamado para lidar com algumas de suas questões: um derramamento de fertilizantes, plantações danificadas, animais desaparecidos. As queixas nunca deram em nada, a não ser ressentimento. Eis uma das razões da surpresa de Levi com o fato de Brock e Ethan serem amigos, supostamente. A amizade não devia ter descido lá muito bem para os pais.

Levi desceu pela trilha da família Cutter e estacionou diante do extenso rancho de tijolos cor de ferrugem e cercado por 300 hectares de milho e de soja. Em um campo ao longe, o gado de corte pastava.

Antes mesmo de Levi sair do carro, Deb Cutter já estava à porta da frente.

— Olá! — gritou ela. — Está tudo bem?

— Está tudo bem, senhora — disse Levi, mantendo a voz leve, em tom casual. — Soube do que aconteceu na fazenda Doyle, na outra noite?

— É claro, todo mundo já ouviu falar. — Ela torcia um pano de prato nas mãos. — Ontem outro delegado esteve aqui. Eu disse que achei que tinha ouvido os tiros.

— Que horas foi isso?

— Por volta da meia-noite ou um pouco mais tarde. Não percebi o que era até ouvir a notícia. Terrível, simplesmente terrível.

— É, sim. E é por isso que estou aqui. Fui enviado para falar com os amigos do Ethan Doyle, ver se não fazem ideia de onde ele possa estar.

— Brock e Ethan não são amigos — declarou Deb em tom amargo. — Mandamos esses meninos ficarem longe um do outro. Nada de bom vinha daqueles dois quando dividiam o mesmo espaço.

— Compreendo, senhora, mas sabe como são os garotos. — Inclinou-se em tom conspiratório. — Às vezes não fazem o que sabemos ser melhor para eles, não é mesmo?

Deb esboçou um sorrisinho como se soubesse exatamente do que Levi falava.

— Quem sabe voltar mais tarde, quando o meu marido estiver em casa?

— Claro, mas a questão é... — disse o delegado, passando a mão pelo cabelo — o tempo está se esgotando. Quanto mais demorarmos, menor a probabilidade de encontrar os dois jovens. E, como mãe, se fosse a senhora no lugar, e Brock estivesse desaparecido, certamente receberia de bom grado toda e qualquer ajuda.

Deb considerou a ideia.

— Brock não está em casa, mas posso fazer com que ele ligue para o senhor quando o vir.

— Consegue pensar em algum lugar em que ele possa estar? Qualquer informação pode ajudar. É provável que Brock nem se dê conta de que sabe algo. — Levi esperou Deb Cutter refletir sobre a frase e acrescentou: — Depois de dois dias, é provável que não encontremos o Ethan e a Becky com vida.

Deb meneou a cabeça ante a tragédia de tudo. Não dava para imaginar perder o filho. Brock era desvairado, mas sempre voltava para casa. E se um dia não voltasse? Ela ficaria com o coração na mão. Apavorada.

— Tenta a velha fazenda Richter. O Randy está instalando um confinamento para suínos lá e o Brock tem ajudado.

— Obrigado, Sra. Cutter. Se lembrar de mais alguma coisa, não hesite em ligar.

— É claro. Farei de tudo para ajudar.

Levi entrou no carro e ligou o ar no máximo. A fazenda Richter se situava a apenas alguns quilômetros, mas ele sentiu que estava se lançando em uma perseguição desesperada. Conversaria com o Cutter, mesmo que precisasse caçá-lo por todo o Condado de Blake.

A antiga propriedade Richter era exatamente o que se esperava. Desolada e em ruínas. A casa estava desmoronando, e tudo o que restava das dependências eram pilhas de tábuas de celeiro. O cheiro era ainda pior. Uma combinação de matéria fecal decomposta e urina, resultando em um fedor pesado que fez os olhos de Levi lacrimejarem.

Ele saiu do carro e examinou a paisagem. Nenhum veículo estacionado nas proximidades, e, exceto pelas fungadas e pelos grunhidos dos porcos confinados, o local parecia deserto.

Contornou a casa. A tinta cinza desbotava, branqueada pelo sol e maltratada pela exposição ao tempo. Era inabitável, as janelas e as portas cobertas com tapume, os interiores expostos até a fundação. Levi se lembrou de ter ouvido algo sobre um leilão agrícola após a morte de Leland

Richter, o homem de 86 anos de idade que havia insistido em ficar na casa até a morte, poucos meses atrás. Randy Cutter deve ter feito a oferta vencedora, embora a impressão fosse de que não arrematara lá grande coisa.

Um rápido movimento chamou sua atenção, e Levi olhou para o longo edifício metálico que confinava os suínos. Algo ou alguém virou a quina e fugiu de vista.

Céus, agora ele precisava ir lá verificar. Porcos lhe davam arrepios. Quando queriam, podiam ser uns filhos da puta pestilentos com seus olhinhos negros e focinhos achatados a fungar. Comiam quase tudo o que se colocava na frente, incluindo carne.

Levi caminhou em direção ao confinamento e, ao virar a quina, viu Brock Cutter sentado na caçamba da caminhonete, dando uma golada da garrafa que trazia dentro de um saco de papel marrom.

— Ei, Brock! — gritou Levi. — Eu estava procurando você.

Surpreendido, Cutter se atrapalhou com a garrafa, que caiu no chão, o solo seco logo sugando o líquido.

— Jesus, você me assustou — disse, descendo de trás da caminhonete.

— Te assustei, *hein*? — provocou Levi enquanto se aproximava. — Vou te falar quem deve estar muitíssimo assustada neste momento: Becky Allen.

— Eu não sei nada sobre isso — declarou o menino, chutando um torrão de terra.

— Tem certeza disso, Brock? — indagou o delegado, aproximando-se passo a passo, forçando Cutter a recuar. — Sua caminhonete não tinha uma capa na última vez que eu vi? Quando foi mesmo? Ah, sim, na noite do assassinato de William e Lynne Doyle e do desaparecimento de Ethan Doyle e Becky Allen.

— Eu não estava lá. Não sei o que aconteceu — afirmou Cutter, empinando o queixo em gesto desafiador.

— Mas você estava por perto — falou Levi, cutucando um dedo no peito dele. — Te encostei, lembra? Você estava dirigindo feito maluco e suava que nem um porco quando te parei. — Ele riu da própria piada. — Você falou uma bobagem sobre estar no cinema com o seu primo. E tinha uma capa sobre a carroceria da caminhonete. Por que a tirou?

— Só tirei. E não é da sua conta. Faço o que eu quiser. A caminhonete é minha.

— Parece bem limpinha — disse Levi, olhando a caminhonete de cima a baixo. — Pelo visto foi esfregada recentemente. Por que faria isso, Brock? Tentando se livrar de algumas evidências, quem sabe?

— Não! — protestou Cutter. — Eu cuido da limpeza da minha caminhonete. Gosto dela limpa.

— E a capa?

— Meu pai quer que eu transporte algumas dessas tábuas de celeiro. — Gesticulou para uma pilha de madeira. — Tem gente que paga uma grana por porcarias assim. Precisei tirar a capa para carregar a caminhonete.

— O que você acha que a gente encontraria se trouxesse uma equipe forense aqui para umas análises?

— Nada! Vocês não encontrarão nada — garantiu Cutter, o rosto vermelho de calor e de indignação. Ele tentou passar por Levi, que se deslocou de lado a fim de acompanhá-lo.

— Você provavelmente está certo. — O delegado soltou um suspiro. — Se eu quisesse me livrar das provas, é bem provável que eu as jogasse aos porcos. — Pousou a mão no ombro do menino e bateu no edifício de confinamento. Assustados com o som, os porcos grunhiram e se empurraram uns aos outros. — Vamos dar uma olhada.

Ele agarrou Cutter pelo cotovelo, forçando-o a andar até as portas do curral.

— Ei, ei! Você não pode fazer isso... me larga.

— Tentei ser legal com você, Brock. Estava em alta velocidade, provavelmente bêbado ou chapado, mas eu te dei o benefício da dúvida na outra noite porque cresci com o seu primo, que por acaso é gente boa. Você, por outro lado, é um merdinha. Então, na próxima vez que te vejo, você mente para mim e diz que não viu o Ethan, nem a Josie, nem a Becky no dia dos assassinatos. Acabo descobrindo que você não só viu eles, como também chegou a apalpar uma menina de 13 anos.

— Eu nun... — começou Cutter, mas Levi o sacudiu, para que se mantivesse calado.

— Você está chamando Josie Doyle de mentirosa, Brock? — O delegado sabia que estava à beira de perder o controle, mas estava tão cansado, e o tempo, se esgotando. — Tem cães farejadores, bloqueios de estradas e centenas de pessoas procurando o Ethan Doyle e a Becky Allen. Elas não encontraram nada.

Levi apostaria o próprio distintivo que Cutter sabia de algo; provavelmente, mais do que algo. Ele provavelmente sabia muito, e nenhum deles sairia desta porcaria de chiqueiro esquecido por Deus até que o delegado soubesse o que era.

Levi abriu a porta do curral dos porcos e empurrou o menino para dentro. O cheiro era insuportável, e ele teve que engolir de volta a vontade de vomitar.

— Os porcos comem tudo o que se coloca na frente deles, mas aposto que você já sabe disso, *né*?

— Me solta, cara, você é louco. — Cutter tentou se desvencilhar, mas Levi segurou firme.

— Agora, Brock, se você tem alguma informação sobre o que aconteceu com os Doyles e onde estão o Ethan e a Becky Allen, você precisa me dizer.

— Vá se foder!

Em um movimento rápido, Levi passou uma rasteira nele, derrubando-o no chão, os dedos aterrissando a poucos centímetros dos porcos que fuçavam as beiras do curral.

Cutter tentou recolher a mão, mas Levi sentou o calcanhar do sapato em seu pulso, fixando-o no lugar, e observou os focinhos carnudos e encouraçados dos porcos fungarem junto aos dedos dele, os caninos afiados roçando as juntas.

— Está bem, está bem! — gritou Cutter. — O Ethan tinha uma queda pela Becky. Ficou dando em cima dela aquele dia.

Levi tirou o pé do pulso dele, puxando o rapaz pela gola da camisa.

— Você não pode fazer uma merda dessas! — exclamou Cutter, os olhos arregalados. — Você não devia fazer isso!

— O que mais? — perguntou o delegado, ignorando os protestos.

— Ethan odiava os pais. Odiava eles. Falava que queria é que eles estivessem mortos — declarou Cutter, passando o braço pelo nariz, que pingava.

— Então o Ethan falava que queria os pais mortos? Ele te disse isso?

Cutter fez que sim com a cabeça.

— Ele não aguentava ficar naquela casa. Mal esperava para se livrar deles. Ele me contou.

— É melhor você não estar mentindo para mim, Brock — ameaçou Levi enquanto o puxava para fora do prédio.

— Não estou, não. Juro.

— Quando foi a última vez que você viu o Ethan, a Josie e a Becky?

— Não sei, depois do jantar. Por volta das 18h00 mais ou menos. Fomos atirar.

— Atirar? — perguntou Levi. Era a primeira vez que ouvia algo sobre isso.

— Sim, mas só em alvos. Não foi nada. Demos umas rodadas de tiro, e eu fui *pra* casa.

— Mas você dirigia depois da meia-noite. Por quê?

— Não sei. Eu estava apenas entediado. — Levi agarrou-o pela nuca e começou a arrastá-lo de volta para o curral. — Está bem, está bem — falou Cutter, contorcendo-se para se livrar. — Depois que o pai do Ethan fez ele voltar a pé *pra* casa por não entregar a espingarda, eu me encontrei com ele. Demos uma volta de carro e fomos até Burden, porque o Ethan queria falar com aquela ex dele.

— Kara Turner? — indagou Levi, para confirmar.

— Isso. Paramos para ver a Kara, e o pai dela ficou uma fera. Então fizemos hora dando um giro de carro, atiramos mais uns cartuchos, daí eu deixei ele na entrada da fazenda e vazei.

— Que hora foi isso? — perguntou Levi enquanto penetravam na sombra de uma macieira-brava retorcida. As maçãs caídas se partiam sob seus pés, emitindo um odor que mais parecia de repolho podre do que de maçã.

Cutter mordeu o lábio.

— Sei lá, umas 23h00, acho. Não tenho certeza.

— Te parei por volta da 1h00 da madrugada. O que fez nas duas horas seguintes?

Os ombros de Cutter cederam. Ele sabia que fora pego. Levi cruzou os braços e esperou.

— Eu ainda não estava pronto para ir *pra* casa, então dirigi mais um pouco e depois estacionei. — Cutter ergueu a mão, arrancou uma maçã do ramo acima dele e cingiu-a nos dedos. — Fumei um pouco. Ouvi música.

Levi não questionou o que ele fumava.

— Onde você estacionou? — perguntou, surrupiando a maçã dos dedos de Cutter.

— Eu não sei, alguma estrada de cascalho. Posso ir agora?

— Não. — A resposta foi curta e grossa. — Você pode me dizer o que viu enquanto estava sentado naquela estrada de cascalho. O que você viu que te fez rasgar a estrada a mais de 140 quilômetros por hora.

— Eu não vi nada, juro.

— Levi o encarou, sério.

— Eu ouvi os tiros, está bem?! — declarou Cutter, a voz cheia de emoção. — Um monte de tiro. E eu pensei, *ele atirou, ele atirou mesmo.* Então fiquei sentado lá, por muito tempo, tentando me convencer que eu estava errado, mas depois ouvi mais tiros, fiquei assustado e me mandei. Dirigi mais um pouco, completamente apavorado, e então você me parou.

— *Okay,* muito bom — disse Levi, dando-lhe tapinhas no ombro. — Agora vem cá, você não se sente melhor me contando a verdade?

Não parecia que ele se sentia melhor, mas fez que sim com a cabeça.

— E agora? — perguntou. — Posso ir agora?

— Sinto muito. — Levi jogou a maçã no chão. — Agora você pode me contar toda a história de novo. Desde o início.

Josie ouviu o clique da porta se abrindo e, espiando de seu lugar no piso do carro, viu um delegado e o avô.

— Agora já pode sair. Ela foi embora.

Não queria sair. O mundo lá fora era muito duro, muito doloroso. Ela virou a cabeça para longe.

— Vamos lá, Xô — falou Matthew, com ar cansado. — Você é grande demais para eu te carregar. Levanta daí e anda.

Josie sempre pensou no avô como uma pessoa de idade, mas, naquele momento, o homem diante dela parecia muitíssimo velho. A pele repuxada no crânio, as veias roxas mapeando a testa. Os olhos vermelhos e uma olheira com vincos profundos.

Ela saiu do carro e olhou em volta, em busca de qualquer sinal dos pais de Becky.

— O xerife levou ela embora — explicou Matthew.

O HÓSPEDE NOTURNO **227**

Os olhos de Josie se arregalaram.

— Levaram ela para a cadeia? — perguntou, incrédula.

— Não, não. — Ele cingiu um braço na neta, atravessando a tenda, rumo à casa. — Levaram para um lugar tranquilo onde poderiam conversar. Ela está muito triste, Xô. A menina deles está desaparecida. Não seja muito dura com ela.

— Mas eles acham que o Ethan matou a mamãe e o papai e levou a Becky! — gritou Josie, incapaz de conter as lágrimas.

— As pessoas não pensam direito quando estão com medo — explicou Matthew. Josie se apoiou no corpo macilento do avô enquanto caminhavam. — E você provavelmente vai ouvir as pessoas dizerem muitas coisas ruins sobre o Ethan. Buscam alguém para culpar, e agora essa pessoa é ele. Mas quem sabe das coisas somos nós, não é? Sabemos que o Ethan não seria capaz de machucar ninguém, certo?

— Certo — respondeu Josie, fungando. Mas ela não tinha certeza se acreditava nisso. Viu o olhar no rosto de Ethan depois de ele ter atirado para o ar. Ouviu a raiva na voz dele quando discutia com o pai. — Eles vão prender o Ethan quando encontrarem ele, *né*?

— Não temos certeza de nada. Só precisamos ser pacientes até tudo se resolver. E, aconteça o que acontecer, ficaremos bem.

Josie queria acreditar no avô.

Ignorando os espasmos de dor no braço, correu pelo pátio e foi até o celeiro, ansiosa para ver as cabras. Lá dentro, ela olhou para as vigas rústicas que percorriam o comprimento do teto como as costelas de uma grande fera benevolente e inspirou o aroma da palha fresca que o avô devia ter espalhado pelos cochos das cabras, várias valas de 2,4 metros de comprimento e 90 centímetros de profundidade que transpassavam o centro da construção.

De canto de olho, Josie viu uma figura entrar no celeiro. A princípio, pensou que era o avô vindo buscá-la, mas essa pessoa era muito alta, tinha ombros largos e andava a passos firmes demais para ser Matthew Ellis. Quando se aproximou, ela viu que era Randy Cutter, o pai de Brock.

Randy não parecia saber que Josie estava sentada a poucos metros dele. Havia algo frio e calculista em sua expressão. Algo que a fez ficar escondida, invisível no próprio celeiro.

Olhou para a distância do galinheiro até a porta. Não era longe, mas, com o braço ferido, não dava para correr muito rápido. Não tinha nenhuma razão específica para temer Randy, mas sabia que os pais não gostavam dele.

Josie pensou na pergunta da agente Santos sobre se os pais tiveram algum conflito com alguém. William não era um grande fã de Randy ou do pai dele, um homem de rosto avermelhado que pouco a pouco engolia todas as terras agrícolas que saíam à venda. *Ele não vai parar até obter mil hectares*, observara.

Todavia, Randy Cutter não conseguiu botar as mãos nas terras a que William e Lynne Doyle dedicaram a alma, embora ele tivesse tentado com todas as forças.

A rivalidade, se assim era possível chamar, durou anos e afetou a vida cotidiana. Houve cercas que William Doyle tinha certeza que Cutter tinha danificado e ligações para o xerife a respeito de gado rebelde. E tinha a amizade de Ethan com o filho de Randy, Brock. Nenhuma das famílias engolia isso muito bem.

Randy se postou no centro do celeiro e se virou lentamente, fazendo um círculo, os olhos escaneando a grande extensão. *Ele não devia estar aqui*, pensou Josie. As pessoas não chegavam simplesmente entrando no celeiro de alguém. Não sem permissão. Ele continuou o giro lento até que ficou de cara com Josie. Os olhares se cruzaram por um momento, e então ele baixou os olhos como se estivesse envergonhado por ter sido pego.

— Sinto muito. Eu não queria te assustar. Estava procurando seu avô — falou Randy, tirando da cabeça o boné vermelho da agropecuária McDonough e amassando-o entre os dedos grandes.

— Josie — veio a voz rouca de Matthew —, hora de ir. — Então, vendo Randy, seu rosto mudou, os olhos se estreitando, suspeitos. — Posso ajudar o senhor?

— Não, não — respondeu o homem, apressado. — Só parei para ver se eu podia ajudar em algo. Ver se precisavam de ajuda com as tarefas e coisas assim. Lamento muito pelo que aconteceu. Cara — meneou a cabeça —, simplesmente não dá para imaginar.

Depois que Matthew o dispensou, Josie ficou por perto enquanto cumpriam as tarefas. Ele ordenhou as cabras enquanto Josie dava água e comida aos bodes. Moscas zumbiam sobre a cabeça dela enquanto colocava grãos nos cochos e depois adicionava feno fresco no topo do feno que já ia lá solto.

Josie chegou ao contentor final e começou a despejar o grão quando um odor pútrido lhe assaltou o nariz. Cobriu o rosto com a mão. As cabras tinham um cheiro forte, especialmente os machos, mas esse não vinha deles.

Era um odor característico. Animais estavam sempre morrendo na fazenda. Cabra, galinha ou um hóspede noturno, como um gambá ou guaxinim: eles morriam, e o respectivo fedor era inconfundível. Josie sabia que não podia deixar as cabras se alimentarem de cochos que continham carcaça. Ela cuidadosamente apalpou o quase um metro de feno que cobria o fundo do cocho em busca do animal, quando finalmente viu. O índigo escuro do jeans. Josie se deteve. Era uma visão tão deslocada, tão estranha, que ela levou um tempo para se dar conta do que estava vendo.

Puxou o tecido, mas ele resistiu. Ela afastou mais feno, e mais jeans apareceu. Sentiu um frio pela espinha à medida que o cheiro ficava mais forte. Sabia que devia parar e chamar o avô, mas, ainda assim, ela afastou o feno, lentamente indo ao longo do comprimento do cocho até que o azul-escuro se tornasse claro, não muito mais claro do que o feno em que se assentava.

Ainda sem saber ao certo o que via, Josie se inclinou para entender melhor. Era uma mão, a palma voltada para cima, em formato de concha, como se pronta para receber algo, uma moeda ou uma hóstia. Então Josie viu. As cicatrizes. Ele ficou com elas depois de cair numa cerca de arame farpado aos 14 anos. Rasgou a carne da palma da mão, formando um X grosseiro.

Era Ethan.

TRINTA E DOIS

Quando a neve chegou, a menina ficou na cadeira debaixo da janela e observou os flocos dançantes caírem no chão. Ela ansiava por atravessar o vidro e pegar os cristais brancos na palma da mão. Pareciam estrelas brilhantes.

Todas as luzes deviam ser apagadas ao pôr do sol, então a escuridão se instalava cedo. A menina e a mãe passavam a maior parte do tempo ouvindo os passos do pai acima e se amontoavam perto do aquecedor, para se esquentar.

O pai da menina agora sempre trazia comida para elas, incluindo guloseimas como bolinhos embalados e potinhos plásticos com pudim. Ainda assim, a mãe não confiava nele. Racionava as refeições, sempre garantindo que houvesse latas suficientes de sopa de macarrão com galinha e ravióli, potes de pasta de amendoim e latas de atum, caso ele decidisse novamente ficar longe por muito tempo.

Embora a mãe toda vez lhe oferecesse uma porção maior na hora das refeições, a menina sempre sentia um roncar no estômago, um vazio nunca completamente preenchido.

A mãe estava calada e, muitas vezes, perdida em pensamentos. A menina precisava repetir as coisas duas ou três vezes antes de ela responder. Andava de lá para cá, muitas vezes parando na base da escada para olhar a porta trancada lá em cima. Deixava a menina sozinha a ler e colorir e se divertir.

Certo dia, a mãe subiu alguns degraus, mas depois desceu rapidamente. No dia seguinte, ela subiu mais alguns. Assim foi por dias. Subiu quatro, cinco, até seis, até que ela finalmente chegou ao topo. A menina prendeu a respiração. Será que ela ia abrir a porta? O pai ficaria tão bravo. A mãe ficou lá por muito tempo, mas, no final, acabou descendo.

Uma noite, o pai veio abrindo a porta com um baque e carregando um saco plástico.

— Vai vir um pessoal aqui esta noite — avisou ele. Ninguém nunca tinha aparecido em casa, pelo menos não que a garota soubesse.

— Quem? — perguntou ela, mas o pai a silenciou com um olhar afiado.

— Você tem que ficar quietinha, e falo sério. Nem um pio — retorquiu ele. — Vão passar um tempinho aqui. — Ele enfiou a mão no saco plástico. A menina esperava uma caixa de morangos: seus preferidos. Em vez disso, ele tirou um rolo redondo de fita prateada.

Ao lado dela, a mãe se retesou.

— Para que isso? — indagou com cautela.

— É só por um tempo — explicou o pai enquanto rasgava com os dentes uns quinze centímetros de fita.

— Não — falou a mãe, sacudindo a cabeça. — Você não precisa fazer isso. Ficaremos caladas.

— Não posso arriscar — retrucou ele com ar pesaroso. — Vem, pequena.

— Não — repetiu a mãe. — Ela está quieta. Ela sempre está.

— Sabe que isso não é verdade — falou o pai, e o rosto da garota queimou de vergonha. — Vem cá, você, agora!

A garota foi na direção do pai, que colou a fita adesiva sobre os lábios dela. Imediatamente, seus pulmões se contraíram. A sala parecia se fechar ao redor.

O HÓSPEDE NOTURNO **233**

— Ela era pequena — argumentou a mãe. — Não conseguia se segurar.

Os dedos da menina foram até a boca e começaram a remover a fita. O pai deu um tapa nas mãos dela.

— Pare já — mandou.

Ela deixou cair os dedos de lado e lutou para respirar.

Em seguida, ele se virou para a mãe da menina.

— Vem cá, você, agora.

Ela se negou, balançando a cabeça, as lágrimas escorrendo-lhe pelo rosto:

— Por favor, não. Eu serei boa.

Ele a puxou para si, rasgou outro pedaço do rolo e pressionou a fita na boca dela.

Lágrimas encheram os olhos da menina, e ela viu o pai arrastando a mãe para a cama, onde a algemou na cabeceira. A mãe não resistiu. Ela sabia que, se revidasse, as coisas seriam ainda piores.

— Vá se sentar — disse ele à garota e apontou para o cano metálico que se erguia do chão de concreto e se juntava ao circuito de tubos cheios de teia de aranha no teto. A menina fez que não com a cabeça. Sabia o que estava por vir. Ele a puxou com os braços, e a garota recuou e se contorceu enquanto era arrastada até o cano. — Fique parada — rosnou ao atirá-la para o chão. Mais uma vez, ele rasgou um pedaço de fita, amarrando as mãos dela atrás das costas e o tornozelo ao cano.

Ofegante, o pai olhou o resultado de seu trabalho. Satisfeito por elas não estarem indo a lugar nenhum e porque não fariam barulho, ele subiu as escadas.

— Agora se comportem — gritou lá do alto antes de fechar a porta, trancando-a.

A menina estava de bruços no concreto frio, a boca coberta, os braços amarrados atrás das costas, um tornozelo preso ao cano. Ela não *conseguia recuperar o fôlego; não dava para ver a mãe. Lágrimas escorreram-lhe pelo rosto, e muco acumulava no nariz, dificultando ainda mais para respirar.*

Acima de si, ouviu os passos pesados do pai e vários passinhos mais leves. Ouviu risinhos metálicos, a tagarelice de vozes desconhecidas, os acordes alegres de Bate o sino pequenino. *Fechou os olhos para dormir, mas a fita carcomia sua pele, e seus músculos doíam.*

Imaginou como seria estar lá em cima, sentada no salão, entoando canções natalinas. Vestida com roupas bonitas, comendo biscoitos em forma de sinos, renas e elfos. Contando os presentes embrulhados debaixo da árvore.

A menina abriu os olhos. Olhou para a janela dela. Pela brecha da cortina via-se a neve caindo. Imaginou como seria senti-la no rosto, prová-la na língua.

Trinta e três

Agosto de 2000

Os gritos preencheram o celeiro, e Matthew veio correndo, os olhos dardejando para encontrar a fonte da angústia de Josie.

— Josie, o que foi?! — gritou ele.

Tudo o que ela conseguiu fazer foi apontar para o cocho de alimentação. Os olhos do avô seguiram o dedo e pousaram sobre o corpo de Ethan. Ele caiu de joelhos diante do cocho.

— Ethan — falou, incrédulo.

Os tristes balidos das cabras se exaltaram ao redor.

— Ele está morto? — perguntou Josie, embora já soubesse a resposta.

— Sai daí. Não toca em nada. — Veio a resposta estrangulada de Matthew. Ele se levantou com muito custo, evitando usar como apoio a beirada do cocho.

Josie recuou, mas a negação já ultrapassava o racional.

— Talvez não seja ele — disse. Mas ela viu as cicatrizes na palma da mão. O corpo no cocho era seu irmão.

As cabras berravam enquanto Matthew a tirava do celeiro como se estivessem implorando para voltar.

— Eu vou vomitar, vô — disse Josie como quem pedia desculpa, desvencilhando-se dele e vomitando na grama.

— Está tudo bem — falou Matthew, afastando do rosto o cabelo de Josie até ela esvaziar o estômago e a ânsia passar. Quando ela finalmente se empertigou, ele enfiou a mão no bolso e puxou um lenço para limpar a sua boca.

Ele correu para a casa em busca de socorro e voltou com o delegado e Caroline. Josie estava sob o bordo, as folhas largas da árvore protegendo-a do sol implacável. Não suportava pensar no irmão, morto, sozinho, ali deitado num cocho forrado de feno. Não conseguia nem olhar para o celeiro.

Ela nunca mais queria pôr os pés nesta fazenda de novo. O sangue da família agora percorria seu solo. Ela imaginou o milho e a alfafa se elevando da terra pretos e atrofiados com a podridão.

O delegado pediu reforços e isolou o celeiro enquanto Matthew, Caroline e Josie se amontoavam debaixo da árvore.

A ambulância foi a primeira a chegar, acelerando pela estrada de cascalho, explodindo a sirene, a poeira subindo ao redor das rodas, formando uma névoa arenosa.

Em seguida veio o xerife na viatura, e, depois, os agentes Santos e Randolph, dirigindo seus SUV pretos.

— Sinto muito, Josie. — Santos parou para dizer. — Você perdeu mais do que uma pessoa deveria perder.

Josie não sabia como responder; então, não disse nada. Sentou-se na grama e recostou-se no tronco da árvore, cobrindo o rosto. Caroline sentou-se ao seu lado, puxou-a para si, e as duas choraram.

Os paramédicos saíram do celeiro, a maca vazia.

— Não vão levar ele com vocês?! — gritou Josie, sentindo a histeria no peito borbulhar. Eles não podiam simplesmente deixar o Ethan no cocho, coberto de palha.

— Não, sinto muito — disse o paramédico como que pedindo desculpa. — O xerife e a polícia precisam fazer a investigação. Alguém virá buscar o seu irmão. Mas, quando vierem, cuidarão bem dele, prometo.

Josie queria acreditar nele, mas muitas pessoas vinham lhe dizendo que tudo ficaria bem. Nada estava bem, nunca mais ficaria bem de novo.

— A agente Santos vai querer falar com a gente mais uma vez — comentou Matthew, esfregando a mão no rosto. — Quando isso vai acabar? — Seu tom era de súplica.

A agente Santos foi até os três. Ela tinha tirado a jaqueta preta e suava por debaixo da blusa azul-cobalto.

— Os técnicos da cena do crime vão examinar tudo, coletar provas. Mas pelo que parece... — Parou de falar como se subitamente lembrasse que Josie tinha apenas 12 anos.

— Continue — pediu Matthew. — Josie tem o direito de saber.

— Pelo que parece, é outro homicídio — falou a agente, enxugando a transpiração da testa com o dorso da mão.

Embora Matthew tivesse orado para que Ethan fosse encontrado ileso, parte dele já sabia que o neto estava morto. Sabia que ele não era capaz do que as pessoas falavam aos sussurros. Embora o legista fizesse a determinação final, parecia que Ethan tinha sido espancado e estrangulado até a morte antes de o corpo ser ocultado no cocho, sob um manto de feno, pelo monstro que havia matado Lynne e William.

Ethan estava aqui o tempo todo, logo debaixo do nariz de todos.

Matthew agarrou a mão de Josie e observou os delegados se aglomerarem em torno da agente Santos.

— Precisamos nos reagrupar — falou ela. — Nenhuma informação sobre os telefonemas para a casa Allen? Obviamente não foram do Ethan. Precisamos descobrir quem está por trás das chamadas.

— Ainda não. Vou checar — disse Randolph.

— Vamos reunir todo mundo. Ver como estamos em relação aos abusadores sexuais da área. E temos que encontrar a caminhonete do Ethan. Se encontramos aquela caminhonete, encontramos a garota, acredito.

Matthew esperava que achassem a Becky, mas temia que ela tivesse tido o mesmo destino que os outros. Restava apenas Josie, percebeu. Ela era tudo o que lhes restava. Eles eram tudo o que ela tinha.

Sylvia Lee, voluntária da busca e resgate, levou a camiseta até o focinho do cão, e Júpiter, seu *bloodhound* de cinquenta quilos, farejou o tecido.

— Vá encontrar — ordenou. Júpiter levantou a cara longa e enrugada e fungou o ar. Concentrou a atenção na cama elástica preta onde a menina desaparecida de 13 anos fora vista pela última vez. Ele circulou o brinquedo e depois voltou para a casa, parando no celeiro e se demorando ali momentaneamente.

Baixou o focinho e trotou em direção ao milharal. Sylvia segurava firme a guia longa que se conectava ao peitoral do cachorro enquanto Júpiter a puxava. Embora ainda fosse cedo, ela já suava, e as bainhas da calça estavam encharcadas do orvalho da manhã.

Júpiter parou pouco antes do milho, porém, mais uma vez, mudou de rumo e passou pela casa, subiu a trilha e tomou a direção da estrada.

Assim que pisou no cascalho, parou por um instante, o nariz experimentando o ar. Ele era um cão circunspecto com uma cara enrugada e solenes olhos castanhos. Parecia entender a gravidade de seu trabalho, entender que as pessoas dependiam dele para trazer seus entes queridos para casa. Ele levava seu dever muito a sério.

Júpiter hesitou. Ele deu alguns passos em direção ao oeste, parou e depois olhou para o leste. Sylvia foi paciente. Se a garota tivesse ido por este caminho, o cão sentiria seu cheiro. De um lado para o outro, ele marchava. Parecia decidido em um local ao oeste, mas rapidamente perdeu o interesse. Isso podia significar muitas coisas: o cheiro podia estar desaparecendo, a garota podia ter entrado em um veículo que partiu ou ela não havia se movido nessa direção.

A pele flácida ao redor da papada balançou enquanto Júpiter olhava da esquerda para a direita. E, chegando a uma decisão, ele se dirigiu para o leste. Sabia algo agora, e Sylvia teve que trotar para acompanhar o ritmo do cão. Eles se moveram com rapidez pela estrada; poeira cinza acumulando-se nos sapatos dela e nas patas dele. As orelhas longas e caídas do cão acumulavam poeira cinzenta à medida que roçavam no chão.

Sylvia podia sentir a agitação de Júpiter através da extensão da corda. Havia encontrado o rastro da garota. Afastaram-se da casa Doyle, mas ele permaneceu sobretudo na estrada. A cada poucas centenas de metros ou mais, entrava no mato ou descia uma vala. Quando isso acontecia, o pulso de Sylvia acelerava. Embora ela quisesse encontrar a criança desaparecida, não queria vê-la deitada entre o capim e a chicória à beira da estrada.

Periodicamente, um veículo passava devagar, o motorista erguendo um dedo do volante em saudação. Os pneus chutavam a poeira e as minúsculas partículas do cheiro que Júpiter rastreava.

A poeira do cascalho grudava na pele suada e revestia os lábios de Sylvia. Ela desenganchou a garrafa do cinto e deu um gole demorado na água. À frente via-se uma fazenda. Ou o que costumava ser uma. Parecia um pátio acumulando objetos. Um grande celeiro se inclinava perigosamente de lado, e filas de equipamentos agrícolas e veículos quebrados tomavam o pátio. Uma parede de pneus bloqueou a visão que ela teria do resto da propriedade, e um cheiro de borracha queimada permeava o ar.

Subitamente, Júpiter puxou a coleira para a esquerda, quase a desequilibrou e desapareceu em uma vala com capim-bravo, puxando-a para baixo também. A grama passava da cintura dela, e as folhas secas e ásperas raspavam-lhe na pele.

De repente, a guia se afrouxou. A única maneira de Júpiter parar era se ele encontrasse o que procurava.

Sylvia avançou com cautela, usando os braços para separar a vastidão do mar verde do capim-bravo. Moscas ruidosas zumbiam em torno de sua cabeça, e, à medida que seguiu a extensão frouxa da corda, soube que Júpiter tinha acertado.

Encontrou o cão esperando por ela, sentado e atento, com os olhos pesarosos. No chão ao lado dele, via-se um pano endurecido com o que Sylvia sabia ser sangue ressecado.

Deu um tapinha no lombo de Júpiter e tirou um petisco do bolso, para oferecer a ele.

— Bom garoto, bom garoto — disse, e então puxou o rádio para pedir reforços.

Trinta e quatro

 Dias atuais

Já se aproximava das 4h00 da manhã, e Wylie quase não tinha mais forças, mas não pregava o olho. A mulher e a menina estavam sentadas no sofá, uma ao lado da outra, enquanto ela usava a luz do fogo para ler o manuscrito.

O livro acabou. Havia pouco a acrescentar. Considerou acrescentar uma seção *Onde Eles Estão Hoje* que explicasse o que acontecera com os principais personagens da história, mas na verdade não havia muito a dizer lá. Todos ou estavam mortos, impossíveis de localizar ou simplesmente desejavam permanecer nas sombras, seguindo aos trancos com o que havia sobrado de suas vidas.

Superado este pesadelo, passada a tempestade e com a garantia de que a mulher e sua filha não estavam mais em perigo, Wylie deixaria o maldito Condado de Blake e voltaria para casa.

Ela entregaria seu manuscrito ao editor e tentaria reparar seu relacionamento com Seth. Ela até se esforçaria um pouco mais para se dar bem com o pai do filho.

Ergueu o olhar e se deparou com a garotinha, do lugar dela no sofá, olhando fixamente para Wylie. A mãe estava enrolada de maneira que o lado não lesionado do rosto descansava no travesseiro, a colcha puxada até o queixo.

— Como você conseguiu o seu nome? — perguntou a menina.

Wylie ficou surpresa que, entre todas as possibilidades, era sobre seu nome que ela queria falar. Estava acostumada com isso. Ao tomarem conhecimento de como ela se chamava, todos queriam saber a origem de tal nome incomum.

—É um nome de família — respondeu simplesmente. — E você, como se chama? — Tentou, na esperança de que a garota deixasse escapulir.

— Minha mãe fala que eu não posso te dizer — respondeu ela, deslizando de debaixo das cobertas e vindo se sentar ao lado de Wylie, no chão.

A luz do fogo iluminou o rosto da menina — os grandes olhos castanhos, o resíduo deixado no rosto pela fita adesiva então usada para tampar-lhe a boca. Wylie não conseguia entender pelo que a garota tinha passado.

— E o seu sobrenome? — perguntou. — O meu é Lark. Qual é o seu?

— Acho que não temos um — respondeu a garota como se estivesse pensando nisso pela primeira vez.

Bom, não era possível.

— Qual é o nome do seu pai? — Continuou pressionando. A testa da menina estremeceu de preocupação, e ela permaneceu calada. — Está tudo bem — asseverou Wylie, olhando para a mulher adormecida. — Você pode me dizer.

— Ele é só *pai* — sussurrou a garota.

— *Okay* — falou Wylie, resignada. — Ah, ei, eu quis te devolver mais cedo depois que lavei suas roupas. — Ela se levantou e atravessou a cozinha escura para pegar o brinquedo que encontrara no bolso da menina horas antes.

Estremeceu quando deixou o relativo calor da sala e, usando a lanterna, examinou as bancadas até encontrá-lo.

Wylie deu uma olhada mais de perto no brinquedo. Era um boneco de um dos heróis de ação menos conhecidos. A máscara verde quase desgastada, as luvas brancas agora um cinza desbotado e o exterior plástico com arranhões e amassados de anos de brincadeira.

Há anos não via um desses. Varreu-lhe uma onda de nostalgia, mas ela rapidamente a afastou.

— Aqui está — disse, voltando para a sala e entregando o brinquedo à garota.

Wylie sorriu para a maneira como o rosto da menina se iluminou, a maneira como os olhos reluziram de alegria por ela estar junto novamente do seu brinquedo. Então, o sorriso desapareceu. Ela ficou lá por um momento, tentando pensar.

— Obrigada — agradeceu a menina, apertando o brinquedo nos braços, e voltou para o sofá, indo para debaixo das cobertas, ao lado da mãe.

Wylie pegou uma lanterna esquecida na mesinha de canto e ligou o botão. Fez o mesmo com outra lanterna, e outra, e outra, até que a sala estivesse repleta de luz. Atônita, se sentou diante da mulher e da criança. O fogo crepitou e estalou ineficaz; Tas farejou.

Wylie foi até a cozinha e voltou com duas garrafas de água.

— Toma aqui, você precisa beber. — Segurando a lanterna, ela foi para o lado da mulher e se ajoelhou de maneira que a outra a olhasse de cima.

A mulher, agora acordada, semicerrou os olhos dolorosamente contra o brilho e ergueu a mão, os dedos um pouco pretos da necrose nas pontas.

— Te trouxe aspirina — disse Wylie. — Pode ajudar um pouco com a dor. Não quero te dar nada mais forte caso tenha uma concussão.

Wylie partiu o comprimido ao meio, colocou as duas metades na palma aberta da mulher e foi quando viu a cicatriz em forma ferradura. Por instinto, Wylie agarrou-lhe a mão, derrubando os comprimidos no chão.

— Ai, ai — reclamou mulher, retraindo-se.

— Desculpa. — Aturdida, Wylie se abaixou para reaver a aspirina. — Aqui estão — disse novamente, entregando-lhe os comprimidos.

A mulher olhou para ela com desconfiança, mas colocou os comprimidos na língua e fez uma careta com o gosto amargo.

— Precisa beber — disse Wylie baixinho e, cuidadosamente, inclinou a garrafa até os lábios dela, derramando-lhe a água na boca.

Olhou para o rosto maltratado da mulher. Um olho castanho desconfiado olhou de volta para ela. Wylie olhou para a própria mão, onde uma cicatriz similar, em forma de ferradura, embora menos pronunciada, marcava-lhe a palma.

Trinta e cinco

À noite, a menina sonhava que estava se afogando, com o nariz, a boca e os pulmões cheios de água fria e escura. Ela acordava arquejando por ar. A mãe a segurava perto de si e dizia que ia ficar tudo bem. Mas não ia.

Fazia tanto frio no porão que o aquecedor não dava conta. Ela tomava sua sopa, coloria seus desenhos e assistia TV com o som baixo.

Nunca sabia o que esperar quando o pai descia as escadas. Às vezes ele trazia na mão um rolo de fita adesiva; às vezes, cupcakes com cobertura rosa e fofinha ou uma caixa de pizza.

Contudo, mesmo nos dias em que trazia guloseimas e tocava no cabelo da garota dizendo que ela era bonita, ele não se demorava para dar um tapa, um empurrão, uma beliscada.

Era pior com a mãe.

Certa manhã, a menina acordou e descobriu que ela não estava ao seu lado na cama. Esfregou os olhos e olhou ao redor do quarto. Estava vazio. Ela rastejou da cama e empurrou a porta do banheiro. Também vazio. Não havia uma porta de armário ou móveis atrás dos quais se esconder.

O desespero assolou a garota. Ela estava sozinha. A mãe a abandonara.

Ouviu pés se mexendo no teto. Lá vinha o pai. Ele ia querer saber o que havia acontecido com a mãe dela. O que diria a ele? A porta abriu uma frestinha, e a menina correu de volta para a cama, apertou na face o cobertor puído e macio e colocou o polegar na boca.

Os passos se aproximaram, e o coração da menina bateu tão alto que ela tinha certeza que dava para o pai ouvir.

— Querida — veio a voz da mãe —, é hora de acordar.

A garota estava explodindo com tantas perguntas a fazer. Para onde ela tinha ido? O que fez? Por que subiu as escadas?

Sua mãe apenas pressionou um dedo nos lábios e sibilou:

— Shh. Lembre-se do nosso pequeno segredo. — Ela tinha descido com um saco plástico cheio de coisas de todos os tipos. Uma maçã, alguns dólares e uma pilha de moedas de 25, 10 e 5 centavos que tilintavam no fundo.

A mãe entregou-lhe a maçã e, em seguida, amarrou as alças do saco plástico e escondeu-o no fundo da lata de lixo. A menina roeu a maçã enquanto a mãe andava de um lado para o outro da sala.

O dia passou lentamente. A mãe estava preocupada. Nervosa. A menina perguntou o que estava errado, mas ela apenas sorriu e respondeu que estava tudo bem. Sentiu um aperto de preocupação no peito e correu até o armário da cozinha para ver quanta comida ainda tinha. Suspirou de alívio. Estava cheio.

— Acha que ele vem esta noite? — perguntou a garota.

— Eu não sei — respondeu a mãe, olhando para a porta lá no alto. — Espero que não.

O pai apareceu aquela noite e estava de mau humor. Mandou a garota para o banheiro, e ela foi, mas não sem relutância. Ela sabia que ia ser feio. Pegou um livro da prateleira e fechou a porta atrás de si. Ela não conseguiu ver o que acontecia, mas ouviu tudo. A cama guinchou com violência, e a mãe gritou com tanta dor que a menina precisou tampar os ouvidos até tudo acabar.

Nos três dias seguintes, ela acordou e a mãe não estava. Mas ela sempre voltava, cada vez com um item para acrescentar ao saco escondido no fundo do lixo: uma tesoura afiada, um barbeador elétrico, duas garrafas de água, duas chaves.

— Não tem medo que ele volte? — perguntou a garota.

A mãe fez que não com a cabeça.

— Ele sempre sai às seis. Vai para a cidade e toma um café com donut. Sempre volta umas oito. Eu te amo — murmurou assim, do nada.

A menina sorriu, mas uma inquietação se instalou no peito, porque a maneira como ela pronunciou as palavras soou muito como um adeus.

Mais tarde, a mãe a acordou com uma sacudida.

— Acorda — disse.

A menina se apoiou sobre o cotovelo e olhou turva e remelenta para ela.

— Que horas são?

— Apenas levanta e faz o que eu disser... Temos que ser rápidas — falou a mãe, passando-lhe pela cabeça um moletom vermelho. — Se vista e vá para o banheiro.

A menina fez o que ela mandou. A sala estava escura, exceto pela luz tremulante da televisão. Uma âncora do tempo falava sobre neve e rajadas de vento. Ela foi até o banheiro e vestiu sua calça jeans, um moletom cinza e um par de tênis.

— O que está acontecendo? — questionou. — Ele está vindo?

A mãe fez que não com a cabeça.

— Não. Agora ouça. Vamos fazer algo assustador, mas você precisa confiar em mim. Confia em mim?

A menina fez que sim com a cabeça. A mãe foi até a lata de lixo e tirou o saco plástico. Desamarrou as alças, enfiou a mão e tirou a tesoura e o barbeador elétrico. Confusa, a garota olhou para ela. Não havia nada de assustador em uma tesoura, embora esta fosse muito mais afiada, e as lâminas, mais compridas que as da que ela tinha em seu estojo de artes.

— Venha aqui, querida — chamou a mãe. — Vou cortar o seu cabelo.

— Por quê?

— Confia em mim? — perguntou novamente a mãe, olhando no fundo dos olhos.

— Sim — respondeu a garota em um fio de voz.

A mãe levantou uma seção do seu cabelo e, usando a tesoura, começou a cortar. Caíram no chão cachos longos e escuros. A garota arfou, e a mão voou para a cabeça.

— Não se preocupe, vai crescer de volta. Prometo — jurou a mãe, continuando a cortar, e ela não parou até que o chão estivesse coberto por uma grossa camada de cabelos negros. Ligou na tomada o barbeador elétrico, que zumbiu baixinho, e o pressionou no couro cabeludo da menina. Tombaram ao redor da cabeça os últimos fios de cabelo fino.

Finalmente, a mãe soltou um longo suspiro.

— Pronto, acabei.

— Posso ir olhar? — perguntou a menina, e a mãe, relutante, fez que sim com a cabeça.

Correu até o banheiro e se pôs diante do espelho rachado. Ela estava horrível. Nem parecia consigo mesma. Estava praticamente careca e sentia o pescoço e as orelhas nus, expostos.

— Por favor, não chore — pediu a mãe, a voz embargada com as próprias lágrimas. — Preciso que você seja corajosa. — A garota tentou, mas não conseguiu deter as lágrimas. — Seremos pessoas diferentes por um tempo. Precisei cortar o seu cabelo e vou cortar o meu e pintar de outra cor depois que sairmos daqui. Você consegue fingir que é um menino? Acha que dá para fazer isso só por um tempinho?

A menina concordou com a cabeça.

— Ótimo. Agora vamos sair para nunca mais voltar.

— Ele não vai ficar bravo? — indagou a menina por entre lágrimas.

— Sim, e é por isso que precisamos ser rápidas — falou a mãe, começando a cortar o próprio cabelo, que antes lhe chegava à cintura, pouco acima dos ombros. — Deu para ler no calendário que ele tem lá em cima, marcado na data de hoje, um leilão de gado em Burell, Nebraska. Mas temos que ir... temos que partir agora. Escolha algo especial para levar com você, e eu vou destrancar a porta.

Elas estavam indo embora. Estavam realmente subindo as escadas e saindo pela porta. A garota sentiu um arrepio de emoção percorrer todo o corpo. O destino era Lá Fora. Ela sabia exatamente o que ia levar. O cobertorzinho branco com a estampa dos coelhinhos. Desde que nasceu o cobertor era dela. Desejava levar consigo alguns livros e o estojo de artes, mas a mãe disse para escolher apenas uma coisa, e não dava para sair sem o cobertor. Então, os olhos pousaram no boneco de plástico todo vestido de verde. Foi presente da mãe quando ainda era pequena, disse que guardava já há muito tempo. A garota quase se esqueceu dele — hoje passava a maior parte do tempo colorindo e lendo livros. Enfiou o bonequinho no bolso. Ela levaria as duas coisas. A mãe não iria se importar.

— Não, não, não. — Veio a voz da mãe lá do topo da escada. A menina ouviu o barulho da maçaneta, punho batendo na madeira. — Não funciona! — exclamou ela, descendo e sentando-se no último degrau, derrotada. — Ele deve ter colocado mais um cadeado. Não abre. Ele vai saber que a gente estava tramando algo. Vai me matar por cortar o seu cabelo — disse ela, enterrando o rosto nas mãos.

— Ele não precisa saber — disse a garota, se espremendo, para se sentar ao lado da mãe no degrau. — Falo que eu mesma que cortei. Eu juro com o dedinho.

— Ele vai saber — repetiu ela, sacudindo a cabeça. — Ele vai descobrir que saí e peguei as chaves, o dinheiro e o barbeador. Sinto muito, muito mesmo — falou, chorando. — Prometi que tudo ia ficar bem e não vai.

Ficaram sentadas assim por muito tempo. A menina esfregou as costas da mãe com uma mão e a cabeça raspada com a outra. Olhou ao redor do quartinho. Não era assim de todo mal. Ela tinha a cama e a televisão, a estante e a janela.

— Mamãe — disse a menina, sentando-se um pouco mais ereta e puxando-lhe o braço. Ela apontou, e a mãe acompanhou o caminho do dedo. — Não precisamos usar a porta. Dá para usar a janela.

Trinta e seis

Dias atuais

Não pode ser, pensou Wylie. Não era possível. A Becky estava morta. Tinha morrido anos atrás. Ela tinha certeza disso.

Mas e se não fosse esse o caso? E se Becky estivesse escondida por todos esses anos? E se ela tivesse tido uma criança com o homem que a raptou?

Sobreveio-lhe uma onda de culpa. A mente de Wylie voltou à noite dos assassinatos quando Becky e ela estavam em seu quarto, o luar atravessando a janela. Pouco tempo depois, a amiga desapareceu.

Becky nem estaria na casa se não fosse por ela.

Uma pequena voz na cabeça cutucava e insistia. A cicatriz em forma de ferradura na mão da mulher, uma gêmea da sua.

Piscou e balançou de leve a cabeça. Era impossível. Becky Allen estava morta.

Durante anos, Wylie fugiu de seu passado, desta casa, daquela noite mortal, do homem que lhe roubara toda a sua família.

Não muito tempo depois de os pais serem assassinados, mudou-se com os avós para começar uma nova vida a 320 quilômetros de Burden;

um novo recomeço para escapar das lembranças de tudo o que perderam. E para fugir do homem que todos sabiam que os matara.

Os avós tentaram criar uma nova vida para ela, mas o passado a assombrava, não importava para onde fosse. Sempre era Josie Doyle — a garota cuja família fora assassinada, cuja melhor amiga desaparecera sem deixar vestígios. Então, quando tinha idade suficiente e sabia que não podia mais ser Josie Doyle, ela pegou o *W* de William, o *L* de Lynne, o *E* de Ethan e o nome de solteira da avó, tornando-se Wylie Lark.

E depois começou a escrever livros sobre crimes terríveis. Por quê? Ela nunca tentou pensar muito nisso, mas fazia sentido. O assassinato da família e o sequestro da amiga jamais tiveram um desfecho oficial, de maneira que ela narraria as tragédias de outras pessoas.

Até agora. Neste instante, ela escrevia sua própria história. A história de Josie Doyle para o mundo todo ler e examinar.

Não. Wylie fechou a pasta e ficou parada. Era loucura — Becky estava morta. Estava determinada a tirar o pensamento da cabeça quando ouviu um estrondo vindo de fora.

— O que é isso? — perguntou a mulher, amedrontada.

A menina correu para a janela da frente e puxou a cortina para trás.

— Vejo uma luz! — exclamou. — Está vindo pela estrada.

— Vem cá — ordenou a mãe. — Se afasta daí.

Culpada, a menina voltou para o lado dela.

— Acho que é o limpa-neve — comentou Wylie, aliviada.

Elas pararam para ouvir o ronco de um motor e o inconfundível arranhar de neve sendo empurrada de lado. Percebendo a expressão alarmada no rosto da mulher, Wylie falou:

— É algo bom. Indica que a tempestade está diminuindo. Logo religam a força, e temos calor e eletricidade.

A mulher não parecia convencida.

O motor subitamente se silenciou.

— Ele foi embora? — perguntou a garota. — Acabou de limpar tudo?

— Talvez, mas ele volta para limpar o outro lado da estrada — explicou Wylie.

A menina voltou para a janela.

— Como é que eu ainda vejo uma luz? — questionou. Wylie se juntou a ela, e a mulher até saiu do sofá, para ver. — Talvez ele esteja atolado.

— É mais provável que tenha visto a caminhonete capotada e parado — falou Wylie. — Vou dar uma olhada e falar com ele.

— Por favor, não — pediu a mulher. — Fica aqui.

— Saio só por um minuto. Não se preocupe. Ele vai ter um rádio no limpa-neve. Ele pode nos ajudar — disse Wylie.

Ignorando os protestos da mulher, ela pegou seu casaco atrás do sofá e uma lanterna, dirigindo-se para o vestíbulo. Enfiou os pés nas botas e o cabelo sob um gorro. Era preciso alcançar o motorista do limpa-neve antes que ele fosse embora. No mínimo, ele poderia pedir ajuda pelo rádio, informar as autoridades de que precisavam de cuidados médicos.

Ela abriu a porta e ficou cara a cara com um homem que trajava roupas de inverno. Assustada, largou a lanterna, que caiu no chão com um barulho, rolando para longe. Os dois se curvaram para pegá-la.

Wylie chegou primeiro à lanterna.

— Ó, Deus, você me assustou. — Ela riu de nervoso. — Só saí para ver se te alcançava.

— Eu não queria te assustar — disse o homem enquanto ambos se empertigavam.

— Não, não — disse Wylie, virando a lanterna na direção do homem. — Que bom que veio. Precisamos...

E foi quando ela o reconheceu. Era Jackson Henley, o homem que assassinara a sua família. O homem que sequestrara Becky.

Trinta e sete

 Agosto de 2000

As coisas andavam depressa. A agente Santos recebeu uma ligação que avisava que o cão farejador descobrira algo bem à beira da propriedade Henley. Felizmente, não era um corpo. Mas já era bem ruim um pano cheio de sangue com o cheiro de Becky Allen.

Enquanto esperava a aprovação do pedido de um mandado de busca, ela descobriu mais alguns detalhes inquietantes sobre Jackson Henley. Ele havia feito parte da ofensiva terrestre que libertou o Kuwait durante a Operação Sabre do Deserto, mas, além disso, seu histórico militar fora marcado por vários desentendimentos com os seus superiores. Jackson Henley não gostava de seguir ordens, gostava de beber e de assediar as colegas de quartel.

Uma mulher relatou que Henley, junto com um grupo de outros soldados do sexo masculino, a assediara moral e sexualmente a ponto de ela quase entrar em colapso. Outra o acusou de cárcere privado depois que ele supostamente se recusara a deixar que ela fosse embora após os dois passarem uma noite juntos. As acusações acabaram sendo retiradas, mas a impressão era que, mesmo quando era um jovem soldado, Henley gostava de manter as namoradas só para si.

Havia mais, a maioria em relação à sua aparente luta contra o álcool, e, em 1992, Jackson voltou para casa, no Condado de Blake, apenas uma sombra da pessoa que havia sido antes de partir.

Santos sabia que um pano com sangue não significava que Jackson Henley fosse culpado de algo, mas não era nada bom. Nem dava para ter certeza de que era mesmo o sangue de Becky. Ela pode ter tocado ou segurado o pano nas mãos, transferindo-lhe seu cheiro, mas o sangue podia ser de outra pessoa.

Passaram-se longos e preciosos minutos no aguardo de um mandado de busca na propriedade Henley. Uma evidência no entorno não significava que um juiz concederia automaticamente uma busca. Ainda assim, o comportamento arredio de Jackson e suas questões legais anteriores ajudaram muito a convencer o magistrado a assinar o mandado. Eles estavam prontos para ir.

Agora, tudo o que eles podiam fazer era esperar que não fosse tarde demais para Becky.

Santos parou na propriedade Henley, e o seu nariz foi imediatamente agredido pelo odor nocivo de borracha queimada. *Por que alguém queimaria qualquer coisa num dia quente como este?* Perguntou-se ela. O xerife Butler pensou a mesma coisa. Quando Santos saiu do carro, ele sacudia a cabeça e vinha na direção dela.

— O filho da mãe está queimando alguma coisa — comentou Butler, o rosto corado de raiva. — Eu devia ter feito ele falar comigo ontem.

— Bem, vamos falar com ele agora — afirmou Santos. — Mas primeiro temos que encontrá-lo. Vamos apresentar o mandado e falar com a Sra. Henley, e depois você vai até a pilha de borracha queimada e vê se ele não está tentando incendiar alguma prova.

— Tenha cuidado. Se Jackson estiver em casa e bêbado, ele pode ser bastante imprevisível.

— Entendi — falou Santos enquanto se aproximava da casa com outros dois delegados. Ela viu movimento atrás das pesadas cortinas que cobriam a janela. — Viu aquilo?

A delegada que ia à frente fez positivo com a cabeça, e sua mão foi até a arma no coldre. Em alerta máximo, eles subiram os degraus quebrados até chegar à varanda.

Santos bateu na porta e se identificou como policial.

— Sra. Henley — gritou —, temos um mandado para revistar a sua propriedade. Por favor, abra a porta!

Uma fresta se abriu, e um olho azul cheio d'água os encarou de volta.

— O que está acontecendo? — perguntou June Henley.

— Senhora, sou a detetive Camila Santos, do Departamento de Investigação Criminal de Iowa, e temos um mandado para revistar sua casa e a propriedade adjacente. Por favor, abra a porta.

Tensos, Santos e os demais oficiais esperaram June decidir o que fazer.

O detetive Levi Robbins interrogava abusadores sexuais conhecidos na área quando soube de duas informações que puseram fim à sua carreira na força policial, culminando em um processo civil contra o Departamento do Xerife do Condado de Burden.

A primeira foi que haviam encontrado o corpo de Ethan Doyle, 16 anos, enterrado em um cocho no celeiro da família do rapaz.

— Não saia da cidade — falou ao canalha que estava interrogando.

Levi entrou na viatura e se dirigiu para a fazenda Doyle. *Aquela pobre família*, pensou. O único consolo era que não tinha sido Ethan quem matara os pais e sequestrara Becky. Mas isso não mudava o fato de que três quartos da família Doyle foram exterminados e uma menina de 13 anos ainda estava desaparecida.

A mente de Levi borbulhava de perguntas quando lhe chegou a segunda informação. A polícia estadual havia sido rápida e conseguiu rastrear o número vinculado às cruéis chamadas feitas à família Allen. O número vinculado à pessoa que alegava ser Ethan Doyle do outro lado da linha. A residência de Cutter.

A intuição mandava Levi ir encontrar Brock Cutter. Maldito moleque. Tinha vindo dele a informação de que Ethan era um homicida, queria matar os pais, que havia um clima romântico entre Ethan e Becky. Tudo balela. Então, o que faria? Iria à cena do crime ou atrás de Cutter? Pouco antes da saída que levava à casa Doyle, Levi decidiu ir direto para a fazenda Cutter. Ele iria conseguir umas respostas.

Ao longe, viu um veículo se aproximando em alta velocidade. Ele pisou no freio e cruzou os olhos com os do motorista. Cutter. Levi sentou o pé nos freios, os pneus chiando no pavimento, deixando um rastro de fumaça acre e marcas de derrapagem. Fez uma curva acentuada em U, acendeu as luzes e as sirenes e pisou no acelerador.

Na frente dele, Cutter acelerava. *Mas que diabos?* Pensou.

Ele pisou fundo, e a viatura gritou até quase embicar na caminhonete. Por que o rapaz simplesmente não encostava? Cutter fez uma rápida curva à direita, entrando em uma estrada de cascalho, e Levi quase passou pela curva.

— Filho da puta! — gritou enquanto seu carro quase saía da estrada e entrava num milharal. Puxou o volante para a esquerda, e as rodas endireitaram. Ainda assim, Cutter acelerava. A poeira cobria os dois veículos, envolvendo-os em uma nuvem cinza. Não dava para ver o que estava à frente, ao lado, atrás. O pó calcário embaçava o para-brisa.

Precisava desacelerar, mas era tarde demais. A viatura bateu na traseira da caminhonete de Brock Cutter. O esmagar de metal assaltou-lhe as orelhas, e Levi sentiu as pernas estalarem, sentiu a tensão do tronco contra a alça do cinto de segurança. Ele uivou de dor, e seu estômago se revirou enquanto o carro girava e girava até parar. Quando Levi abriu os olhos, viu esmagada a frente da viatura, as pernas imobilizadas sob o volante. Estranhamente, ele não sentiu muita dor, apenas uma forte pressão no peito.

Com cautela, virou o pescoço da esquerda para a direita. Pelo menos tudo em ordem ali. Em seguida, tentou os dedos dos pés. Achou que estivessem se mexendo. Ele não tinha certeza. Lentamente, a nuvem de poeira ao seu redor se assentou, e pouco a pouco entrava em foco o mundo exterior ao carro. No feixe brilhante de seus faróis, ele viu. A caminhonete de Cutter estava quase partida ao meio por um poste telefônico. E lá estava Brock Cutter, meio pendurado para fora da porta do motorista, os nós dos dedos raspando a estrada de cascalho, uma ferida aberta no pescoço. Ele não se movia. Como poderia? Havia muito sangue.

Levi fechou os olhos. Ele só queria respostas. Só queria descobrir o que havia acontecido com os Doyles, com aquela garota. Era a coisa certa ir atrás de Brock Cutter, não era? Ele estava apenas cumprindo seu dever.

TRINTA E OITO

— Se afasta — disse a mãe. Ela estava de pé sobre uma cadeira posicionada embaixo da janela, segurando a tampa de porcelana que cobria o tanque do vaso sanitário. Ela fechou os olhos e sentou a tampa na janela, fazendo chover vidro. Jogou a tampa no chão, e a menina se encolheu quando ela se quebrou no concreto.

— Me passa a toalha.

A menina entregou a toalha à mãe, que a enrolou na mão para tirar o que restava do vidro. Uma parede de neve dura olhou de volta para as duas. Ela tentou cavar a neve com os dedos e, como não funcionou, pediu à garota que lhe passasse o aquecedor portátil.

A menina cumpriu a ordem, e a mãe segurou o pequeno aparelho bem diante da neve.

— Puxa outra cadeira e pega uma colher — pediu a mãe. A menina encontrou uma colher e arrastou a outra cadeira dobrável para o lado da mãe, subindo. — Agora segura o aquecedor, para eu cavar.

Fizeram um trabalho rápido, e, em dez minutos, os braços da mãe estavam molhados da neve que derretera. Um vento amargo soprou pela janela e tirou o fôlego da garota.

— Certo — falou a mãe. — Está bem frio, e precisamos ser rápidas. Me passa o saco plástico e pega o seu cobertor.

A menina pulou da cadeira, esmagando vidro com os pés. Correu até a mesa e pegou os itens, voltando para o lado da mãe.

— Vou te ajudar a passar primeiro e depois saio eu — avisou a mãe. — Cuidado para não se cortar.

Ela içou a garota, que deslizou facilmente pela janela. Depois foram o cobertor e o saco plástico. A menina se levantou e esperou. Estava nevando pouco. A chuva gelada escorria-lhe pelo pescoço, e o vento cortante atravessava-lhe o jeans e o moletom.

Apenas várias tentativas depois é que a mãe conseguiu se soerguer para colocar os ombros no limiar da janela quebrada. A menina agarrou os braços estendidos e puxou. Com um gemido, a mãe subiu com o resto do corpo e desabou na neve.

Depressa ela se ergueu e olhou em volta, tentando se orientar.

— Por aqui — falou, semicerrando os olhos enquanto pelotas de gelo batiam no rosto das duas.

De mãos dadas, mãe e filha abriram caminho pelo pátio escorregadio até chegarem à frente da casa e à varanda, para escapar da chuva.

— E agora? — perguntou a garota. Ela estremeceu e se apertou junto da mãe. A noite estava escura, molhada e fria, e parecia maior do que ela imaginava.

A mãe abriu o saco plástico e tirou o molho de chaves colocado ali dias antes.

— Eu sei que uma destas chaves é de uma caminhonete — explicou. — Espero que uma delas abra a porta da frente, senão a gente vai precisar ir andando.

Ela tentou a primeira chave na porta. Não serviu. Daí a segunda, e a terceira. Finalmente, a quarta chave deslizou facilmente, e a porta se abriu. Lá dentro, elas atravessaram a sala escura e chegaram à cozinha. A mãe parou junto à entrada do porão.

— É por isso que não abria — falou baixinho, puxando para a esquerda a trava deslizante instalada no topo da porta. — Ele usou as duas.

Ela reposicionou a trava.

— Vamos lá — disse, guiando-a para outra porta. Esta se abriu para um espaço escuro e sem janelas. Tateou a parede, e a luz inundou a sala. Era uma garagem. Via-se uma tenda vazia. Sob a outra havia um veículo coberto com uma lona.

A mulher puxou a lona, revelando uma caminhonete preta cheia de ferrugem e de arranhões. Eis a caminhonete que ele afirmava não dirigir com frequência, mas não tinha nenhuma intenção de se livrar jamais dela. Ele gostava de se sentar ali às vezes, comentou com ela, e lembrar-se.

A mãe passou a mão pelo metal frio. Pedaços de tinta preta grudaram-se nos dedos.

— Entra — falou, abrindo a porta para a filha — e coloca o cinto.

A menina não sabia o que era isso.

A mãe subiu atrás dela, fechou a porta e testou as chaves até encontrar a que se encaixava na ignição. A seguir, estendeu a mão e puxou uma alça que passou por sobre o colo e o peito da garota, travando-se com um clique.

— Como vamos sair? — perguntou a garota, olhando para a porta da garagem recolhida.

— Assim — respondeu a mãe e, estendendo a mão por sobre a cabeça, apertou um botão preto. Com um estrondo, a porta da garagem começou a subir lentamente. A mãe colocou as mãos no volante e estudou o que tinha pela frente. Virou a chave, e o motor da caminhonete ganhou vida.

— Aqui vamos nós — avisou, lançando para a filha um sorriso assustado.

A caminhonete deu um solavanco e avançou devagar pela calçada de gelo. A traseira balançou para a esquerda, depois para a direita, então se endireitou. A mãe pisou de leve no acelerador, depois no freio, e avançou lentamente.

— Para onde vamos? — perguntou a garota enquanto dirigiam vagarosamente pela longa entrada.

— Shh, preciso me concentrar.

A chuva caía em barras geladas, e uma névoa turva encobria o vidro da frente. A mãe encontrou os faróis e os limpadores de para-brisa, o que ajudou um pouco. No topo da entrada, ela precisou tomar uma decisão. Virar à direita ou à esquerda. Ela não fazia ideia de onde estava ou para onde ir. Respirou fundo e guinou o volante para a direita.

A caminhonete continuou sacudindo e deslizando e parando, de maneira que o estômago da menina começava a se embrulhar. Ela segurou firme o cobertor e torceu para não vomitar.

Finalmente, a mãe pareceu pegar o jeito, e elas foram lentamente dirigindo pela estrada.

— Aconteça o que acontecer — começou a mãe —, eu quero que você siga em frente. Se ele aparecer, continue correndo. Se nos separarmos, continue correndo. Entendeu?

A mãe tomou outra virada à direita. Aqui as rodas pareciam ter mais aderência na estrada, e ela então pisou no acelerador. A caminhonete acelerou. Ela olhou para a garota.

— Encontre um lugar seguro. Não diga nada a ninguém. Nem o seu nome, nem o meu nome, nada até que você saiba que está num lugar seguro.

— Como vou saber se é seguro? — indagou a garota.

— Você saberá. Você saberá.

A garota não tinha tanta certeza. Ela olhou para a estrada adiante. Dava para ir a qualquer lugar, ser quem elas quisessem ser. Através dos faróis, a menina viu uma árvore. Uma árvore crescendo bem no meio da estrada.

— Mamãe! — gritou.

A mãe tentou guinar o volante para a direita, mas a caminhonete ainda olhava para o lado da árvore. A garota ouviu o ranger do metal e o rachar da madeira, e então a estrada não estava mais lá. Sentiu uma volta no estômago, e a caminhonete saltou e capotou, e de repente a garota estava de cabeça para baixo. Ela mordeu a língua, e o sangue se acumulou na boca. A cabeça bateu em algo duro, e o carro girou e deslizou até parar abruptamente.

A menina ficou de cabeça para baixo no assento. A mãe não estava mais lá. Ela tocou os dedos na própria cabeça, e eles se avermelharam de sangue.

— Mamãe? — chamou.

Não houve resposta. Estilhaçado o para-brisa, tudo o que a garota conseguia ver através do prisma formado era branco. O ar ficava mais gelado. Com os dedos doloridos, ela conseguiu soltar o cinto de segurança e caiu com um baque doloroso. Ficou sentada onde seria o teto do carro. Ela gritou novamente pela mãe, mas tudo o que ouvia de volta era o lamentar dos ventos.

Ela não sabia o que fazer. A dor na cabeça era nauseante, e os dedos das mãos e dos pés ardiam de frio. Sua mãe lhe mandara seguir em frente, então era o que faria. Não importasse o quê. Uma das portas da caminhonete abriu e se atolou, e ela, com vertigens, foi rastejando para atravessá-la. Por toda a volta viam-se pedaços quebrados da caminhonete, mas não havia nem sinal da mãe.

— Mamãe, cadê você?! — gritou ela, mas suas palavras foram engolidas pela neve que agora caía furiosamente.

Lágrimas vieram-lhe aos olhos e rolaram-lhe pelas faces frias. *Siga em frente*, pediu a si mesma. Avançou um passo e, escorregando, logo caiu. Rastejou de mãos e joelhos até chegar ao topo de uma pequena colina. Semicerrando os olhos através da tempestade, ela avistou. Pálida e fraca, mas estava lá. Levantou-se e, com um caminhar lento e firme, a garota seguiu em direção à estrela.

Trinta e nove

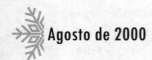 **Agosto de 2000**

A porta da frente se abriu lentamente, e a agente Santos avaliou a mulher postada diante dela. Tão fina quanto um esqueleto, o rosto pálido e macilento. Ela parecia a dois passos da morte.

— Ele disse que vocês viriam — comentou June com uma voz rouca.

— Cadê o Jackson? — perguntou Santos, os olhos dardejando pela sala.

Cansada, June sentou-se em uma cadeira.

— Ele é meu filho. Eu amo ele — falou, singela.

Santos sabia que não iam receber nenhuma ajuda da mãe de Jackson Henley.

— Você fica com ela — ordenou a um delegado.

Santos e sua equipe começaram com uma busca superficial da casa. Tudo brilhando como um brinco. Mesmo o porão com suas paredes e seu piso de concreto estava limpo. Não havia nenhum sinal de Jackson Henley ou de Becky Allen. Voltou para a sala onde June Henley estava sentada, observando-os com cautela.

A casa, até agora, era comum — parecia o lar de uma idosa que se casou e criou um filho lá. Havia fotos de Jackson com várias idades, de June e do marido no dia do casamento. Mas faltava algo.

Então ocorreu a Santos. A casa parecia pertencer a uma mulher doente e idosa, não a uma mulher que morava com o filho adulto. Não havia sinal de que Jackson dormisse na casa. Nenhum armário repleto de roupas ou pertences.

Para todos os efeitos, ele não morava na casa. Morava em outro lugar da propriedade e lá passava o tempo.

Santos foi até a janela da frente e puxou de lado a cortina. Lá fora, o xerife Butler e seus oficiais faziam a busca na propriedade e nas dependências. Ao longe, uma espessa fumaça preta se erguia da pilha queimada e, com ela, uma sensação de enjoo no estômago de Santos.

Queimar pneus não era o mesmo que galhos de árvore caídos ou sobras de jardinagem. Era ilegal. Desde 1991. Jackson sabia disso, mas aparentemente não se importava. Atear fogo em pneus não era fácil. As chamas ardiam e, uma vez iniciadas, eram difíceis de extinguir. E a fumaça era lotada de produtos químicos e nocivos, como cianeto e monóxido de carbono.

June disse que Jackson sabia da chegada da polícia. Ser preso por queima ilegal de pneus valeria a pena se alguma evidência que o conectasse aos assassinatos dos Doyle e ao desaparecimento de Becky Allen fosse destruída.

Precisavam apagar aquele fogo.

— Ligue para o corpo de bombeiros mais próximo e faça com que venham aqui — ordenou Santos. — Diga que temos pneus incendiados. — Ela se virou para June Henley. — Senhora, não é seguro que permaneça aqui. Os gases e a fumaça vão te deixar enjoada. Precisamos afastá-la da área.

Os ombros de June cederam, em resignação, mas ela se pôs de pé, fraca.

— Você está errada quanto a isso — declarou. — Jackson não matou aquela família nem levou aquela garota.

— Assim espero, senhora — respondeu Santos enquanto um delegado escoltava June da casa.

Ribombante, o som de um tiro atravessou o ar, e Santos correu para fora. O ar estava espesso de fumaça preta, e o cheiro de borracha ardendo assaltava o nariz e queimava os olhos. Ela cobriu a boca com o cotovelo e foi em direção ao som do tiro.

O fogo estava a quase cem metros da casa, onde se empilhavam os pneus. Quando Santos se aproximou, os delegados, tossindo e chiando ao respirar, correram por ela no sentido oposto.

Santos puxou um oficial enquanto ele passava.

— O que está acontecendo?

— O cara está protegendo o incêndio com uma espingarda. Não deixa ninguém chegar perto — falou. Ele trazia os olhos vermelhos e irritados da fumaça. — Pegamos ele tacando armas no fogo. Ele tem um monte de arma. Um arsenal.

— E o tiro? Alguém ferido?

— Não deu *pra* ver. A fumaça é muito grossa. — O delegado se curvou, as mãos nos joelhos, e tossiu, engasgando-se.

— Vai — disse Santos. — Garanta que todo mundo fique bem longe da propriedade. Chame reforços.

O delegado fez que sim com a cabeça e desapareceu em uma nuvem negra.

Santos deveria recuar e se proteger também, sabia, mas o xerife não tinha saído da fumaça, e ela não ia deixá-lo para trás. Tirando a jaqueta, usou-a para cobrir o rosto e adentrou na fumaça.

A pira de pneus estava toda engolfada pelo fogo, e Jackson Henley, brandindo uma espingarda, postado na frente dela, os olhos tão desvairados quanto as chamas que ardiam atrás. Viam-se vários galões de combustível aos seus pés.

O Hóspede Noturno **267**

Santos jogou de lado a jaqueta e ergueu a arma.

O xerife, dominado pelos gases tóxicos, estava de joelhos, lutando para puxar ar.

— Jackson Henley! — gritou Santos através da fumaça. — Ponha a arma no chão.

— Eu sabia que você vinha — disse Jackson, articulando mal. Estava bêbado, pensou a agente, o que o tornava ainda mais perigoso e imprevisível. O rosto dele estava preto de fuligem, e os olhos azul-claros faiscavam de ódio. — Tentei ajudar aquela garota. Ela estava sangrando, e tudo o que eu quis foi ajudar. Agora vocês acham que eu levei ela.

A fumaça negra se endurecia como cimento nos pulmões de Santos. Precisava tirar Butler de lá; ela precisava sair de lá também.

Pensou em atirar em Henley. Seria a resolução mais rápida. Santos sabia ter justificativa: ele brandia uma espingarda. Era quase como se implorasse por ser alvejado. Mas havia tantas perguntas cujas respostas ela precisava saber, a número um sendo o paradeiro de Becky Allen. Se ele morresse, a menina poderia morrer com ele.

Santos tomou uma decisão. Era arriscado, mas podia ser a sua única chance de saber a verdade. Abaixou a arma, ciente de que os colegas oficiais lhe davam cobertura.

— Vamos, Jackson — disse. — Vamos conversar. Quero ouvir o que você tem a dizer, só que não desta forma. Não aqui. Vamos até um lugar seguro.

Henley fez que não com a cabeça.

— Você não vai acreditar em mim. Ninguém nunca acredita em mim.

— Isso não é verdade — respondeu Santos, com pressa. — Sua mãe acredita em você. Eu acredito em você.

Henley soltou uma risada amarga e chutou um galão, que explodiu com estouro ruidoso. Jackson Henley observou, hipnotizado, o fogo correr na direção dele. As chamas, seguindo um caminho frenético pelo chão, se enrolaram em seu tornozelo como cobras flamejantes que lhe foram subindo, rastejantes, pela perna.

A agente Santos jogou a arma de lado e correu até ele. Usando a jaqueta, tentou sufocar as chamas que encobriam a perna de Jackson e tinham lhe pulado nos braços.

Um grupo apressado de bombeiros devidamente equipados e protegidos veio na direção dos dois. Alguém pressionou uma máscara de oxigênio no rosto de Santos, e a puseram de pé.

Gritos angustiados assaltaram-lhe os ouvidos. Jackson Henley estava vivo, e ele contaria a todos o que havia acontecido com Becky Allen.

Quarenta

Dias atuais

Apontando a lanterna na direção do homem, Wylie examinou seu rosto com mais atenção. Estava 22 anos mais velho, é claro, e seu cabelo tinha recuado, expondo uma testa larga e vincadíssima, com um remoinho esparso de cabelos grisalhos. Mas não dava para negar quem era — ela podia ver as cicatrizes grossas e ásperas logo abaixo da linha da mandíbula. Tinha visto a foto dele mil vezes no noticiário, nos recortes de jornal que guardava ao longo dos anos. Este era Jackson Henley, o homem que assassinou a sua família, que tinha sequestrado Becky e agora voltava para reivindicá-la.

Wylie lutou contra o desejo de esmagar a cara dele com a lanterna. Chutá-lo e espancá-lo até ele sangrar e se quebrar tanto quanto os seus pais e o seu irmão. Queria vê-lo morto. Mas precisou manter sob controle a própria fúria, pelo menos por enquanto. Precisava garantir que ele não entrasse na casa.

— Vi os destroços e achei que alguém pudesse estar precisando de uma ajuda aqui. Eu ia mesmo bater na porta.

— Não, estamos bem — conseguiu dizer Wylie. Depois, mentalmente se repreendeu por ter sinalizado que não estava sozinha. — Meu marido e eu estamos bem — mentiu, esperando que bastasse para ele simplesmente ir embora.

— Deve ter sido um acidente daqueles. Vi algumas luzes. Pensei que os sobreviventes viriam até aqui, para escapar da tempestade. É a casa mais próxima dos destroços. Não achei que tivesse alguém morando aqui agora — comentou ele, tirando da cabeça o gorro de tricô.

Jackson não reconheceu quem ela era ou, pelo menos, disfarçou bem, fingindo não conhecê-la. Os avós e ela haviam deixado a área logo após os funerais. Ela ficou longe por mais de vinte anos, e ninguém aqui sabia que Josie Doyle regressara à cidade como Wylie Lark.

Todavia, ela vinha observando Jackson Henley. Passava de carro pela casa dele — a mesma em que morava antes com a mãe. Ele tinha limpado a maior parte do lixo — os pneus, os equipamentos agrícolas —, se livrado de tudo. Só restavam alguns veículos estacionados no pátio. O que ela não sabia era que ele conduzia um limpa-neve.

— Não apareceu ninguém do acidente? — perguntou Jackson.

Wylie fez uma pausa antes de falar. Se Jackson viesse observando-a atentamente, saberia que ela não tinha marido, que estava aqui sozinha. Ela tinha sido tão cuidadosa para não ter interação nenhuma com os habitantes locais. Todas as entrevistas para o livro foram feitas por telefone, há meses. Não queria que ninguém soubesse quem ela realmente era.

— Não — respondeu Wylie o mais casualmente possível. — Fui ver, e pelo visto a ajuda chegou antes de mim. Muito gentil da sua parte passar aqui.

Ela precisava encontrar um jeito de tirá-lo de lá.

— Meu nome é Jack... moro a apenas um quilômetro e meio, indo pela estrada. Eu não sabia que alguém estava alugando este lugar. Como eu disse, vi os destroços e só quis dar uma conferida.

— Me chamo Wylie — disse ela, e Jackson não vacilou. — Meu marido e eu estamos alugando a casa.

Talvez ele realmente não fizesse ideia de que estava diante da mulher cuja vida arruinara, mas Wylie tinha certeza de que ele sabia que Becky e a filha estavam na outra sala.

— Na verdade, o senhor podia me ajudar, sim — acrescentou. — Acabou a lenha, e não quero acordar o meu marido para me ajudar a trazer para dentro. Será que o senhor não podia pegar um pouco? — perguntou, esperançosa de que a voz soasse natural.

— Mas sem dúvida — respondeu Jackson. — Só me aponte que direção tomar.

— É no galpão de ferramentas logo ali. Vamos, eu te mostro.

Prendendo a respiração, Wylie o conduziu através da tempestade e foi até o antigo galpão, um pequeno edifício robusto entre a casa e o celeiro. Não fazia ideia se o plano funcionaria, mas era tudo o que tinha.

Ela abriu a porta do galpão e, mais alto que o gemido do vento, gritou:

— A madeira está aí dentro. Nós dois pegamos o que der para carregar, e isso já dá para passar a noite.

Jackson fez que sim com a cabeça, e ambos entraram no anexo escuro.

— Está lá no fundo — disse Wylie brevemente iluminando com sua lanterna um canto afastado. Então, ela usou a luz para examinar o espaço em busca de uma ferramenta fina e resistente. Os olhos pousaram na chave de fenda, e ela a arrebatou da parede.

— Não vejo nada. Pode iluminar aqui de novo?

Foi quando Wylie fez seu movimento. Por trás, ela deu um empurrão em Jackson, que tropeçou e caiu de joelhos.

— Ei! — gritou, surpreso.

Wylie virou-se e correu, o coração acelerado. Pensou ouvir passos atrás de si, o hálito quente no cangote e, por um momento, estava de volta ao milharal, tentando fugir de um assassino. Não parou, não olhou para trás para ver a distância entre ele e ela.

Bateu a porta atrás de si, virou o ferrolho e, frenética, encaixou a chave de fenda, trancando a porta assim que o corpo dele bateu na madeira pelo lado de dentro.

— Ei! — gritou Jackson, esmurrando a porta. — Me deixa sair!

Wylie pressionou as costas na porta enquanto ele jogava o próprio corpo contra a pesada madeira. A porta vibrava, mas a fechadura improvisada era forte. Ia segurar, pelo menos por enquanto.

De dentro do galpão veio um grito gutural, o som de passos e a pancada do ombro acertando a madeira. Então vieram os solavancos e os grunhidos de alguém caindo no chão.

Depois, nada. Nenhum som. Nenhum movimento do outro lado da porta.

Ela precisava encontrar sua arma, precisava encontrar um jeito de manter Jackson trancado no galpão e do lado de fora da casa. Ela protegeria Becky e a filha dela, nem que para isso fosse preciso matar Jackson Henley.

QUARENTA E UM

Já fazia tempo que Wylie tinha saído. A garota deslizou de seu lugar no sofá ao lado da mãe, que balançava para frente e para trás, gemendo, sentada em seu lugar:

— Ele está vindo, ele está vindo.

Será que a mãe tinha razão? O pai tinha encontrado as duas? Se sim, ele mataria todo mundo. Quem sabe, pensou, se ela falasse com o pai, Wylie pudesse fugir. Encontrar ajuda. Levando a lanterna, a garota escorregou do sofá e, na ponta do pé, foi até cozinha, no exato instante em que Wylie apareceu voando pela porta dos fundos, batendo-a com tudo e pressionando as costas nela como se para mantê-la fechada.

— É o meu pai? — perguntou a garota.

— Sim — respondeu Wylie. — É ele, sim. Pega a cadeira daí.

Ela apontou a cabeça para a mesa da cozinha.

A menina arrastou-a até Wylie, que inclinou a cadeira sobre duas pernas e deslizou o trilho superior sob a maçaneta.

O pai estava em algum lugar lá fora, pensou a garota. Entre eles, apenas poucos centímetros de madeira.

— Ele vai entrar — falou a garota, com ar resignado. — Ele vai entrar.

— Não — disse Wylie, ofegante. — Não vou deixar. E, se ele passar pela porta, não passará por mim. Não vou deixar que ele te machuque mais.

Então, o silêncio. Ficaram lá por muito tempo, ouvindo, esperando. Nada veio.

Wylie virou-se para a garota.

— O nome da sua mãe é Becky, não é?

A menina congelou. Será que ela confiava em Wylie? Você saberá, dissera a mãe. Você saberá.

— Por favor. Preciso saber. O nome dela é Becky?

A menina fez que sim com a cabeça. Wylie cobriu os olhos e chorou.

Quarenta e dois

 Dias atuais

Envergonhada pelo raro afloramento da emoção, Wylie rapidamente secou os olhos e fitou, incrédula, a menina. A mulher na outra sala era Becky. Esta era a filha da Becky. A garota que todos pensavam que estava morta estava viva; e o homem que matara sua família e mantivera a amiga prisioneira, trancado no galpão de ferramentas.

Wylie pressionou o rosto na janela e olhou para o galpão em busca de qualquer sinal que indicasse um movimento de Jackson. Tudo tranquilo. Talvez ele tenha se machucado tentando quebrar a porta. Ou talvez estivesse apenas esperando que ela baixasse a guarda.

Elas só teriam que ficar alertas e esperar. Wylie era boa em esperar. Todos esses anos, esperou que alguém entrasse no milharal para salvá-la, esperou que alguém salvasse seus pais, seu irmão, sua amiga. Esperou que Jackson Henley fosse preso por assassinar sua família. Mas nada disso havia se realizado até agora. Becky tinha voltado para casa.

Wylie podia esperar pelo fim de Jackson Henley. Foi o que fizera durante 22 anos; o que seria mais um dia, afinal?

Pegando a garotinha pela mão, levou-a para a sala. Becky não estava mais no sofá. Wylie tirou da pasta de arquivos o panfleto de "Desaparecida".

Ouviu um choro suave vindo do armário e lentamente abriu a porta. A mulher, Becky, estava sentada no chão, trêmula. Wylie abaixou-se e se pôs ao seu lado, posicionando a lanterna com a luz à frente. A menina ficou do lado de fora do armário, ouvindo.

— Ele está lá fora, não está? — perguntou a mulher, a voz tremendo de medo. — Ele veio nos pegar.

Wylie tentou desamassar as bordas do retrato e, em seguida, entregou-o a Becky. Ela se demorou olhando para a foto, como se tentasse identificar a pessoa. Embora não olhasse para ela, a mulher ouvia com tanta atenção que mal respirava.

— Becky — disse Wylie com ternura. — Sou eu. A Josie.

A mulher baixou a cabeça, balançando-a de um lado para o outro, incrédula. Lágrimas escorreram-lhe pelo rosto, deixando um caminho irregular pelo sangue seco.

Wylie pegou a mão dela, que se encolheu como se sentisse fogo, e continuou segurando-a gentilmente. Virou a palma para cima e, com o dedo, traçou a cicatriz em forma de ferradura.

— Eu também tenho uma — falou, tentando manter a voz calma e uniforme. Jackson Henley estava trancado no galpão, mas não por muito tempo. Primeiro, porém, ela precisava fazer Becky entender quem era. — A gente tinha 10 anos, eu acho. Tivemos a ideia de nos tornarmos irmãs de sangue. Usamos a faca de tornear da minha mãe. Você foi mais corajosa que eu e fez um corte mais profundo. É por isso que você tem uma cicatriz tão perceptível. Mas eu também tenho uma, vê?

Wylie estendeu a mão, e os olhos da mulher se moveram em direção a ela e depois se desviaram.

— Irmãs para sempre — murmurou a mulher.

A menina, vendo a angústia da mãe, entrou no armário com elas.

Wylie esperou que a mulher falasse, dissesse algo, qualquer coisa. Mas havia apenas o silêncio, e, por um momento, pensou que tinha entendido tudo errado. Não era a Becky — era apenas uma estranha assustada e perdida que buscava se proteger de uma tempestade. Subitamente,

Wylie se sentiu tola. Depois de todos esses anos, ela esquecera como era ter esperança e entendeu o porquê. Era doloroso demais. Recolheu a mão.

Finalmente, a mulher falou:

— Eu tinha esquecido o seu rosto. Quero dizer, se eu fechasse os olhos com muita força, me vinham pequenos fragmentos de memória.

Becky olhou para cima, os olhos reluzentes de lágrimas, e então sorriu; e lá estava ela. A Becky de que ela se lembrava.

— Achei que você estivesse morta — falou Wylie. — Todos nós achamos, exceto a sua mãe. Ela nunca desistiu de te procurar.

Becky enxugou os olhos.

— Achei que ela estivesse morta. Ele me disse que ela tinha morrido, que ninguém mais estava me procurando, que ninguém se importava.

— Todos nos importamos, todos nós. — Wylie tentou garantir a ela. — A agente Santos fez tudo o que pôde para condenar Jackson Henley.

— Jackson? — perguntou, confusa, a testa franzida.

Wylie fez que sim com a cabeça.

— Sim, Jackson Henley. Não tinha provas suficientes para prender ele pelo assassinato da minha família e pelo seu desaparecimento. Não conseguiram encontrar a arma que ele usou ou a caminhonete desaparecida do meu irmão. Não encontraram você. Mas não se preocupe. Pegamos ele agora. Tranquei ele no galpão de ferramentas. Ele nunca mais vai te machucar de novo.

Quarenta e três

Wylie e a mãe da garota estavam sentadas no armário, sussurrando. Ela se espremeu no espaço entre elas e descansou a cabeça no colo da mãe. Tas, sem a mínima vontade de ser deixado de fora, deitou-se diante da porta aberta do armário.

Wylie falava enquanto as outras duas ouviam. Ela contou sobre quando ela e a mãe da garota eram jovens. Falou sobre escola, dormir fora de casa e festas de aniversário com bolo, sorvete, balões e longas tardes na piscina. Coisas que a garota nem sabia serem possíveis.

Wylie e a mãe já se conheciam. Antes do pai, antes do quarto no porão, antes dela.

Falou também sobre como se mudou para longe quando tinha 12 anos, tornou-se escritora, casou-se muito jovem e teve um bebê chamado Seth.

— Nunca achei que fosse casar — disse Wylie. — Ou ter filhos. — Ela olhou para a garota e acrescentou: — Não achei que eu merecesse depois do que aconteceu. Mas sinto falta do meu filho. Sinto muita falta do Seth. — Ela rastejou para fora do armário e voltou um momento depois, com uma foto. — Este é o Seth, este é o meu filho.

A garota quis saber o que ela queria dizer com aquilo. Quis saber o que Wylie fez de tão ruim que ela não merecia um bom marido e um filho com olhos escuros e risonhos e covinhas profundas, mas ela não queria que Wylie parasse de falar. Gostava do som da voz dela, queria saber mais.

Por um tempo, a mãe não disse nada. Apenas ouvia e acariciava a cabeça da garota, que sentia uma dor no peito que ela não conseguia nomear. Não era tristeza nem raiva. Parecia mais esperança.

— Achava que, se eu colocasse tudo no papel — continuou Wylie —, eu seria capaz de seguir em frente. Viver a minha vida, ser uma boa mãe. Em vez disso, venho me escondendo aqui, tentando escrever um livro sobre o que aconteceu, mas não querendo encará-lo de frente.

Os olhos da menina ficaram pesados. Ela estava segura, aquecida e com a mãe. Estava tudo bem. Podia até dormir agora se quisesse, e tudo ficaria bem.

— Sua mãe ainda trabalha na mercearia — falou Wylie, e os olhos da menina se abriram. Um pequeno som escapou dos lábios da mãe. Ela raramente falava sobre ter uma mãe. Deixava-a muito triste. — Não falo com ela desde que voltei — continuou Wylie. — Eu fui muito covarde. Não falei com ninguém.

A mãe baixou a cabeça. Lágrimas rolaram das faces até deslizarem pelas da menina, mas ela não se moveu.

Finalmente, falou:

— Ele disse que ela estava morta. Ele disse que todos vocês estavam... sua família, seu cachorro... e que foi tudo culpa minha. Mas eu saí escondida do porão e liguei para casa. E ela atendeu. A minha mãe. Ela não estava morta. Mas eu não consegui dizer nada. Só desliguei. — Ela enxugou os olhos. — Mas e os seus pais? O seu irmão?

— Sim — respondeu Wylie. — Ele matou todos.

Os ombros da mãe descaíram.

— Foi o que pensei — falou com uma voz branda. — Ele me enfiou na caminhonete do seu irmão e falou que me mataria também.

— Meus pais deviam ter ido buscar a caminhonete do Ethan lá na estrada de cascalho e trazido ela para casa aquela mesma noite — murmurou Wylie.

— Por todos esses anos, ele escondeu a caminhonete na garagem — continuou Becky. — Foi a que pegamos na fuga. Ele pintou de preto, mas eu sabia que era a do Ethan. A gente precisava sair de lá. Eu não sabia dirigir, mas era a nossa única escolha. Com toda essa neve e esse gelo — ela balançou a cabeça com pesar —, eu não consegui ficar na estrada. Perdi o controle e bati. Sinto muito.

Wylie pegou a mão dela, segurando-a com carinho. Ficaram assim por muito tempo, esperando. Pelo quê? A vinda do homem trancado lá no galpão ou a vinda de outra pessoa?

Não importava. Pela primeira vez em muito tempo, a garota sentiu que as coisas poderiam se ajeitar.

Quarenta e quatro

Dias atuais

Ouviu-se uma batida na porta, e Wylie e Becky ficaram em silêncio. Ansiosa, a garota olhou para elas.

— Por favor, não atenda — implorou Becky. — Por favor. É ele... ele tem muitos amigos. Ele sempre falava que não importava a distância, ele iria encontrar um jeito de nos levar de volta.

— Você está segura. Tranquei ele no galpão. Acho que é melhor atender — disse Wylie, levantando-se. — Sei que você está com medo, mas precisamos chamar a polícia e te levar para um hospital. Não podemos ficar aqui muito mais tempo. Precisamos ir embora.

Mais batidas na porta.

— Ei! — gritou uma voz. — Tudo bem aí dentro?

— É ele — falou Becky, pegando a filha e puxando-a o mais fundo possível dentro do armário. — Ele veio nos pegar.

— Fique aqui, vou dar uma olhada — falou Wylie.

— Não, não, não nos deixe — implorou Becky.

— Eu não vou a lugar nenhum. Aguenta aí. — Ela foi até a janela da frente e puxou as cortinas. — É o Randy Cutter de novo — disse, aliviada, deixando cair a cortina. — Ele veio mais cedo. Falou que voltaria. Ele pode nos ajudar.

— Não. É ele — sussurrou Becky. — Foi ele. Foi o Randy.

— Randy Cutter? — perguntou Wylie, confusa. — Não pode ser. Já te disse, é o Jackson Henley. Tudo o que tinham de prova contra ele era o pano com o seu sangue. Mas não bastava.

— Sangue? Que sangue?

— Um cão de busca encontrou um pano cheio de sangue perto da propriedade Henley, mas não era o suficiente. Não se preocupe, ele nunca mais vai te machucar.

— Eu sei quem me raptou — insistiu Becky, o pânico elevando o tom de voz. — Josie, foi o Randy Cutter.

Por um momento, Wylie não conseguiu falar. Há anos ninguém a chamava de Josie.

— Mas só podia ser o Jackson — falou. Os avós tinham comentado com ela que, poucos dias após o assassinato, Jackson Henley fora preso por porte ilegal de armas. Ela confirmou a informação quando fez a pesquisa para o livro. Durante o momento da prisão, ele havia sofrido graves queimaduras e precisou passar vários meses em uma unidade de tratamento de queimados em Des Moines. Quando melhorou, enviaram-no para o presídio masculino de Anamosa, onde permaneceu por dezoito meses.

— O homem que te levou... ele tem boa parte do corpo queimada, certo? A perna, os braços e o pescoço? — perguntou Wylie, ainda sem estar disposta a desistir da ideia de que o sequestrador era Jackson.

— Não. — Becky negou com a cabeça. — Você precisa me ouvir. É o Randy Cutter. — Ela olhou para Wylie, o terror nos olhos. — Ele está lá fora, neste instante. Eu conheço ele. Conheço a voz, caramba, ouvi essa voz quase todos os dias pelos últimos vinte anos.

Wylie olhou para Becky e então olhou para a garotinha em busca de confirmação. Ela também fez que sim.

— Minha nossa! — exclamou. Randy Cutter? Não fazia sentido.

— Oiê! — gritou Randy. — Saí para ver se você estava bem e vi um homem espreitando a casa.

Jackson Henley. Meu Deus, ela trancara o homem no galpão de ferramentas. Como ela podia estar tão enganada sobre ele? Como todos se enganaram tanto?

— Talvez ele vá embora — sussurrou.

— Ele não vai embora — falou Becky, apática. — Ele nunca vai nos deixar partir.

— Ei, você está me deixando nervoso! — gritou Randy, do outro lado da porta. — Estou preocupado com você. Vou entrar, tudo bem?

A maçaneta sacudiu, e Becky chiou de medo.

Wylie enfiou a mão no bolso do casaco, para sentir a arma. Não estava lá. Ela examinou o chão, revistou as almofadas do sofá. Para onde fora? Elas estariam mortas sem aquela pistola.

Precisavam se armar com alguma coisa. Pensou na faca e na machadinha depositadas na prateleira acima. Ela as agarrou e pressionou a faca nas mãos de Becky.

— É tudo o que temos agora. — À menina, disse: — Se eu te mandar correr, você sai para o celeiro e se esconde lá. Vai estar frio, mas tem um mundo de esconderijos. Vou até você quando for seguro. — A menina concordou com a cabeça, o rosto pálido. Wylie entregou uma lanterna a cada uma. — Mantenham desligada a menos que realmente precisem da luz. Não queremos que ele saiba onde estamos.

Deu meio giro na ponta dos pés e desligou cada uma das lanternas que iluminavam a sala até que tudo o que restou era o brilho da lareira. Indagando-se se acabara de selar o destino das três, despejou água sobre o fogo, que assobiou e cuspiu, e a sala mergulhou na escuridão.

Ela olhou para o relógio no pulso. Ainda faltava uma hora até o amanhecer.

— Vai ficar tudo bem — sussurrou.

A isso, Becky respondeu:

— Eu não consigo correr. Não vou conseguir te acompanhar. Por favor, só cuida da minha filha.

— Eu vou cuidar das duas — prometeu Wylie, segurando a mão da amiga.

— O que devemos fazer?

— Precisamos nos separar. Nos esconder em lugares diferentes. Lembra, no meu antigo quarto, daquele espacinho que só dava pra se enfiar rastejando? Pega ela e se escondam lá em cima. Não será nada fácil ele te encontrar. Vou ficar aqui embaixo e me esconder. Se ele arrombar, estarei pronta.

— E o Tas? — perguntou a garota.

— Ele vai ficar bem — garantiu Wylie. Ele tinha se acomodado em sua caminha. Não achava que ele fosse entregar sua localização e considerou trancá-lo no banheiro, mas decidiu não fazê-lo. Se chegasse a isso, talvez o Tas se inspirasse para protegê-la. — E lembrem-se de manter as lanternas apagadas — sussurrou enquanto Becky e a garota subiam correndo as escadas.

Ela tentou pensar no melhor lugar para se esconder. Precisava reagir rápido se Randy invadisse a casa. Queria ter tempo para procurar a arma, mas não se atreveu a acender uma lanterna por medo de denunciar onde estava.

Finalmente, com a machadinha, sentou-se no chão atrás do sofá e esperou. Ela ouviria Randy entrar na casa. Ela saberia onde ele estava; ele não faria ideia de onde ela estava.

O ar pesava amargamente frio e mortalmente silencioso. Não havia o crepitar de chamas na lareira; o vento lá fora morrera. Wylie esperava que Jackson Henley estivesse bem, e não congelado até a morte no galpão de ferramentas. Estivera redondamente enganada sobre ele. A assustadora quietude crescia ao seu redor como um casulo.

Passavam-se os minutos. Ela contou mentalmente os segundos. Talvez Randy tivesse desistido e simplesmente ido embora. Ele não podia ficar lá fora por muito tempo. Estava muito frio. Wylie depressa descartou esse pensamento. Se Randy Cutter foi quem assassinou sua família e sequestrou Becky, então ele tinha tudo a perder. Becky tinha razão. Ele não pararia por nada.

Como ela não soube? Randy Cutter atirou nela, foi à sua caça no campo de milho, perseguiu-a, e, ainda assim, Wylie não sabia quem ele era. Chegou a duvidar do próprio irmão: pensou que ele fosse capaz de matar os pais. *Eu tinha 12 anos*, lembrou a si mesma. Todavia, ainda assim, circulavam-lhe a raiva e a culpa.

A cada momento que passava, o quarto esfriava mais. Os dedos enrijeceram, e ela soltou a machadinha para esfregar as mãos a fim de aquecê-las.

Encarapitou a orelha. Será que tinha ouvido algo? Alguém passando?

Esperou para ver se o som voltava, e, como não voltou, ela relaxou.

Foi quando lhe ocorreu um pensamento terrível. A vidraça quebrada na porta dos fundos. Ele podia facilmente remover o papelão e alcançar a tranca por dentro.

Wylie sentiu a presença de Randy antes de ouvi-lo ou de vê-lo. Ela congelou no lugar atrás do sofá e apertou os dedos ao redor do cabo da machadinha. Prendeu a respiração, sabendo que ele estava a poucos passos dela.

Ouviu-se um clique suave, e, de repente, lançou-se na sala uma luz fantasmagórica.

— Josie, Becky — falou Randy, cantarolando. — Eu sei que vocês estão aqui.

Wylie pressionou os dedos na boca, para conter o grito que lhe subiu na garganta.

Furtiva, a sombra dele se projetava na parede. Aproximava-se.

— Vamos — chamou ele. — Acharam mesmo que eu deixaria vocês partirem? Vocês sabem a verdade. Me pertencem, as duas.

Então ele estava sobre ela, olhando para baixo. Ele ergueu a espingarda e apontou a mira na cabeça de Wylie.

— E você — disse com tristeza. — Queria eu ter feito isso na última vez que tentei — falou, puxando o gatilho.

Não aconteceu nada. Perplexo, ele olhou para a arma, e Wylie saltou, brandindo a machadinha. Cravou-a no ombro do homem, a parca grossa suportando o peso do golpe. Bastou para desequilibrá-lo, e a espingarda caiu-lhe das mãos, batendo no chão.

A machadinha escorregou dos dedos de Wylie e deslizou pelo chão, saindo do campo de visão. Enquanto os dois lutavam para encontrar as armas, ouviram-se passos estrondosos nas escadas, e Becky entrou no feixe de luz. Ela se precipitou sobre a espingarda, arrebatou-a e apontou para Wylie e Randy enquanto lutavam no chão.

— Parem — gritou. — Parem!

Randy soltou Wylie, e os dois, cambaleantes, se puseram de pé.

— Corra — disse Wylie à garotinha. — Corra e se esconda. Agora. — A garota não se mexeu. — Vá agora — repetiu.

Desafiadora, a garota fez um não com a cabeça. Wylie e Becky se entreolharam.

— Corra — disse Becky. — Vá agora.

— A bala está travada — falou Randy, confiante. — Nada vai acontecer se você puxar o gatilho.

— Você não sabe isso — desafiou Wylie, indo lentamente em direção à garota enquanto Becky mantinha a espingarda apontada para Randy. Wylie tomou a garota nos braços, carregou-a pelo chão e abriu a porta da frente. Tas passou ligeiro por elas e saiu pela porta enquanto ela colocava a garota na varanda. — Faça o que eu te disse, agora. Corra e se esconda. Vai ficar tudo bem, prometo.

Fechou a porta, torcendo para que a garota corresse para o celeiro e buscasse proteção.

Becky manteve a espingarda mirada em Randy Cutter, que ia pouco a pouco se aproximando.

— Fique aí parado — mandou Becky, e ele congelou.

Wylie não conseguia entender o que estava acontecendo. Ao longo dos anos, esteve em uma paz desconcertante com a verdade. Saber que Jackson Henley tinha matado sua família, sequestrado Becky e se safado impune. Agora, o verdadeiro assassino estava bem diante dela. Wylie se lembrou do dia após os assassinatos, quando Randy Cutter entrou no celeiro. O nó que se formou em seu peito.

— Me dá a arma, Becky — disse Randy em um tom de voz baixo e suave. — Eu sei que você não quer me machucar. Eu te amo.

As mãos de Becky tremiam tanto que ela mal conseguia segurar a espingarda.

— Me passa a arma — disse Wylie. — Eu consigo atirar.

— Não escuta ela, Becky — falou Randy. — Quem cuidou de vocês todo esse tempo? Quem te deu um bebê? Fui eu. Ninguém mais estava lá para te ajudar. Só eu. Ninguém nem se importou com o seu sumiço.

O rosto de Becky se afrouxou. *Ela está entregando os pontos*, pensou Wylie. *Ela vai dar a arma para ele.*

— Não ouça ele, Becky — vociferou Wylie. — Ele não te ama. Ele matou os meus pais e o meu irmão. Ele atirou em mim. Ele te sequestrou. Todos procuraram por você. A cidade inteira. Durante anos. A sua mãe nunca desistiu. Nunca.

— Becky, querida — disse Randy, dando um pequeno passo na direção dela.

Becky puxou o gatilho. A parede atrás de Randy explodiu, enviando para o ar fragmentos de gesso. Ela puxou o gatilho mais uma vez, desta vez atingindo o teto. Randy e Wylie protegeram a cabeça dos detritos que caíram. Becky puxou o gatilho mais uma vez, e outra, e outra, até se esgotarem as balas.

QUARENTA E CINCO

Wylie mal fechou a porta, a garota logo se levantou e começou a bater. Ela tentou a maçaneta. Trancada. O vento frio mordiscava a pele exposta.

— Mamãe! — gritou, batendo na porta. — Mamãe, me deixa entrar.

O frio penetrou-lhe o corpo. Ela queria voltar para o seu quartinho com sua cama, seus livros, sua televisão e sua janelinha. Mas queria ainda mais a mãe.

Elas gritavam dentro da casa. A menina fechou os olhos com bastante força. Então ouviu os tiros. A cada explosão, ela gritava.

A garota conhecia Wylie há pouquíssimo tempo, mas parecia muito mais. Será que confiava nela? Não sabia. Sentiu um leve toque nos joelhos. Era Tas, olhando para ela com seus olhos cor de âmbar.

Wylie mandou que ela se escondesse. Ela se esconderia.

Correu para o celeiro, com Tas ao lado. Tentou não pensar na mãe lá dentro da casa com o pai e o som da arma. Wylie a mandou correr. Ela correria. O vento frio lhe açoitava o rosto e os dedos e, de metro em metro, a neve foi chegando à cintura; mesmo assim, porém, ela avançava.

Entrou no celeiro com Tas logo atrás e examinou o espaço escuro em busca de um lugar para se esconder. Os olhos pousaram na escada e no depósito de feno do mezanino, e ela começou a escalar.

Quarenta e seis

Dias atuais

Becky largou a espingarda como se lhe queimasse os dedos e se encolheu em um canto.

Randy e Wylie agiram ao mesmo tempo. Ela agarrou a machadinha; ele, a espingarda. Os dois brandiram as armas — cada um esperando o outro fazer o primeiro movimento.

— Você matou os meus pais. — A voz de Wylie tremia tanto que a impressão era de que iria se quebrar em mil pedaços. — Você espancou meu irmão, estrangulou ele e escondeu o corpo no celeiro. Tentou incriminar ele e raptou a minha melhor amiga. Você atirou em mim. Por quê? Não entendo.

Randy apenas riu. Wylie queria se atirar sobre ele. Cravar as unhas nos olhos do homem, arrancar do seu rosto aquele olhar superior e presunçoso.

— Nós vamos embora — disse Wylie. A Randy ela falou: — Se nos deixar partir, não te machucamos.

Ele virou-se em sua direção. Ela estava pronta. Não ia desistir sem lutar. Pensou em Seth, em Becky e na garotinha. Tinha muito pelo que viver.

Ela balançou a machadinha, mas só conseguiu golpear de lado o ombro de Randy. Ele tentou arrancar a arma de suas mãos, mas ela segurou firme. Ele soltou, e ela caiu para trás, batendo a cabeça no chão. Atordoada, tentou se levantar.

Ela se preparou para outro ataque, mas ele passou direto e foi na direção de Becky.

Wylie estendeu a mão para detê-lo, mas errou, derrubando a pilha de lenha, e as varetas inflamáveis se espalharam pelo chão. Randy se postou diante de Becky enquanto ela se encolhia, e então ele a esbofeteou, fazendo-a se chocar contra a parede logo atrás. Ela caiu aos pés dele.

Wylie pulou em cima de Randy, mas ele a afastou com um encolher de ombros, e ela bateu com força no chão.

Gemendo, ela se enrolou em posição fetal, tentando proteger a cabeça de mais ataques. Dava para ouvir a respiração pesada dele enquanto a encimava, decidindo o que fazer.

Ele se abaixou e se pôs de joelhos, ao lado dela.

— Relaxa — sussurrou. — Vai acabar rápido.

Com isso, agarrou um punhado do cabelo dela, içando-lhe pela cabeça e batendo-a contra o chão. Wylie viu estrelas explodirem atrás dos olhos, a dor atroz e aguda.

Sentiu o mundo se rachar e se distanciar dela mesma, e tudo escureceu.

Passaram-se minutos ou talvez horas. Wylie se forçou a recuperar os sentidos. Era como nadar em piche preto, mas ela sabia que, se não se mantivesse consciente, morreria. Becky e a menina morreriam.

A dor irradiava pelo crânio. Engoliu de volta o vômito que lhe chegou à garganta e se concentrou em manter a respiração lenta e constante. Ela não precisava se fingir de morta, apenas inconsciente. Recobrando a orientação e o equilíbrio, poderia revidar.

Esperava que a menina tivesse chegado ao celeiro, ganhado tempo na escolha de um bom esconderijo.

Este seria o momento para agir, pensou Wylie. Levantar-se e revidar.

Ouviu passos e sentiu Randy em pé, acima de si.

O homem se curvou sobre ela, e Wylie sentiu no rosto o calor do seu hálito. Tentou não estremecer ante o mau cheiro. Cheirava a alho e cebola e mais. Medo, concluiu. Randy estava com medo. O mundo perfeito que ele concebera estava abalado. Becky e a garota quase conseguiram fugir.

Agora Wylie era a única que poderia ajudar Becky a oferecer o maior dos presentes para a filha. A liberdade.

Randy deslizou os braços sob suas axilas e começou a arrastá-la pelo chão. Parou para abrir a porta, e a rajada de ar frio quase fez Wylie arfar, mas ela conseguiu permanecer imóvel. Ele a arrastou pelos degraus da frente e parou.

Ela sabia o que estava passando pela mente do sujeito. Iria deixá-la congelar até a morte aqui fora. Não queria perder mais tempo com ela. Ele queria a garota. E onde estava Becky? E Jackson Henley? Será que Randy tinha matado os dois? Wylie havia encontrado a amiga apenas para perdê-la novamente?

Randy soltou-lhe os braços e ergueu-a acima do ombro como se fosse um bebê. Ela deixou a cabeça tombar no pescoço dele, tentando fazer contato com qualquer parte exposta do corpo do homem. DNA, ficava pensando. Coletar o máximo possível de cabelo, suor, células.

Randy jogou-a de cara na neve, e o choque da dor quase fez Wylie gritar. Ele foi até o lado dela, inclinou-se e arrumou a sua cabeça de modo que o lado que se chocou no chão estivesse virado para baixo. O frio era um bálsamo bem-vindo contra a dor atroz que lhe irradiava pela cabeça.

Wylie não sabia quanto tempo ele ficou lá, olhando para ela, mas pareceu uma eternidade.

Ela se manteve perfeitamente imóvel, e, por fim, Randy se afastou, as botas pesadas esmagando a crosta de neve. Agora, ele procurava a garota. Ela esperou até ouvir o rangido da porta do celeiro antes de se mexer. Sua cabeça pesava como chumbo. Ao se levantar cambaleante, ela olhou para a marca que deixou no gelo: um halo ensanguentado sobre a figura que lembrava um anjo na neve.

Seguiu em zigue-zague para o celeiro, se esforçando para continuar de pé. Era preciso encontrar uma maneira de dominar Randy, mas o mundo continuava se inclinando. Quando a mão finalmente tocou a madeira áspera do celeiro, Wylie se curvou e vomitou. Com medo de que Randy ouvisse o barulho, ela espremeu o corpo na lateral do celeiro, desejando que o estômago se acalmasse, parando de girar. Tinha apenas uma chance para consertar tudo.

Espiou através do vão estreito da porta do celeiro e examinou o interior escuro à procura de um sinal da garota ou de Randy. A tempestade estava passando. O vento se acalmara, e a noite começava a puir nas bordas. Em breve, viria a claridade. Ela deveria entrar e confrontá-lo? Ou esperar até ele sair com a garota? Não, era muito arriscado. Se ela fosse agir, precisava ser imediatamente.

Wylie se agachou e entrou furtivamente no celeiro, tomando cuidado para não tocar na porta estridente e alertar Randy de sua presença. De onde estava, não conseguia vê-lo, mas ouviu os passos abrutalhados e a respiração pesada enquanto ele vasculhava atrás de pilhas de caixas, procurando a garota.

Wylie abaixou-se na traseira do Bronco e olhou em volta, buscando uma arma. Viam-se em ganchos na parede do celeiro várias ferramentas letais: ancinhos para gramado, pás pesadas e forcados para substrato. Todos com cabos longos e decerto pesados para empunhar como arma. Em vez disso, ela mirou os olhos em uma enxada estreita com afiada lâmina de bico. Longa o bastante para manter Randy fora de alcance, mas não tão pesada que Wylie não conseguisse empunhar. Para alcançá-la, precisaria sair do esconderijo e provavelmente seria notada por Randy. Deveria ser mais rápida, mais inteligente.

Antes mesmo que pudesse se mover, Randy apareceu. Ele ergueu o olhar na direção do mezanino. Wylie sentiu o coração sair pela boca. Se a menina estava escondida lá em cima, era uma presa fácil. Só havia um caminho para subir e descer. Impotente, observou Randy subir as escadas que levavam ao depósito de feno. Ela rezou para os frágeis degraus de madeira cederem ao peso, fazendo-o cair, mas eles se mantiveram firmes.

Respirando fundo, Wylie se precipitou à parede do celeiro e pegou a enxada. As ferramentas de jardim tilintaram umas nas outras como mensageiros dos ventos. Metade dela esperou que ele voltasse, descendo as escadas, mas Randy continuou subindo.

Céus, como ela queria estar com a pistola.

Correu até a escada. Acima dela, dava para ouvir o farfalhar dos passos de Randy pela palha.

— Agora venha, docinho — disse ele em tom gentil. — Venha *pro* papai. Estou aqui para te ajudar. Agora vou levar você e sua mãe de volta para casa. E você não vai acreditar no que espera por você. Ia ser uma surpresa, mas eu te arranjei um cachorrinho. Não quer ir *pra* casa ver o filhote?

Com a enxada em uma mão, Wylie pôs o pé no primeiro degrau da escada, alcançou com a outra o degrau logo acima da cabeça e então hesitou.

Um caminho para subir, um caminho para descer, pensou novamente. Recomeçou a escalar, tentando se mover silenciosamente, mas as botas raspavam nos degraus desgastados, e sua respiração irregular subiu os degraus antes dela.

Ao se aproximar do topo, espiou por sobre o patamar, na expectativa de encontrar Randy parado lá, à espera. Em vez disso, ele estava de costas, ainda chutando a palha grossa. Se mexia metodicamente como se percorresse o perímetro de uma cena de crime.

Wylie se ergueu na beirada e, lenta e sorrateira, foi se achegando por trás dele, levantando a enxada acima do ombro como se segurasse um taco de beisebol. Justo quando preparava o golpe, o dedo do pé de Randy encontrou algo sólido. Seguiu-se um gemido ruidoso, e a garota saiu atabalhoada da palha.

— Aí está você — falou ele, mantendo o tom paternal. — O que a sua mãe fez com o seu cabelo? Vocês duas estavam tentando fugir de mim? Sabe que não tem como. É hora de ir para casa, querida.

Pedaços de feno agarraram-se no couro cabeludo raspado da menina, e seus olhos dardejaram entre o pai e Wylie, que ainda estava atrás dele. Wylie pôs um dedo nos lábios e acenou com a mão como se dissesse para ela se afastar.

A menina lentamente recuou sem se virar, rastejando para trás e afastando-se de Randy até esbarrar na ampla lateral do celeiro, abaixo do pronunciado pico em que as portas do mezanino, quando soltas, balançavam para fora. A única coisa que as mantinha fechadas era uma simples trava deslizante.

— Eu sei que você está atrás de mim — falou Randy, sem nem relancear um olhar para trás. Ele não estava com medo. Wylie não passava de um inconveniente, um mosquito para espantar. — Você não está facilitando nada. Preciso te dar crédito por isso. Sempre foi uma sobrevivente.

A raiva encolhida no peito de Wylie começou a se desenrolar. Ela queria perfurar-lhe o crânio, queria sentir a vibração do metal no osso, queria que ele gritasse por misericórdia como ela imaginava que sua família gritara, do jeito que Becky gritara, mas era preciso escolher o momento certo. Em vez disso, ela direcionou a atenção para a menina.

— Levanta — ela disse. — Eu quero que você desça a escada. Depois, entra na casa e tranca a porta. Proteja a sua mãe. — A menina ergueu o olhar, o pavor gravado no rosto. — Não se preocupe, em alguns minutos estarei lá. Eu prometo.

A garota lentamente se levantou.

— Fica paradinha aí — rebateu Randy, e ela congelou. Ele virou o rosto para Wylie.

Ela sabia que Randy esperava que erguesse a enxada para mirar na cabeça. Em vez disso, ela tombou os olhos.

— Vá agora! — gritou e golpeou. Sibilante, a haste de metal cortou o ar gelado e atingiu com tudo o joelho de Randy. Com um grito, as pernas do homem se curvaram, e ele caiu no chão.

Wylie sentiu a garota roçá-la ao passar, mas sabia que seu trabalho ainda não estava finalizado. Enquanto Randy se movesse, ambas estariam em perigo.

— Então Jackson Henley era inocente durante todo esse tempo? — perguntou, tentando desviar a atenção dele e dar uma chance à garota. — Por todos esses anos, todo mundo o chamou de monstro, mas o monstro sempre foi você. Apenas você.

Randy deu de ombros, gesto ínfimo, e se levantou, cambaleante.

— Foi um feliz acidente que vocês duas tenham aparecido na propriedade Henley e que o cão tenha encontrado o pano com o sangue da Becky. Bem, foi simplesmente perfeito.

— Mas você tinha uma família. Tinha uma mulher e um filho. Onde manteve ela? Como manteve ela escondida durante todos esses anos? — Wylie balançou a cabeça. — Foi um milagre essa sua proeza.

Randy zombou.

— Meu casamento tinha terminado, graças a Deus. E o meu filho me odiava. Eu tive muito tempo para planejar e preparar a velha casa Richter. Montei o confinamento lá e comecei a consertar a casa e o porão. E, com todo mundo apontando os dedos para Jackson Henley, a barra ficou limpa *pro* meu lado.

— Você é doente — falou Wylie, enojada. — Doente e perverso. E agora planeja matar todas nós. Terminar o que começou.

Randy abriu um sorriso astuto.

— Só você e o Henley. A polícia vai pensar que ele te matou, para terminar o que começou, e o Jackson, bom, ele vai tomar um chá de sumiço. Sou bom nisso. Fazer as pessoas desaparecerem.

Wylie pensou no que aconteceria com Becky e a filha se ela deixasse Randy sair vivo do celeiro. Com um grito gutural, ela o atingiu de novo. Desta vez, empurrou para a frente a lâmina afiada e pontiaguda, atravessando-lhe a parca grossa e perfurando-lhe o ombro.

Randy rugiu de dor e agarrou o cabo da enxada. Por um momento, eles se meteram em um surreal cabo de guerra. Não durou muito. Apesar da lesão no ombro, ele era maior e mais forte e arrancou a enxada das mãos dela com facilidade.

Despojada de sua única arma, Wylie sabia que era preciso sair de lá. A garota havia ido e, com sorte, chegado à casa. Ela olhou para a porta do mezanino. Quando crianças, Wylie e Ethan passaram inúmeras horas balançando na corda da porta e saltando até o chão. Ela mediu mentalmente a distância até lá e, em uma fração de segundo, soube que nunca passaria por Randy. A única saída era descer a escada.

Correu atabalhoadamente até lá, os pés escorregando na palha lisa, mas conseguiu passar as pernas sobre a saliência do mezanino. Com os membros trêmulos, contornou os primeiros degraus e pulou no chão do celeiro. Aterrissou com uma queda de estalar os ossos. De cima, Randy pairava sobre ela, o monstro sombrio de sua infância agora em carne e osso.

Para lá das portas do celeiro, havia um deserto de neve. Atravessou-lhe o desespero gelado. Ela não tinha conseguido salvar os pais nem o irmão.

Agora, porém, havia Becky e a filha. Esta era a sua chance de compensar o que não conseguiu fazer por todos esses anos.

— Desista! — gritou Randy.

Wylie se levantou, cambaleando. O sangue do corte na cabeça escorria-lhe pela têmpora. Ocorreu-lhe, então, uma ideia. O Bronco. Estava estacionado na extremidade do celeiro. Ela começou a correr na direção do veículo. Recostou-se no carro e examinou a área em busca de uma arma. Pelo menos ela ainda estava no páreo e podia derramar mais sangue de Randy. Esperou até o homem virar de costas para começar a descer a escada, e então entrou em ação. Ela abriu a porta do Bronco, fechando-a rapidamente atrás de si, e deslizou para o banco do motorista.

Enfiou a mão no bolso da calça, para pegar as chaves do carro, o tempo todo observando Randy, que agora descia os degraus. Do porta-luvas, pegou uma lanterna, colocando-a no assento ao lado.

Com as mãos trêmulas, ela tentou inserir a chave na ignição, mas se atrapalhou e deixou o molho cair.

— Caralho — murmurou, serpenteando a mão por entre os assentos, tateando frenética até os dedos pousarem no metal frio.

Wylie respirou fundo e desejou que as mãos parassem de tremer. Enfiou a chave na ignição e se obrigou a esperar. A sincronia precisava ser perfeita. Prendeu o cinto de segurança, contou até três e virou a chave. Ela acendeu os faróis, e Randy olhou por cima do ombro quando ouviu o ronco do motor ganhando vida.

Wylie engatou o carro e pisou no acelerador. O Bronco avançou. Assaltou-lhe as orelhas o grito de metal contra metal quando o veículo acelerado raspou o tratorzinho de cortar grama, empurrando o Bronco muito para a direita. Wylie puxou o volante para a esquerda, reacertando o rumo.

Através do para-brisa, ela viu Randy se agarrar à escada, tentando decidir o que fazer. Ele se demorou um ínfimo a mais na hesitação. E, por um breve momento, os olhos de ambos se cruzaram, e Wylie testemunhou nos de Randy o mais puro medo.

Ela imaginou que fosse o mesmo terror que a mãe e o pai haviam sentido antes de o homem atirar neles e assassiná-los. O terror que sentiu Ethan quando Randy enrolou as mãos enluvadas em seu pescoço e esmagou, o terror que Becky, com 13 anos, sentiu quando ele a roubou da família, sujeitando-a ao indizível. E o terror da garota que crescera na companhia de um monstro.

Wylie agarrou o volante com mais força, preparando-se para o impacto. O Bronco atingiu Randy em cheio nas pernas, e ele gritou. Mais tarde, ela se perguntaria se o que ouvira foi o estalo da escada ou dos ossos de Randy antes de ele rolar pelo capô e quicar pelo teto do carro.

Ela pisou com tudo no freio, mas já era tarde demais. Entrou na parede do celeiro. Foi ensurdecedor o lascar da madeira, o triturar do metal e o estilhaçar do vidro, e então ela se viu diante de uma parede de branco.

QUARENTA E SETE

Quando Wylie mandou que a garota corresse, ela desceu a escada do depósito de feno, cruzou o celeiro e atravessou o pátio até a casa. Sentado à porta, Tas parecia frio e desanimado. Ao entrar, ela bateu a porta e virou a fechadura.

Coração acelerado no peito, correu até a sala, onde a mãe ainda segurava a espingarda.

— Mamãe? — chamou.

— Onde eles estão? — perguntou a mãe.

— No celeiro — respondeu a menina, olhando-a nervosamente. — Wylie disse que volta. Mas acho que ele vai matar ela.

— Josie. O nome dela era Josie. Ela era a minha melhor amiga.

— Josie? — indagou a garota, confusa. A mãe estava assustando-a.

— Vá se esconder, querida. Eu não vou deixar ele te machucar. Vá se esconder onde ninguém possa te encontrar.

— Está bem, mamãe.

Todavia, em vez de se esconder, ela foi até uma janela nos fundos da casa de onde dava para ver o celeiro.

— Corre, corre — sussurrou, implorando a Wylie... Josie... que retornasse.

E se o pai voltasse, e Wylie, não? O que é que ela faria? Teria que obedecê-lo; afinal, ele era o pai dela, mas sabia que ele era um homem mau.

Da direção do celeiro, a garota ouviu a rotação de um motor e, em seguida, o lascar da madeira quando um carro bateu na parede e parou num solavanco. Madeira e detritos choveram em cima do carro e caíram no chão.

A menina voltou correndo para a sala, jogou-se no chão e deslizou a mão por debaixo do sofá, os dedos escovando a poeira grossa até encontrar o que procurava. Levantou-se. Wylie precisava da ajuda dela.

Quarenta e oito

 Dias atuais

Wylie examinou mentalmente o próprio corpo em busca de ferimentos. O peito doía por ter sido detido pelo cinto de segurança, e ela sabia que ia ficar com o pescoço dolorido no dia seguinte; aparentemente, porém, estava inteira. Abriu os olhos. O para-brisa dianteiro trazia uma teia de aranha intrincada. Ela atravessara a parede do celeiro com o carro.

Com um gemido, soltou o cinto de segurança e tentou abrir a porta do lado do motorista, mas um monte de neve a bloqueava. Rastejou por sobre o câmbio e testou a porta do passageiro, que se abriu o suficiente para ela sair. As pernas de Wylie pareciam feitas de borracha quando ela deixou o Bronco e adentrou na escuridão, sua única luz oriunda da lua quase cheia.

A metade traseira do veículo ainda estava dentro do celeiro, e as grossas tábuas de madeira acima do buraco balançavam como se suspirassem. Com medo de que desmoronasse a seção restante do celeiro, ela contornou os escombros para ficar a uma distância segura. Seu primeiro instinto foi sair de lá correndo para ver se a garota e Becky estavam bem. Contudo, antes disso, sabia que precisava procurar Randy e se certificar de que ele estava morto ou incapacitado.

Com as pernas pesadas, Wylie atravessou os destroços e voltou para dentro do celeiro. Ela examinou o chão, em busca de Randy. Devia estar por ali, mas não havia nenhum sinal dele, exceto por uma faixa de sangue no chão.

Eriçaram-se os pelos da nuca de Wylie. Não dava para imaginar ninguém sobrevivendo ao impacto. Ela pegou um martelo junto de uma confusão de ferramentas e seguiu a trilha de sangue enquanto contornava móveis antigos e equipamentos agrícolas quebrados.

Prendia a respiração a cada quina que virava, esperando que Randy estivesse lá, pronto para atacar. Em vez disso, porém, encontrou o homem de bruços, tentando engatinhar pelo chão, com a perna direita dobrada e ensanguentada a se arrastar inutilmente atrás dele.

— Não tem para onde correr, Randy — falou Wylie, ecoando o mesmo aviso que ele lhe dera. Ele virou o rosto ao som da voz, e ela conteve um arfar de repulsa. O lado direito do rosto estava dilacerado, o nariz dobrado num ângulo fora do normal.

Ele abriu a boca para falar, mas tudo o que saiu foi um gorgolejo, como se o sangue lhe borbulhasse dos lábios. Tentou se arrastar para a frente, as mãos escarafunchando no chão adiante, mas não tinha força.

Wylie olhou para o martelo que segurava nas mãos. Seria tão fácil. Uma martelada e acabaria. Para todos eles. Ela levantou a ferramenta acima da cabeça, os músculos cansados e o peito dolorido em protesto. A menina e Becky estariam livres de seu captor. E Wylie também. Ela estaria livre da sombra soturna da qual tentava fugir, aquela que a assombrava há anos.

A respiração de Randy era superficial, e seu rosto estava contraído de dor, mas ele observava Wylie cautelosamente enquanto ela espalhava o feno sobre o corpo dele.

— Qual é o nome dela? — perguntou Wylie. — A filha da Becky, como se chama?

Randy a encarou, os olhos se estreitaram e a boca se enrolou em um sorriso malévolo. Wylie virou-se para sair, mas ele chamou, e ela estacou.

— Era para ser você o tempo todo — falou ele, a voz fraca, mas provocadora. — Apenas você. Mas a sua família dificultou, e a Becky não correu tão depressa como você.

Wylie teve vontade de vomitar. Não bastava ter soltado a mão da melhor amiga quando mais importava, ela era a vítima que ele pretendia fazer desde o início.

Tentou não pensar naquilo. Durante décadas, ela queria enfrentar a pessoa responsável pela destruição de sua família.

— Você desligou o ar-condicionado depois de atirar neles. Por quê? Para dificultar que a polícia descobrisse a hora da morte? Bom, eles descobriram. E você tentou fazer todo mundo pensar que era o meu irmão — disse Wylie, com raiva. — Você atirou nos meus pais com a sua arma e, quando meu irmão te confrontou, você o matou, pegou a espingarda dele e atirou nos meus pais novamente para despistar a polícia. Eles também descobriram isso. Não era tão inteligente como pensava.

— Acho que funcionou — falou um Randy áspero. — Ninguém jamais conectou o crime a mim. Fui muito cuidadoso, mas eu observei você — disse. Wylie paralisou. As palavras dele atingiram-lhe o peito como adagas. — Mesmo depois. Eu ainda te observava, e você nunca soube. Também pensei em te levar, mas os seus avós te tiraram da cidade. Mandaram mal. Teria sido divertido.

Ela virou as costas para ele, recusando-se a dar-lhe a reação que queria.

— Nós vamos embora, e a polícia virá atrás de você.

— Bem, vamos esperar que eu morra antes disso. — Randy deu uma risada. — Todos nós sabemos mesmo para onde vou.

— Direto para o inferno — disse Wylie, com satisfação.

Quando ela se virou para ir, a mão de Randy saiu com tudo de debaixo da palha e agarrou-lhe o tornozelo. Sem equilíbrio, Wylie caiu no chão, o ar saindo-lhe dos pulmões. A dor reverberou pelo corpo.

Ela tinha baixado a guarda, pensou enquanto tentava respirar. Tentou rastejar para fora do alcance de Randy, mas com um grunhido ele se agarrou ao cós dela e começou a arrastá-la em sua direção. Sua força a surpreendeu. Ela devia saber que ele não desistiria tão facilmente. Wylie tentou revidar, mas o aperto dele era como um torno. Ela não tinha para onde ir.

Randy a virou de costas e prendeu-lhe os braços acima da cabeça. Ela olhou para o rosto mutilado. Por que não morreu? O carro devia tê-lo matado. Contorceu-se sob o peso do homem.

— Não! — gritou repetidamente. As coisas não iam acabar assim. Ela conseguiu libertar uma mão e enfiou os dedos no lado ferido do rosto dele. Ele uivou de dor, mas conseguiu prender o pulso dela e forçá-lo ao chão. — Não! — gritou Wylie de novo e de novo.

— Cala a boca — mandou Randy, esbaforido, enfiando um maço de palha em sua boca aberta. Ela tentou cuspir, mas o feno seco e espinhoso encheu suas bochechas e sua garganta, cortando instantaneamente seu suprimento de ar. Esperneou em pânico, mas o peso de Randy era demais para ela.

Seria tão fácil não resistir; apenas deixar-se morrer. Ela estaria com sua mãe e seu pai novamente. Quase podia sentir a mão do pai na cabeça, podia praticamente ouvir a voz da mãe. *Abra um sorrisão*. Os avós também estariam lá. *Hora de voltar para casa, Xô*, diria o avô. Sua avó, estoica como sempre, apenas acenaria em aprovação. E o Ethan. Ela finalmente poderia se desculpar com o irmão por não ter acreditado nele.

Tudo bem, irmãzinha, diria ele. *Sempre acreditei em você.*

As mãos de Randy envolviam sua garganta agora, espremendo-a. Não demoraria muito. Pequenos lampejos de luz flutuavam acima do rosto de Wylie — quase tão perto que daria para tocá-los.

Havia, contudo, Becky e a filha. Confusa, em um estado que não se decidia consciente ou inconsciente, surgiu-lhe uma imagem de Becky aos 13 anos, o emaranhado selvagem de cabelos negros e encaracolados, o sorriso fácil. Elas precisavam de Wylie. Ela não podia deixá-las para trás. Não outra vez.

Um punhado de estrelas, sussurrou Becky, estendendo a mão em sua direção, e ela sorriu.

Quarenta e nove

A garota sabia que ela não era forte o suficiente para lutar contra o próprio pai e sabia que Wylie também não era. Havendo uma arma, contudo, pouco ou nada importaria. Levaria a arma para Wylie, e ela faria o pai deixá-las em paz, mandando-o embora para sempre.

A neve havia parado de cair, e, no raio de sua lanterna, o mundo parecia mágico. Parte dela queria fazer uma pausa e olhar para a beleza de tudo, mas ela sabia que precisava continuar se movendo. Quando chegou ao celeiro, ouviu o barulho de uma luta, a agitação de membros e um estranho som ofegante. Exceto pelo feixe estreito de sua lanterna, o lugar estava escuro. Não tenho medo do escuro, lembrou a si mesma. Com as mãos trêmulas, ela se moveu na direção das respirações rascantes até encontrar o pai. O rosto dele estava coberto de sangue, mas atrás do rosto a garota entreviu a raiva muito típica. Ele estava em cima de Wylie com as mãos em volta do pescoço dela.

Ele ia matá-la. Ele sempre ameaçou matar as duas, mas dizia com tanta frequência que ela parou de acreditar. Mas aqui estava ele, apertando o pescoço de Wylie até que o rosto dela começou a ficar roxo.

— Solta ela, papai — disse a garota, a voz pequena e tímida. Ele nem sequer deu bola para a presença dela. — Estou falando sério — repetiu, desta vez mais alto, com mais confiança.

A isso o pai olhou, mas, em vez de ficar assustado, ele riu. A vergonha se espalhou por todo o corpo dela. Ele nunca havia lhe dado ouvidos. Nunca. Ela correu até ficar logo atrás dele.

— Estou falando sério. Solta ela — mandou a garota, levantando a arma que encontrou debaixo do sofá depois que havia caído do bolso de Wylie.

Ele recuou a mão, golpeando a garota no rosto, mandando a arma e a lanterna pelo chão do celeiro. Ao fazer isso, ele soltou uma mão da garganta de Wylie, dando-lhe a chance de revidar. Ela se contorceu por baixo de Randy e cingiu os dedos na primeira coisa em que tocou: o martelo.

Ofegante, Wylie conseguiu se ajoelhar e balançou o braço com toda a força que lhe restava, golpeando Randy no ombro com a ponta de unha do martelo. Ele praguejou e mergulhou em direção a ela. Novamente, ele estava em cima dela, as mãos ao redor do seu pescoço.

— Papai — disse a menina de seu lugar no chão do celeiro. Ela reouvera a lanterna e apontou o feixe direto nos olhos dele, de maneira que ele levantou uma mão, para bloquear o brilho.

— Fica fora disso — ordenou. — Se afasta e cala a boca.

Wylie tinha parado de se mover. Parara de lutar.

A menina baixou a lanterna e examinou o chão. Viu a arma. Pestanejando rápido, o pai pegou o martelo que estava nos dedos frouxos de Wylie.

— Feche os olhos, docinho — pediu ele. — Você não vai querer ver isto.

Ele se levantou, o martelo erguido acima da cabeça, prestes a atacar, quando sentiu o cano do metal frio da arma pressionado contra a nuca.

A menina fechou os olhos e puxou o gatilho.

Cinquenta

 Dias atuais

De mãos dadas, Wylie e a menina seguiram com esforço até a casa; o corte na têmpora de Wylie latejava. Sentia-se zonza, enjoada; com certeza teve uma concussão. A menina continuou olhando para o celeiro, em busca do pai.

— Não se preocupe — disse Wylie, apertando-lhe a mão. — Ele não vem.

Entraram, atabalhoadas, pela porta da frente e encontram Becky ainda sentada lá, com a espingarda sem munição apontada para elas.

— Becky — disse Wylie, alarmada. — Está tudo bem. Acabou.

— Ele disse que tinha amigos em todos os lugares e que, se a gente tentasse fugir, eles nos levariam de volta — falou, a voz trêmula.

Wylie levou um tempo para entender o que ela estava dizendo.

— Randy mentiu para você — disse ela. — Dizia essas coisas para te assustar. Ele te raptou sozinho. Ninguém ajudou ele. O Randy era o monstro. O único monstro. E agora está morto.

Becky permitiu relaxar as mãos na espingarda.

— Ele está morto? — perguntou, sem fôlego.

— Sim — respondeu Wylie. Ela não mencionou que havia sido a filha dela quem puxou o gatilho. Cada coisa a seu tempo. — Ele nunca mais vai machucar nenhuma de vocês. Eu prometo.

Lentamente, Becky baixou a espingarda e começou a chorar. A menina foi até ela.

— Está tudo bem, mamãe — sussurrou. — Está tudo bem.

Wylie abriu as cortinas para que pudessem ver melhor. O sol apenas começava a nascer.

— Temos que sair daqui — disse. — Precisamos te levar para o hospital. Estamos sem lenha, e só Deus sabe se a tempestade vai recomeçar.

— Como? — perguntou Becky por entre lágrimas.

— A caminhonete do Randy. Estou com as chaves dele — avisou Wylie, retirando-as do bolso. — Ele provavelmente colocou correntes nos pneus.

— *Okay* — disse Becky num fio de voz. — E o homem no galpão de ferramentas?

Jackson Henley. Ela estava tão enganada sobre ele — todos estavam. Aquele pobre homem tinha sido acusado dos crimes mais hediondos e era inocente. Até podia não ter sido preso, mas foi julgado e condenado pela própria comunidade. Jackson também era uma vítima.

— Eu destranquei o galpão e deixei ele sair. Tentei explicar, mas não se preocupe com ele agora. Ele está bem — disse Wylie. — Você pode ir para casa... ver sua mãe e seu pai, seu irmão e sua irmã.

— Eu não acredito — falou Becky, apoiando-se com cuidado no sofá. — Não parece real.

Wylie levou a menina até a cozinha.

— Você está bem? — perguntou, dando uma boa olhada nas roupas, nas mãos e no rosto da garota; via-se em tudo respingos do sangue do pai.

Ela fez que sim com a cabeça, o olhar inexpressivo. Wylie temia que estivesse entrando em estado de choque.

— Tudo vai ficar bem — disse, guiando a garota até a pia e derramando uma garrafa de água sobre suas mãos ensanguentadas. — Agora estamos a salvo. Vamos embora daqui, e ele nunca mais vai te machucar.

O queixo da menina tremia.

— Eu peguei a arma. Vi que ela caiu do seu bolso. Sei que eu não devia tocar nela, mas, como você não voltou, fiquei assustada. Então vi o carro passar pelo celeiro. Achei que você estava morta — explicou por entre lágrimas. — Eu não sabia o que fazer. Então fui te procurar.

— E conseguiu me encontrar — disse Wylie, passando com carinho um pano úmido no rosto dela.

A menina esboçou um sorriso tímido, e então se encolheu.

— Eu atirei no meu pai. — Sua voz falhou. — Sinto muito.

— Você fez o que precisava ser feito. — Wylie tentou assegurar-lhe. — Você salvou a minha vida. Você salvou a vida da sua mãe. Obrigada. — Ela estendeu os braços. Depois de um momento de hesitação, a garota se deixou envolver, e ela puxou-lhe para um abraço. Ficaram lá por um longo tempo, as lágrimas da menina umedecendo o casaco de Wylie, que por sua vez não derramava lágrimas. Ainda não. Ela iria guardá-las para mais tarde.

Wylie encheu os braços com casacos e gorros e foi até a sala.

Vestiu Becky e a garota com camadas de roupas a fim de mantê-las muito bem aquecidas para a viagem que fariam. Becky parecia atordoada. Em estado de choque, provavelmente. Wylie vestiu as mãos da garota com meias de lã, colocou um gorro sobre suas orelhas e enrolou um cachecol no seu pescoço, de maneira que só dava para ver os olhinhos dela.

— Você confia em mim? — perguntou Wylie. A menina fez que sim com a cabeça. Juntas, elas ajudaram Becky a caminhar até a porta, Tas aos seus calcanhares. — Está pronta?

— Sim. — Veio a resposta abafada da garota.

Pela porta aberta, via-se que o vento tinha se acalmado, e a paisagem de neve brilhava como diamantes.

— Wylie — falou a menina, com timidez —, meu nome é Josie.

E então saíram para a frágil claridade do sol.

Quinze meses depois

As bibliotecas, não importava que estado ou cidade Wylie visitasse, tinham todas o mesmo aroma reconfortante, e a Biblioteca Pública de Spirit Lake, em Iowa, não era diferente. Os livros, o papel, a cola e a tinta — todos eles em diferentes estágios de desintegração — traziam um cheiro de mofo, uma essência com quê de baunilha, que aliviava a sua ansiedade.

Wylie olhou para a multidão de cinquenta pessoas ávidas à espera de sua leitura de *O Hóspede Noturno*. Um ano depois de terminar as revisões finais, o livro foi lançado no mundo, e Wylie estava em turnê pelos Estados Unidos, cada vez mais próxima de Burden. Amanhã, ela deixaria Spirit Lake e dirigiria quase cinquenta quilômetros até a pequena biblioteca de sua antiga cidade natal. Estava nervosa com essa viagem. Há um ano não voltava.

Após a fuga de Becky e Josie em meio a uma tempestade de neve e os acontecimentos na fazenda que culminaram com a morte de Randy Cutter, elas se viram sob os holofotes junto com a cidadezinha de Iowa. Depois de falar com a polícia e garantir que Becky e Josie estivessem seguras e reunidas com a família, Wylie foi para casa. Retornou para Oregon, para o filho. Ela tinha muito o que compensar e passou todos os minutos do último ano cuidando exatamente disso.

Falar na frente de grupos de pessoas, grandes ou pequenos, nunca era algo fácil, mas as bibliotecas e as livrarias faziam o possível para que ela se sentisse confortável, em casa, e esta não era exceção. Todas as cadeiras dobráveis estavam ocupadas, e mais pessoas perfilavam a parede dos fundos.

Quando o diretor da biblioteca apresentou Wylie, ela buscou em meio à multidão o filho, Seth, que, relutante, concordou em sair na turnê com ela. Agora com 15 anos, Seth tinha um emprego de verão e um namorado.

Wylie entendeu a relutância do filho.

— Eu quero te mostrar onde eu cresci — falou a ele. — Quero que você veja onde aconteceu a minha história. O motivo de eu ser do jeito que eu sou.

Na ocasião, Seth ficou quieto.

— *Tá* — finalmente concordou. — Mas podemos, por favor, ver os Dodgers quando eles jogarem em Boston?

Wylie riu. Seth adorava beisebol tanto quanto ela.

— Fechado — prometeu.

E lá estava ele, sentado na fileira de trás, a cabeça curvada sobre o celular. Ele ergueu o rosto, viu Wylie olhando para ele e lançou-lhe o seu sorriso mais radiante. Foi longo o caminho que ambos haviam percorrido neste último ano.

Quando o diretor da biblioteca terminou a apresentação, a sala foi tomada de aplausos educados, e Wylie subiu ao púlpito.

— Boa noite — começou. — É uma alegria imensa voltar ao meu estado natal, Iowa, e estar aqui conversando com vocês esta noite. Como uma escritora de histórias baseadas em crimes reais, estou acostumada a contar a vida dos outros. Escrevo sobre pessoas comuns e cotidianas que passam por coisas inimagináveis. Escrevo sobre o impacto que se tem nas famílias, nas comunidades, naqueles que são deixados para trás. Escrevo também sobre os perpetradores: tento mergulhar em suas origens, sua educação, suas psiques, a fim de compreender por que eles cometem os atos terríveis de que são capazes. *O Hóspede Noturno* foi um projeto muito diferente para mim. Foi pessoal.

Foi aí que Wylie leu o livro. Ela escolhia sempre as primeiras páginas.

A princípio, Josie Doyle, 12 anos, e sua melhor amiga, Becky Allen, correram na direção dos disparos. Só fazia sentido ir para casa — era onde estavam a mãe e o pai dela, além de Ethan. Lá estariam seguras. Contudo, quando Josie e Becky se deram conta do erro, já era tarde demais.

Afastaram-se do som e, de mãos dadas, correram pelo pátio escuro rumo ao milharal — seus caules, uma floresta alta e espinhosa, o único portal de proteção.

Josie estava certa de que tinha ouvido passos atrás delas e se virou para ver o que vinha à caça das duas. Não havia nada nem ninguém — apenas a casa mergulhada nas sombras da noite.

— Corre — instou uma Josie arfante, puxando Becky pela mão e empurrando-a para frente. Ofegantes, correram. Estavam quase lá. Becky tropeçou. Gritando, a mão soltou da de Josie. As pernas dobraram, e ela caiu de joelhos.

Aqui, a voz de Wylie sempre falhava. Toda santa vez. Eis o seu maior arrependimento: não ter levado Becky para a proteção do milharal.

Ela levantou os olhos. Duas mulheres e uma jovem entraram no auditório. Wylie imediatamente reconheceu Margo Allen, a mãe de Becky. Ela não via Margo desde que Becky e a mãe se reencontraram no hospital depois da fuga da fazenda.

A princípio, quando foi levada até o quarto de hospital onde eram atendidas Becky, Josie e Wylie, Margo não acreditou que a mulher emagrecida com o rosto inchado fosse mesmo a filha dela.

Wylie se sentiu uma intrusa, uma intrometida. Margo, recobrada do choque com a volta da filha e com a descoberta de que ela tinha uma neta, tratou Wylie com frieza. Sentiu que Margo nunca a perdoara completamente. Becky fora sequestrada em sua casa, sob a vigilância de seus pais, e Wylie tinha fugido, enquanto a filha, não.

E, agora, ao lado de Margo, estavam Becky e Josie. Wylie vacilou. Não esperava que elas aparecessem aqui. Não estava preparada para ler estas palavras diante de Becky. Não era certo.

Becky lançou-lhe um sorriso encorajador. Wylie engoliu as lágrimas e continuou a leitura.

— Levanta, levanta daí — implorou Josie, puxando a amiga pelo braço. — Por favor. — Mais uma vez, ela se atreveu a olhar para trás. Uma réstia de luar revelou brevemente uma forma saindo de detrás do celeiro. Horrorizada, viu a figura erguer as mãos e mirar. Largou o braço de Becky, virou-se e correu. Só mais um pouco; ela estava quase lá.

Josie entrou no milharal assim que ouviu mais um tiro. Uma dor lancinante atravessou seu braço, arrancando-lhe o ar dos pulmões. Josie não parou, não desacelerou e, com sangue quente pingando na terra batida, continuou a correr.

Wylie baixou o livro e olhou para a multidão que arregalava os olhos para ela com atenção arrebatada. A esta altura, a maioria sabia que Wylie era Josie Doyle e que Becky e a filha haviam sobrevivido como que por milagre depois de anos trancafiadas em um porão. Ainda assim, contudo, era uma história chocante.

Margo Allen enxugou os olhos com um lenço de papel, Josie vasculhou a bolsa da avó, e Becky olhou para o chão.

Subiram as mãos, e Wylie começou a responder às perguntas. *Quando você decidiu se tornar escritora? Por que crimes reais? Por que você decidiu escrever a sua própria história? Como Becky Allen se sente com relação ao livro? Você ainda tem contato com a Becky e a filha dela?*

— Becky Allen e sua filha — respondeu Wylie — são as pessoas mais fortes e corajosas que já conheci. Espero que o mundo respeite a privacidade das duas.

— Mas você escreveu um livro sobre a tragédia dela. Como Becky se sente com isso? — perguntou uma mulher na multidão.

Antes da impressão do livro, Wylie se ofereceu para enviar o manuscrito à Becky, para que este passasse pela leitura da amiga, a fim de que ela pudesse compartilhar a própria opinião. Foi categórica em afirmar que cancelaria a gráfica se Becky assim desejasse.

— Eu não preciso ler — disse a amiga. — Confio em você.

Wylie olhou para o fundo da sala para a última confirmação, e Becky abriu um sorriso triste, acenando positivamente com a cabeça.

— Becky deu sua aprovação — respondeu Wylie ao público. — Eu não teria terminado o livro... eu não teria lançado ele sem a bênção dela. A tragédia foi nossa, de nós duas. Ao longo dos anos, compartilhamos este pesadelo em lugares diferentes e de maneiras diferentes, mas compartilhamos. — Ela conteve as lágrimas. — E nós acordamos deste pesadelo. Estou muita agradecida por ter a minha amiga de volta.

A sala foi tomada de aplausos.

Uma hora depois, autografado o último livro, tirada a última foto, Wylie agradeceu ao diretor da biblioteca, e Seth e ela se dirigiram à saída, onde Becky, Josie e Margo já os esperavam do lado de fora.

— Não acredito que viajaram até aqui! — exclamou Wylie.

— Não é longe, e a gente queria fazer uma surpresa *pra* você — falou Becky, com um sorriso. Ela estava completamente diferente da última vez que Wylie a vira. O inchaço no rosto e os hematomas haviam desaparecido, sendo substituídos pelas feições que Wylie mais lembrava da amiga. As covinhas e sorriso radiante. Ainda assim, entretanto, cicatrizes permaneciam visíveis; algumas mais, outras menos.

— Olá, Wylie — disse Josie, com ar tímido. Ela também tinha mudado. Seu cabelo raspado agora vinha abaixo do queixo, em cachos escuros e selvagens. Tinha crescido alguns centímetros, e o corpo fino e emaciado ganhara um pouco de massa.

— Olha só para você — falou Wylie, puxando-a para um abraço apertado. — Cresceu uns trinta centímetros. E você — continuou, agarrando a mão de Becky —, você está deslumbrante.

Becky e Josie traziam aparência melhor, mas havia um quê de cautela nos olhos, um olhar assombrado que fazia Wylie ter vontade de chorar. Em vez disso, ela olhou em volta, em busca de Seth.

— E este é o meu filho. Vem cá, Seth.

— Oi, Seth — disse Becky. — É ótimo finalmente te conhecer.

— Você também — assentiu Seth. Becky começou a metralhá-lo com perguntas sobre seus planos para o verão, e Margo chamou Wylie de lado.

— Becky e Josie me disseram tudo o que você fez para ajudar elas — falou, apertando a mão de Wylie. — Sei que não fui gentil com você...

— Está tudo bem — disse ela, balançando a cabeça. — Eu entendo... realmente entendo. E, por mais que Becky e Josie digam que eu ajudei elas, elas me salvaram também.

Os olhos de Margo reluziram de lágrimas.

— Obrigada. Obrigada por trazer elas de volta para mim.

Wylie não sabia mais o que dizer e ficou grata quando o momento foi interrompido.

— Alguém aí está com fome? — perguntou Becky. — Tem um pequeno bar e churrascaria logo virando a esquina. Está com tempo para beliscar uma coisinha? — perguntou à amiga.

Wylie olhou para Seth, que fez que sim com a cabeça.

— Estou varado de fome — comentou ele.

O grupo começou a caminhar. Wylie e Becky ficaram um pouco para trás e viram Seth entretendo Josie e Margo com histórias engraçadas sobre seus tempos de estrada.

— Temos filhos ótimos — comentou Becky. Ela levantou o rosto para o sol da tarde, refastelando-se com a sensação na pele. Wylie fez o mesmo. Desde a tempestade de neve, ela tentava valorizar ao máximo os momentos breves e corriqueiros.

— Sim, nós temos — concordou, então hesitou antes de fazer a pergunta que há tanto vinha querendo fazer à amiga. — Vocês realmente planejam ficar em Burden? Não é difícil? Eu mal via a hora de ir para bem longe.

Becky balançou a cabeça.

— A minha mãe está lá. E o meu pai. Meu irmão e minha irmã não moram longe. Não posso ir embora. Acabei de voltar.

Wylie tentou entender.

— Não se preocupa com Josie crescendo em um lugar onde todo mundo sabe o que aconteceu? Ela não tem pesadelos? Você não tem? Sei que o Randy Cutter está morto, mas você e a Josie podiam vir morar com a gente, em Oregon.

Quanto mais Wylie falava em voz alta, mais soava como uma boa ideia. Não havia mais nada em Burden para Becky e Josie — nada além de memórias ruins.

— Você pode arranjar um emprego quando estiver pronta, e tem uma ótima escola de ensino fundamental para a Josie bem pertinho de casa. Sua família podia ir visitar vocês duas lá quando quisessem. Eles entenderiam. Como não iriam entender?

Becky parou de caminhar.

— É difícil permanecer lá, mas acho que seria difícil em qualquer outro lugar. Nós duas temos pesadelos. Mais do que pesadelos. Sonho que estamos de volta lá, naquele porão. Dá mesmo para sentir o concreto sob os meus pés, dá para sentir o cheiro daquele homem. E a Josie, bem... Nós duas estamos nos consultando com um terapeuta. Ajuda um pouco.

Como Wylie não parecia convencida, Becky respirou fundo e tentou novamente:

— Você perdeu seus pais e seu irmão lá, na casa em que você passou a infância. Sei como foi duro para você voltar até lá e trabalhar no livro... mas, se você não estivesse lá, a Josie teria morrido, e eu também. Ou talvez o Randy tivesse encontrado a gente e levado as duas de volta para casa.

— Aquela não era a sua casa — interrompeu Wylie, com raiva. — Era uma prisão.

— Sim — concordou Becky. — Era uma prisão. Mas a Josie estava lá comigo. E, por causa de você, tive a sorte de voltar para a minha verdadeira casa. A casa onde eu cresci. Um lugar onde me sentia segura e amada todos os dias da minha vida. Estou dormindo no meu antigo quarto, na minha antiga cama, e a minha mãe está bem no final do corredor.

— Mas... — começou Wylie.

— E isso é tudo o que eu queria desde aquela noite em que o Randy Cutter me raptou: ir para casa. E agora estou em casa, com a minha menina. Sei que as coisas não serão perfeitas, que eu tenho um longo caminho pela frente, e a Josie provavelmente tem um caminho ainda mais longo. Mas estamos em casa, e é o suficiente por enquanto. — Becky pegou a mão de Wylie. — Pense nisso. Qual é o lugar mais seguro que você conhece?

Ela queria dizer que não tinha um lar de verdade. Era uma das muitas coisas que Randy Cutter havia roubado dela. Sempre andava ressabiada dos perigos. Ela não tinha um lugar seguro.

Wylie olhou Seth, com Josie e Margo à espera, na esquina da calçada. Ele ergueu a mão e acenou.

E então lhe ocorreu. O filho. Não importava para onde ela fosse, não importavam os quilômetros entre eles, ele era o seu verdadeiro norte. Ele era a sua casa.

Wylie sorriu, acenou de volta e depois se virou para Becky.

— A verdade é que vai ficar tudo bem, *né*?

Elas se demoraram ali, observando por um momento enquanto Seth, Josie e Margo riam e chamavam por elas:

— Acelerem o passo aí!

— Acho que vai — respondeu Becky. — Mas, ouça, eu sei que você ainda se culpa pelo que aconteceu comigo. Vi como você reagiu quando leu aquele trecho do livro. — Wylie balançou a cabeça. Ela não queria mais falar sobre isso. — Não, espere — disse Becky, pondo-se diante dela, de maneira que ela precisou olhar no fundo dos olhos da amiga. — Às vezes desapegar é algo bom. Às vezes é a única coisa que resta a fazer.

Wylie mordeu o lado de dentro das faces, tentando não chorar, mas ainda assim vieram-lhe as lágrimas.

— Não foi culpa sua — declarou Becky. — Foi culpa do Randy Cutter, e só dele. Desapega disso. Eu nunca te culpei, nem sequer uma única vez. Então, por favor, pare de culpar a si mesma.

Becky pegou a mão de Wylie.

— Irmãs para sempre, certo?

— Irmãs para sempre — sussurrou Wylie.

Agradecimentos

Ainda que este romance tenha sido escrito e reescrito durante a pandemia, nunca me senti sozinha ao longo do caminho, e há muitas pessoas a agradecer por isso.

Obrigada a Marianne Merola, minha querida agente, que continua sendo uma grande fonte de sabedoria, amizade e apoio ao longo da minha carreira. Obrigada também a todos da Brandt & Hochman Literary Agents Inc. por todo o seu trabalho em meu nome.

Muito obrigada à minha resolvedora de quebra-cabeça favorita, a editora e parceira Erika Imranyi — eu amo os nossos telefonemas para falar sobre aqueles pontos intrincados da trama: é sempre uma aventura. Emer Flounders, extraordinário guru das Relações Públicas, trabalha incansavelmente para divulgar os meus livros, motivo pelo qual sou tão grata. Obrigada também a todos na Park Row, na HarperCollins e na Harlequin, incluindo as equipes de marketing, vendas, arte e produção incrivelmente talentosas que apoiam a mim e aos meus livros de incontáveis maneiras.

Vários dos leitores experimentais ofereceram um feedback inestimável sobre *O Hóspede Noturno*, entre eles Jane Augspurger, Molly Lugar, Amy Feld e Lenora Vinckier. Obrigada.

Agradecimentos imensos a Mark Dalsing, Dra. Emily Gudenkauf e John Conway pela respectiva experiência. Sempre posso contar com eles quando preciso de orientação em se tratando da aplicação da lei, do campo médico e da vida agrícola.

A minha querida família continua sendo o meu maior apoio. Sou muito grata aos meus pais, Milton e Patricia Schmida, e aos meus irmãos e às minhas irmãs. E, como sempre, obrigada a Scott, Alex, Annie & RJ e Gracie: eu amo vocês, e sem vocês eu não teria conseguido.

PERGUNTAS PARA DISCUSSÃO

1. Dada a trágica história de Wylie, por que, na sua opinião, ela escolheria se tornar uma escritora de histórias baseadas em crimes reais, profissão na qual ela é continuamente confrontada com as realidades brutais da violência e seu impacto nas vítimas e nas suas famílias? Por que você acha que Wylie sentiu a necessidade de voltar para Burden e para sua casa de infância a fim de escrever seu livro?

2. Discuta o cenário rural do romance. Na sua opinião, como viver em Burden moldou os personagens? Como a história seria diferente se fosse ambientada em uma cidade grande?

3. A criança diz: "Não é o escuro que se deve temer [...], mas, sim, os monstros que saem para a luz." Na sua opinião, o que essas palavras querem dizer?

4. Wylie e Becky prometeram ser "irmãs para sempre". Depois de tudo o que elas passaram, como você acha que será a amizade das duas? Será que vai durar? Justifique a sua opinião.

5. *O Hóspede Noturno* se passa em uma nevasca e no calor escaldante do verão. Que papel o clima desempenha na história, literal e metaforicamente?

6. A criança afirma existirem três tipos de escuridão. Qual é a relação de cada um dos personagens com a escuridão? Como tal relação muda ao longo do romance?

7. A paternidade é um tema comum ao longo da história. Como o tema se manifesta no romance? Como cada um dos personagens se insere nesse papel?

8. Wylie, Becky e Josephine passaram por muitas dificuldades. Onde você as enxerga daqui a um ano? E daqui a cinco anos? Vinte anos?

9. Discuta as maneiras como a ideia de ser prisioneira é explorada ao longo da história de cada uma das personagens.

10. No fim do romance, conhecemos segredos que mudam a maneira como pensamos em certos personagens e a maneira como os personagens se veem. Que personagem você acha que mudou mais ao longo do livro? Como as opiniões que você tinha sobre os personagens se alteraram ao longo da história?

ALTA NOVEL

CONHEÇA OUTROS LIVROS DO SELO

- Suspense
- Thriller
- Assassinato

NINGUÉM SENTIRÁ FALTA DELA

Em uma bela manhã de outubro, um investigador de homicídios chega à desafortunada cidade de Copper Falls. O ferro-velho local está em chamas. A pária da cidade, Lizzie Ouellette, jaz morta. E o paradeiro do seu marido é desconhecido. E, à medida que as notícias se espalham, as investigações vão tomando rumos inesperados.

UM THRILLER APAIXONANTE SOBRE PODER, PRIVILÉGIO E A PERIGOSA BUSCA PELA PERFEIÇÃO

Um thriller apaixonante sobre poder, privilégio e a perigosa busca pela perfeição dos jovens do ensino médio. Tudo na vida de Jill Newman e de seus amigos parece perfeito. Até que a memória de um evento trágico ameaça ressurgir... Três anos antes, a melhor amiga de Jill, Shaila, foi morta pelo namorado, Graham. Ele confessou, o caso foi encerrado e Jill tentou seguir em frente. Mas quando começa a receber mensagens de texto anônimas proclamando a inocência de Graham, tudo muda.

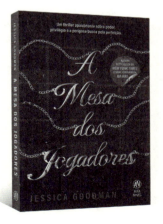

- Autora best-seller do New York Times
- Em breve série na HBO
- Gossip Girl encontra Pretty Little Liars

Todas as imagens são meramente ilustrativas.

 /altanoveleditora   /altanovel

Este livro foi impresso nas oficinas gráficas da Editora Vozes Ltda.,
Rua Frei Luís, 100 – Petrópolis, RJ.